IJsengel

Nathalie Pagie bij Boekerij:

De toneelclub
De campus
Paradijsvogels
Casa Familia
Rio Grande
IJsengel

www.boekerij.nl

Nathalie Pagie

IJsengel

Een ijskoude ontvoering. Een verlaten hotel.
De Zweedse winter.

BOEKERIJ

Eerste druk oktober 2018
Vijfde druk september 2019

ISBN 978-90-225-8788-1
ISBN 978-94-023-1227-0 (e-book)
NUR 305

Omslagontwerp: bij Barbara
Omslagbeeld: © Shutterstock
Auteursfoto: © Artstudio23.com
Zetwerk: Mat-Zet bv, Soest

I'm learning to fly, but I ain't got wings
Coming down is the hardest thing
I'm learning to fly, around the clouds
But what goes up must come down

Tom Petty and the Heartbreakers – 'Learning to fly'

Amor fati – Omarm je lot

Friedrich Nietzsche

Acht jaar eerder

Het uitzicht vanaf de Älvsborgbrug over Göteborg was zo overweldigend dat Rasmus er duizelig van werd. Boven op de brede balustrade balanceerde hij met zijn armen licht geheven naast zijn lichaam, alsof hij aan weerszijden een basketbal vastklemde. Het waaide harder dan anders en hij moest zijn spieren aanspannen om rechtop te blijven staan. Hij wist dat hij niet lang meer had, zijn vingers waren al verkleumd en zijn voeten tintelden. Over een paar minuten werd het risico dat hij zijn evenwicht verloor te groot en moest hij op het voetpad naast de weg springen om terug naar beneden te wandelen. Iedere nacht stelde hij dat moment langer uit. Want hier, boven op de leuning van de gigantische hangbrug over de onstuimige Göta älv, met de wereld aan zijn voeten, voelde hij zich rijk. Hier durfde hij vrijuit te dromen en leek niets onmogelijk. Hij tilde zijn armen hoger en spreidde ze zo ver hij kon. Als hij zijn hoofd iets achterover liet zakken en zijn lange blonde haren liet wapperen in de wind, kon hij de hele stad omarmen en leek zijn geluk compleet. Met zijn ogen wijd open zoog hij het beeld in zich op, totdat zijn armen zo hevig trilden dat hij ze moest laten zakken.

De claxon van een voorbijrazende auto verbrak de betovering en met een snelle draai sprong hij naar beneden. Er werd vaker getoeterd, een paar weken eerder was er zelfs een vrouw gestopt om te roepen dat het allemaal wel goed zou komen. Hij had geschreeuwd dat ze zich niet zo druk moest maken en was naar beneden gesprongen, op het voetpad. Hij fantaseerde wel eens hoe het zou voelen als hij de andere kant koos en secondelang naar beneden zou suizen tot het ijskoude water hem opvrat en meevoer naar het Kattegat, waar zijn levenloze lichaam dagen later ontdekt zou worden door een matroos op een vissersboot. Hoewel het soms aantrekkelijk leek verlost te zijn van een leven vol teleurstellingen, had hij nooit echt de neiging gevoeld die fantasie ten uitvoer te brengen. Eerst was er jarenlang de hoop geweest. Hoop op een beter leven, vol geld, liefde en luxe, zoals het zou moeten zijn. Toen die hoop werd weggevaagd, laaide het vuur op. Een verbeten vuur dat hem aanjaagde en voortdreef, weg van zijn moeder en zijn vrienden, weg uit Mölndal en op naar de grote stad: Göteborg.

In de zwerverscommune aan de voet van de brug was hij met zijn achttien jaar niet eens de jongste. Hoewel de groep wekelijks wisselde van samenstelling bestond de harde kern uit twintig mannen, vijf vrouwen en zeven kinderen, van wie de kleinste nog in luiers liep. Bij iedere politiecontrole en elk bezoek van hulpinstanties verdwenen de kinderen spoorslags, om weer op te duiken als het 'gevaar' geweken was. Pas na drie controles had Rasmus door dat de kleintjes zich verstopten in de verlaten gangen van het oude metrostelsel onder de stad. Joachim, een guitig maar hondsbrutaal jochie, had hem een paar keer overgehaald mee te gaan. De eerste gang had meerdere aftakkingen en als je niet wist waar je heen ging, kon je er hopeloos verdwalen. Regelmatig versperden grote hopen hout en zand, afkomstig van verouderde plafonds die op diverse punten waren ingestort, de weg. Met een zaklamp tussen zijn tanden klauterde Joachim er probleemloos overheen, maar Rasmus had er moeite mee. Het donker benauwde hem en de verstikkende lucht van zure aarde benam hem de adem. Liever bleef hij buiten, waar het weliswaar stervenskoud was, maar waar hij vrij kon ademhalen. Misschien was het de frisse lucht die hij het meest waardeerde in zijn nieuwe leven buiten. Dat hij zijn leven lang in de stank had geleefd, kon hij zich nauwelijks nog voorstellen, en toch was het zo.

Toen de Bedrieger zijn moeder Ulla en hem twaalf jaar geleden verliet, greep Ulla uit pure wanhoop naar de drank. Ze bleef hele dagen in bed liggen en Rasmus moest alleen naar school lopen. Voor hem zorgen bracht ze haast niet op, maar vreemd genoeg lukte het wel hun twee katten te voeren en om voederbakjes in de tuin te plaatsen, zodat binnen de kortste keren alle zwerfkatten uit de wijde omgeving de weg naar Ulla Jansons huis wisten te vinden. Rasmus kon zich niet precies herinneren hoe het gegaan was, maar opeens kwamen de katten binnen. Ze nestelden zich op de bank, in de wasmand, in zijn hut op zolder en in zijn bed. Zijn moeder had enkel nog oog voor haar 'liefjes' en verwaarloosde zichzelf, haar zoon en haar huis. Eén keer per week sleepte ze zichzelf naar de dichtstbijzijnde supermarkt en sloeg ze een kar vol kattenvoer in, naast de literpakken witte wijn, wat brood en ravioli in blik. Voor vlees, vis of verse groente was geen geld. Er moest immers voor de katten gezorgd worden, wie zou het anders doen? Toen er een stuk of veertig rondliepen, kwamen medewerkers van de gemeente om te zeggen dat het zo niet langer kon. Ze brachten de helft naar het asiel en stuurden een schoonmaakbedrijf naar binnen. Rasmus herinnerde het zich nog goed, hij moest een jaar of twaalf geweest zijn, en een van de dames van de schoonmaakploeg had Ulla gevraagd of ze hem een middag mee mocht nemen. Ze loodste hem mee naar een kapper, kocht een winterjas voor hem en in een lunchroom mocht hij kiezen wat hij wilde eten. Het was fijn, maar toch was hij blij toen ze hem weer thuisbracht. Ondanks alles was hij het liefste thuis. Zijn moeder had het misschien niet allemaal even goed voor elkaar, maar dat zou niet lang meer duren. De situatie was immers maar tijdelijk. Als ze niet dronken of te moe was, hees Ulla zichzelf de trap op naar zijn kamer. Dan kwam ze op zijn bed zitten, streek ze over zijn hoofd en zei ze dat ze het samen nog even moesten volhouden. Dat het vast niet lang meer duurde voor haar grote liefde terug zou komen om hen mee te nemen. Dan knikte hij en haalden ze herinneringen op aan de tijd dat de Bedrieger er nog was. Heel veel wist Rasmus daar niet meer van, want hij was zes jaar toen de man afscheid had genomen. Maar de woorden bij diens vertrek stonden in zijn geheugen gegrift: 'Ik kom je halen, Mussie, als ik een mooi huis voor ons heb gevonden en genoeg geld heb gespaard. Dan kom je bij mij en krijg je de grootste slaapkamer en al het speelgoed van de wereld. Bedenk alvast maar goed wat je hebben wilt.' Dat had hij gedaan; er lag een lange lijst klaar in de la onder zijn bed.

Naarmate het wachten langer duurde, groeide ook het arsenaal aan excuses dat Rasmus voor de Bedrieger verzon. Hij heeft nog geen goed huis gevonden. Hij wil meer geld sparen. Hij heeft het te druk. Misschien is hij ziek en moet hij eerst beter worden. Op zijn zestiende geloofde Rasmus niet meer dat de man hem nog in huis zou nemen, maar wachtte hij nog wel op een verklaring. Er was vast een goede reden waarom de man zich niet aan zijn belofte had kunnen houden. Ergens wist hij beter, maar hij wilde er niet aan. Zijn rotsvaste vertrouwen en de overtuiging dat hij een rijk en gelukkig leven tegemoet ging, hadden hem zijn hele armzalige jeugd bij een lieve maar verwarde moeder en in een huis vol kattenstank overeind gehouden. Die overtuiging vormde de basis van zijn bestaan. Liet hij die varen, dan waren de gevolgen niet te overzien, en dus klampte hij zich er met ziel en zaligheid aan vast. Tot zijn achttiende verjaardag, toen hij als volwassen man onder ogen moest zien dat het sprookje niet bestond. Hij was bedrogen; niemand kwam hem halen om hem over de drempel naar een beter leven te tillen. De machteloosheid woog zo zwaar en voelde zo onverteerbaar dat hij de badkamerspiegel aan diggelen sloeg. Dat was nu drie maanden geleden.

De wind blies zijn lange lokken alle kanten op. Hij propte zijn ijskoude handen in de zakken van zijn jack. Het machtige gevoel van boven op de brug had hem verlaten. Zo was het elke keer: zodra hij naar beneden sprong verdampten zijn dromen van luxe en rijkdom en trad de werkelijkheid in. Nu restten enkel de kou en de teleurstelling van het leven, dat niet liep zoals het had moeten lopen en zoals hem als kleine jongen was beloofd. Nog even, dan kon hij zich warmen aan de olievaten, waarin de mannen het vuur elke avond tot grote hoogte opstookten. Met stevige passen stevende hij op het kamp af. Hij verlangde naar een paar slokken sterkedrank, die de warmte ook vanbinnen zou doen oplaaien, maar voordat hij zich bij de anderen schaarde, liep hij naar zijn slaapplaats aan de voet van de brug. Hij bukte zich onder de stalen constructie, trok de zwaarste van zijn twee weekendtassen naar zich toe en ritste die open. Met drie plakboeken in zijn armen kroop hij onder de brug vandaan. Het was tijd om afscheid te nemen. Drie maanden eerder was hij bij zijn moeder en haar katten weggelopen en nu zou hij ook vaarwel zeggen tegen zijn droom van een gouden toekomst, die hem kennelijk niet gegund was. Het onrecht maakte hem razend, maar hij slikte zijn woede in. Als hij vooruit wilde moest hij zich losmaken van de luchtspiegeling waarin hij jaren had geloofd.

Hij plaatste twee boeken bij een olievat op de grond en sloeg het derde boek open. Een voor een scheurde hij de bladzijdes eruit en wierp ze in het vuur. Hij keek toe hoe de randen van het papier langzaam omkrulden en hoe de tientallen krantenartikelen en foto's van de Bedrieger, met zorg uitgeknipt en ingeplakt, vlam vatten. Het vuur laaide op en verspreidde een warmte die zijn huid deed gloeien, maar vanbinnen bleef hij ijskoud. Hij scheurde tot alle pagina's in rook waren opgegaan.

1

Toen Rasmus wakker werd en de slaap uit zijn ogen wreef, was het bed van Mikkel al leeg. Hij stond op, liep naar de wastafel in de hoek en stak zijn hoofd onder de kraan. Het koude water bezorgde hem kippenvel over zijn hele lichaam, maar dat nam hij voor lief. Hoe eerder de nacht uit zijn lichaam verdreven was, hoe beter. 's Nachts had hij geen grip op zijn gedachten en kwamen er herinneringen bovendrijven die hij liever voorgoed zou verbannen. Als hij dan ontwaakte, voelde hij zich vaak zo zwaarmoedig dat het haast onmogelijk leek aan de dag te beginnen. Daarom had hij een hekel aan slapen en deed hij het zo weinig en zo kort mogelijk. Liever bleef hij wakker, zodat hij de regie kon voeren over wat er in zijn hoofd omging. Hij draaide de kraan dicht en bekeek zichzelf in de spiegel. Met zijn kortgeknipte blonde haar, blauwe ogen en gespierde bovenlijf zag hij er niet slecht uit. Toch schatten de vrouwen die hij op straat of in de bibliotheek ontmoette hem ouder dan zesentwintig. Zijn serieuze blik en voorovergebogen schouders gaven hem het voorkomen van iemand met al een heel leven achter de rug, in plaats van iemand die nog aan het begin stond. Hij griste zijn trui van een stoel, droogde er zijn hoofd mee af en trok hem aan. Daarna schoot hij in zijn spijkerbroek en wachtte hij op Mikkel, die zo te ruiken beneden in de keuken met koffie in de weer was.

Mikkel huurde deze kamer voor een habbekrats van een blinde hospita. Hij was klein, maar groot genoeg om een extra matras op de grond te leggen. Een hele verbetering vergeleken bij de kartonnen doos waarin Mikkel bijna twee jaar lang geslapen had. Nadat zijn vader hem het huis uit zette, had hij een paar nachten op straat rondgedoold. Verkleumd en hongerig was hij een zwerver gevolgd, die door een openstaand klepraampje de parkeergarage onder de oude rechtbank in klom. In ruil voor zijn pakje sigaretten gaf de zwerver Mikkel een boterham en een stuk karton om op te slapen en vanaf dat moment vormde de garage zijn thuis. Overdag probeerde hij als straatzanger wat geld bij elkaar te sprokkelen. Doorgaans stelde het winkelend publiek zijn liedjes, babyface en rossige krullen best op prijs en kon hij van de dagopbrengst een maaltijd betalen. Het was ook in het winkelcentrum dat hij Rasmus leerde kennen. Ze raakten bevriend en zwierven samen door de stad, totdat Mikkel de relatie met zijn vader herstelde en die Mikkel een baantje bezorgde bij het postbedrijf waar hij zelf ook werkte. Van zijn loon kon Mikkel de huur van de gemeubileerde bovenkamer, in een buitenwijk van Göteborg, net betalen. En als de temperatuur zo ver zakte dat de kou zelfs overdag niet meer uit zijn botten trok, sliep Rasmus er ook. Het was krap maar warm, en de koffie en koeken die ze stalen uit de voorraadkast van de hospita smaakten uitstekend.

Mikkel trapte met zijn voet de deur open en kwam de kamer binnen met een dienblad met koffie, melk en appelkoeken. Voorzichtig plaatste hij het op de grond, waarna hij de deur sloot. 'Ik denk dat je vandaag moet verkassen,' mompelde hij, 'ze begon alweer over verdubbeling van de huur als ik zo vaak logés heb. Dat kan ik niet betalen en bij mijn vader hoef ik ook niet aan te kloppen, dat heeft hij me vorige keer al duidelijk gemaakt.' Hij trok een gezicht en zette een zware stem op. '"Ik kan je niet blijven redden, jongen, je moet er zelf wat van maken." Moet hij zeggen, met zijn bypass en dubbele hernia. Die man staat zijn hele leven al stijf van de stress, en maar werken voor die paar rotcenten, tot hij er straks bij neervalt. Zo ga ik het dus niet doen.'

Hij gaf een mok aan Rasmus, ging op zijn bed zitten en haalde een hand door zijn warrige krullen. 'Het wordt hoog tijd dat we dat plan van jou gaan uitvoeren, dan heb ik geld genoeg om die heks gedag te zeggen en een fijn appartement te kopen. Ergens goed hoog, zodat ik kan neerkijken op het zwoegende gepeupel. Wat jij?' Hij lachte naar Rasmus en slurpte van zijn koffie.

Rasmus schonk wat melk bij zijn koffie, nam een slok en dacht na. Hij wist precies waar Mikkel op doelde. Het plan spookte de laatste maanden bijna dagelijks door zijn hoofd en liet hem niet meer los; hij werd er soms zelfs zwetend van wakker. Op een avond met te veel goedkoop bier had hij Mikkel erover verteld en die was zo enthousiast dat ze er bijna halsoverkop met zijn tweeën aan begonnen waren. Gelukkig deden ze het niet, want dat was gegarandeerd op een fiasco uitgelopen. Dit plan stond of viel niet alleen bij een gedegen voorbereiding, het had ook de juiste mensen nodig. Mikkel was een geschikte vent, maar veel te soft voor het serieuzere werk. Er waren dagen dat Rasmus niet eens zeker wist of hij zelf wel uit het juiste hout gesneden was om er echt mee door te gaan. Eenmaal begonnen was er geen weg terug. En hoe het zou verlopen als de eerste stap gezet was, kon niemand voorspellen. Dan waren ze afhankelijk van verschillende factoren buiten hun macht en kwam het aan op improvisatie, lef en koelbloedigheid. Flexibel denken zou geen probleem zijn en bang uitgevallen was hij ook niet, maar of hij hard genoeg was en meedogenloos durfde op te treden als het fout ging, betwijfelde hij. Zonder een derde man met die specifieke eigenschappen had dit plan geen kans van slagen.

'Hé, wat jij?' herhaalde Mikkel, terwijl hij zijn vriend vragend aankeek.

Rasmus snoof. 'Er moet iemand bij,' zei hij zonder omhaal. 'Met zijn tweeën flikken we dit kunstje niet. We hebben iemand nodig die we kunnen vertrouwen en die niet terugdeinst als het erop aankomt.'

'Weet je het zeker?' vroeg Mikkel. 'Dan moet de buit door drie, dat scheelt een slok op een borrel.' Hij fronste zijn wenkbrauwen.

'Anders begin ik er niet aan.' Rasmus sloeg zijn armen over elkaar. 'Als we dit doen, moet het goed gebeuren. Dit zal hoe dan ook de rest van ons leven veranderen.'

Mikkel knikte. 'We worden schathemeltjerijk of we belanden in de bak.' Hij lachte hardop en nam een grote hap van zijn appelkoek. Met volle mond vervolgde hij: 'Dan kies ik voor de eerste optie. Maar goed, misschien heb je gelijk en moet er iemand bij. Ik weet wel een mannetje, ik zal hem straks bellen.'

Rasmus sprong overeind en ging met opgeheven vinger vlak voor Mikkel staan. 'Jij belt niemand, ben je gek? Dit is mijn plan, ik bepaal wie er meedoen.'

'Rustig, rustig.' Mikkel slikte zijn koek door. 'U bent de baas, meneer Janson. Ik zeg alleen dat ik iemand op het oog heb die wel vaker met dit bijltje heeft gehakt. Als je wilt, stel ik hem aan je voor. Is dat beter?'

Rasmus knikte kort. 'Wanneer?'

Mikkel ging naast Rasmus staan en veegde de kruimels van zijn mond. 'Straks moet ik weer naar die klotepost, dus wat dacht je van nu meteen?'

2

Tore Langström was te vinden in een werkplaats in de wijk Sörbacken, achter een showroom vol occasions. De glanzende ruiten van de showroom en de blinkende motorkappen van de tweedehandsauto's, overwegend Volvo's, stonden in schril contrast met de smerige loods waarin de wagens werden opgeknapt. Rasmus en Mikkel bleven in de deuropening van de werkplaats staan en zagen hoe twee donkere mannen aan een motorblok sleutelden, terwijl naast hen een pukkelige jongen de lampen van een oude Saab verving. Alle drie droegen ze blauwe overalls die onder de vegen zaten. Uit een indrukwekkende set boxen aan het plafond schalde 'Learning to fly' van Tom Petty and the Heartbreakers en op een prikbord aan de muur hing een beduimelde *Playboy*-kalender.

Net toen Mikkel de pukkelige jongen wilde aanspreken, ging achter in de werkplaats een deur open en verscheen er een man die zijn armen in de mouwen van zijn overall stak. Hij was dun maar gespierd en liep, zodra hij hen in het oog kreeg, met energieke tred op Mikkel en Rasmus af. Zijn haren droeg hij in een knot en op zijn wangen stond een stoppelbaardje, dat werd onderbroken door een opvallend litteken van zijn linkermondhoek tot zijn oor. Hij stak zijn hand al uit toen hij nog meters van Mikkel verwijderd was. Om zijn mond verscheen een brede glimlach.

'Mikkel, jongen, wat brengt jou hier? Heb je weer wat uitgevreten? Moet ouwe Tore je uit de brand helpen?' Enthousiast drukte hij Mikkels hand, om zich vervolgens nieuwsgierig tot Rasmus te richten. 'En wie heb je meegenomen? Jou ken ik niet.'

'Dit is Rasmus, een vriend van de straat,' zei Mikkel, 'en ik heb niks uitgevreten, dat doe ik toch nooit?' Verbaasd staarde hij Tore aan. Die lachte, maar wendde zijn blik niet van Rasmus af. De priemende ogen gaven Rasmus een onaangenaam gevoel. Hij stak zijn hand uit en voelde hoe Tores knokige hand de zijne omsloot. Tore kneep hard en Rasmus deed hetzelfde, alsof meteen bij de kennismaking al moest worden uitgemaakt hoe de verhoudingen lagen. Mikkel doorbrak het moment met een joviale klap op Tores schouder. 'Heb je koffie voor ons? We wilden iets met je bespreken. Kan het even?'

'Zaken?' vroeg Tore op gedempte toon. Toen Mikkel knikte, verhardden de trekken in Tores gezicht. Hij checkte over zijn schouder of zijn collega's buiten gehoorsafstand stonden en wenkte zijn bezoekers met een hoofdbeweging mee naar buiten. Hij sloot de deur van de werkplaats achter hen en keek ook hier of er niemand in de buurt was. 'In zaken ben ik altijd geïnteresseerd, en nu helemaal, want ik zit klem.' Hij stak zijn handen in zijn zakken en hupte nerveus op zijn tenen op en neer. 'Ik weet niet wat jullie hebben, maar als het flink oplevert, doe ik mee.' Opeens boog hij zich voorover en hield hij zijn gezicht vlak voor dat van Rasmus. Met zijn vinger streek hij over het litteken in zijn gezicht. 'De gasten die me dit hebben aangedaan, willen geld zien. Veel geld. En weet je wat nu zo lastig is? Dat heb ik niet.'

Hij haalde zijn neus op en boorde zijn ogen in die van Rasmus. 'Dus jij bent er ook een van de straat. Dan weet je wat het is om krap bij kas te zitten. Of is dat voor zo'n mooie jongen als jij geen probleem? Er zijn natuurlijk ook andere manieren om bij te verdienen.' Hij knipoogde en wachtte op een reactie van Rasmus, maar die bleef uit. Pas toen er een geblindeerde wagen het terrein op reed, deinsde Tore terug. Nerveus volgden zijn ogen de wagen, die een eind verderop stopte. 'Praten gaat nu niet,' zei hij haastig tegen Mikkel. 'Kom vanavond naar de haven, café Fisken, tien uur. En neem wat mee.'

Rasmus en Mikkel zagen hoe Tore een sprintje naar de wagen trok en achterin stapte. Mikkel trok Rasmus aan zijn arm en samen liepen ze het terrein af.

'Neem wat mee?' herhaalde Rasmus.

Mikkel haalde zijn schouders op. 'Speed waarschijnlijk, maar dat kan hij vergeten. Als hij met ons meedoet, heeft hij straks geld genoeg om naar hartenlust te slikken en te snuiven.'

Rasmus schudde zijn hoofd. 'Ik werk niet samen met een junk, die zijn niet te vertrouwen. Ze slaan een hand om je schouder en met de andere graaien ze het geld uit je broekzak. Ik heb genoeg junks meegemaakt om er ver van weg te blijven.' Hij blikte opzij. 'Jij toch ook? Waarom kom je dan met hem aanzetten? Weet je niemand anders?'

Mikkel keek nors voor zich uit en zweeg. Het begon te regenen, eerst zacht, maar toen de druppels dikker werden en hun jacks binnendrongen versnelden ze hun pas en schoten ze een overdekt winkelcentrum in. Onder de warmteblazers vlak bij de draaideur bleven ze staan om op te drogen. Mikkel streek door zijn natte krullen en schudde zijn hoofd. 'Oké, het is een junk, maar je vroeg om iemand die van wanten weet, iemand die doet wat er gedaan moet worden. Dan kun je geen betere krijgen dan Tore: geen teer zieltje en van zijn ervaring kunnen jij en ik nog een hoop leren. En je hoorde hem zelf, hij zit te springen om een klus.' Hij legde zijn hand op de schouder van zijn vriend. 'Het is jouw plan. Ga vanavond die kroeg in, praat met hem en neem dan je beslissing. Als ik niet moest werken, ging ik met je mee.' Met een schittering in zijn ogen boog hij zich naar Rasmus. 'Laten we dit doen, Rasmus! Denk aan al dat geld! Nooit meer buiten slapen of bedelen voor een maaltijd, nooit meer hoeven werken.' Hij lachte nu hardop en zwaaide vriendelijk naar een ouder echtpaar dat natgeregend door de draaideur kwam en hem wantrouwend teruggroette.

Rasmus glimlachte ongewild; de opgewekte inborst van zijn vriend maakte soms plaats voor ernst, maar lang duurde dat nooit. Hij zuchtte. 'Goed, ik ga met hem praten, maar ik beloof niks.'

3

Om kwart voor tien die avond stapte Rasmus café Fisken binnen. Hij bestelde een biertje aan de bar en viel dankbaar aan op het schaaltje pelpinda's dat de barvrouw erbij serveerde. Kennelijk was hij niet de eerste die hierop getrakteerd werd, want de vierkante tegels onder de bar lagen bezaaid met lege doppen. Een maaltijd had er die avond niet in gezeten. Door het bezoek aan Tore was hij te laat geweest om zich aan te melden bij de twee opvanghuizen in de binnenstad. Als je je daar niet voor het middaguur inschreef voor een maaltijd en een slaapplaats, was de kans groot dat ze vol zaten. Tot eind oktober had hij nog in zijn slaapzak onder de brug geslapen, maar zodra november aanbrak werd het te guur en dwong een snijdende kou de daklozen van Göteborg naar binnen. De maaltijden in beide centra waren goed. Als hij genoeg geld had, maakte Rasmus er dankbaar gebruik van, al bleef altijd de schaamte voor zijn armzalige bestaan, dat onder de tl-buizen van de eetzalen nog eens extra benadrukt leek te worden. De slaapzalen vond hij een regelrechte ramp. Eerst en vooral omdat een zaal vol zwervers altijd stonk, en ten tweede omdat hij zich er nooit veilig voelde. Te vaak was er van hem gestolen – de laatste keren had hij zelfs zijn schoenen aangehouden in bed. Hij was blij dat zijn tassen vandaag bij Mikkel konden blijven staan. Waar hij vanavond zou crashen wist hij niet. Waarschijnlijk zou hij blijven lopen om niet te bevriezen en misschien kon hij een paar uur in de Masthuggskerk terecht. Op koude avonden wilde de koster de deur wel eens openlaten.

Zijn glas was bijna leeg en de barvrouw had hem al een paar keer vragend aangekeken toen hij op zijn schouder werd getikt. Tore gebaarde hem te volgen naar een tafel in de hoek, wat Rasmus maar al te graag deed. Voor een tweede glas bier had hij geen geld en hij vermoedde dat de barvrouw dat ook doorkreeg. Ze volgde het tweetal naar de tafel en schonk Tore een verwachtingsvolle glimlach. Met zijn bestelling van twee bier leek ze tevreden. Tore keek hoe ze met wiegend achterwerk naar de bar liep en knikte goedkeurend. Daarna zette hij zijn ellebogen op tafel en vouwde zijn handen onder zijn kin. 'Heb je wat bij je?'

'Nee.'

Tore haalde zijn neus op, maar toonde geen emotie. 'Oké, vertel.'

Rasmus verschoof in zijn stoel, pakte een bierviltje van tafel en vouwde het dubbel. Net als eerder die dag maakte de priemende blik waarmee Tore door hem heen leek te kijken hem onrustig. Zoekend naar woorden bestudeerde hij het viltje aandachtig, en juist toen hij van wal wilde steken, arriveerde hun bestelling.

'Meteen afrekenen graag,' bitste de barvrouw met een gekunstelde knipoog. Tore graaide in zijn zak en duwde een briefje en wat muntgeld in haar handen. Zonder verder naar haar om te kijken, focuste hij weer op Rasmus.

'Ik ben geen crimineel,' begon Rasmus zodra de vrouw was weggelopen. Dat leverde hem een flauwe glimlach op van Tore, maar kennelijk had die zich voorgenomen Rasmus te laten praten, want hij zei niets.

Rasmus schraapte zijn keel en begon opnieuw. 'Ik meen het, ik heb wel eens wat klein spul gestolen en voor betrokkenheid bij een vechtpartij zat ik een nacht in de cel, maar meer is er niet. Het plan dat ik wil uitvoeren en waarvoor Mikkel en ik bij je langskwamen, is... onwettig... maar tegelijk ook rechtvaardig. Dat klinkt misschien vreemd, maar er moeten dingen rechtgezet worden, snap je? Eenmalig, en dan is het klaar.' Hij sloeg zijn ogen neer en staarde naar het viltje dat in vier gelijke delen voor hem op tafel lag.

'Weet je, kerel,' klonk na een tijdje Tores stem, 'ik ken je niet en ik begrijp geen zak van wat je zegt. Iedereen heeft zijn redenen om te doen wat hij doet. De meesten gaan voor het geld, anderen willen macht en blijkbaar wil jij dingen rechtzetten. Met alle respect, man, dat maakt mij geen reet uit.' Hij pakte zijn glas beet en tikte het tegen dat van Rasmus. 'Drink wat en vertel me wat je plan is, zonder filosofische onderbouwing, die bewaar je maar voor je memoires.' Grinnikend nam hij een slok.

Rasmus volgde zijn voorbeeld en voelde de spanning in zijn maag afnemen. Die zat er al sinds Mikkel hem die ochtend aanspoorde het plan uit te voeren. Tore had gelijk, bedacht hij, met zijn beweegredenen had niemand wat te maken. De klus moest gewoon geklaard worden en dat kon hij niet alleen, daarvoor waren Mikkel en een derde man nodig.

'Het gaat om een ontvoering.' Daar. Nu het hoge woord eruit was, voelde hij zich vreemd genoeg sterker worden. Hij keek Tore recht aan en deed zijn plan uit de doeken. Na maanden nadenken over de aanpak, het bepalen van de beste tijdslijn en het uitpluizen van tientallen details, stond zijn verhaal als een huis en daar was hij trots op. Het enige waar het nog aan ontbrak was een geschikte locatie waar hun gast tijdelijk kon worden ondergebracht. Mikkel had iets op het oog en zou de mogelijkheden nagaan.

Rasmus vertelde en genoot stiekem van de geconcentreerde blik van Tore, die zijn bravoure vergeten leek te zijn en wachtte met praten tot Rasmus volledig uitgesproken was. Toen tikte hij met twee vingers tegen zijn voorhoofd.

'Niet gek,' oordeelde hij, 'ik hoor dat je aan veel gedacht hebt. Al blijft het verstandig in dit soort situaties rekening te houden met toeval en onverwachte wendingen. Die zijn er altijd en dan moet je snel kunnen schakelen.' Hij knikte instemmend, als om zijn eigen woorden kracht bij te zetten. 'Wat schuift het?'

'We delen de buit door drieën,' zei Rasmus en hij schraapte zijn keel voor hij, toch wat aarzelend, verderging. 'Ik dacht aan een losgeldeis van dertig miljoen kronen, tien miljoen per persoon. Een hoger bedrag wordt lastig, het zal te lang duren voor de familie dat bij elkaar heeft. Volgens mijn inschattingen is dit redelijk snel op te leveren.'

Tore zette grote ogen op, zakte voorover en bonkte met zijn voorhoofd op tafel. Bezorgd keek Rasmus het café rond, maar de weinige gasten die er zaten, letten niet op hen. Onverwacht snel richtte Tore zich weer op, zijn groene ogen fonkelden en op zijn voorhoofd prijkte een rode plek. 'Je kunt niet weten hoe geweldig ik dit vind,' zei hij stralend, om zich na een blik op het verontruste gezicht van Rasmus te herpakken. Hij vouwde zijn handen en sprak geforceerd kalm verder. 'Luister, ik doe mee. Als jij het sein geeft, laat ik alles uit mijn handen vallen en sta ik klaar. Hoe eerder, hoe beter: morgen, overmorgen, maar sowieso deze week, want daarna is het te laat.'

Voordat Rasmus hem kon onderbreken, ratelde hij door: 'Je zei dat we een auto moesten stelen, maar dat hoeft niet. Laat dat maar aan mij over, ik regel op mijn werk een wagen, of beter nog, een bus met een vals kenteken, dan zijn we nergens te traceren, al worden we geflitst. We moeten misschien nog een keer de koppen bij elkaar steken, maar dan gaan we, dan gaan we!' Zijn lach klonk hysterisch en hij leek zich vast te moeten houden aan de tafel om niet van zijn stoel te stuiteren.

Ook Rasmus werd enthousiast. 'Klinkt goed, maar waarom zou het volgende week te laat zijn? Ik wil dit niet overhaasten.'

Tore zuchtte demonstratief. 'Sorry man, maar het moet echt

deze week starten. Ik zei al, ik zit klem. Als ik die gasten niet kan zeggen dat er geld aankomt, ben ik zo goed als zeker dood en moet ik onderduiken; mijn tijd is op, snap je? Dus wil je dat ik meedoe en dat ik die bus voor je regel, dan is het nu of nooit.' Hij sloeg zijn ogen neer, maar veerde snel weer op en klapte met beide handen op tafel. 'Dat plan van jou komt als geroepen. En het is al klaar, dus waar wachten we op? Jij kunt dingen rechtzetten, wat je daar dan ook mee bedoelt, en ik ben in één keer uit de shit als ik die gasten terugbetaal. Beter kan niet.'

Rasmus dronk zijn glas leeg en keek Tore grijnzend aan. De man had gelijk: waarom langer aarzelen als het plan rond was? De tijd was rijp en hij had zijn derde man gevonden. Plots resoluut reikte hij zijn telefoon aan. 'Geef me je nummer, dan app ik je als het zover is. Morgen is te vroeg, want Mikkel is nog met de locatie bezig waar we onze gast gaan stallen, maar ik ben het met je eens, het moet snel gebeuren.'

Tore tikte zijn telefoonnummer in en boog zich naar Rasmus toe. 'Nog een laatste vraag,' fluisterde hij opgetogen, 'je had het over een rijke zakenman, maar je hebt niet gezegd hoe hij heet. Wie is de gelukkige?'

4

Berndt Müller aanschouwde zijn publiek en liet een lange stilte vallen. Vanaf het spreekgestoelte op het podium kon hij de zaal goed overzien. Hij kende de gezichten bijna allemaal – de acteurs, regisseurs, presentatoren en producenten zag hij vaker dan hem lief was en de geijkte kliek Bekende Zweden, wier aanwezigheid een vanzelfsprekendheid was, al wist niemand echt wat ze hier vanavond deden, ontmoette hij haast wekelijks op feesten en bijeenkomsten waar hij nu eenmaal niet gemist kon worden. Stuk voor stuk hingen ze aan zijn lippen, vol verwachting naar het einde van zijn speech, waarin hij bekend zou maken wie er dit jaar met de felbegeerde Obelix naar huis ging. Hij hield van dit moment. Dit was de achtste keer dat hij de bekendmaking van de prijs voor tv-persoonlijkheid van het jaar voor zijn rekening nam en telkens genoot hij er meer van. Hij boog zich naar de microfoon, zag dat het publiek zijn adem inhield, lachte verontschuldigend en schudde zijn hoofd. 'Lieve mensen, staat u mij toe het belangrijkste moment van deze avond nog even uit te stellen. Ik maak graag van de gelegenheid gebruik om mijn dank en bewondering uit te spreken voor een bijzonder persoon in ons midden. Uit betrouwbare bron weet ik dat zij het liefst achter de schermen opereert, maar ik vind dat zij zo dadelijk, wacht u op mijn teken, een daverend applaus verdiend heeft. Deze vrouw verricht fantastisch werk en heeft met haar stichting al zo veel kinderen met een beperking in ontwikkelingslanden geholpen dat een blijk van waardering absoluut op zijn plaats is. Om haar werk, dat helaas broodnodig blijkt te zijn, ook in de toekomst mogelijk te maken, bied ik, als eigenaar-directeur van Müller Media, stichting LiefKind een cheque aan ter waarde van vijfhonderdduizend kronen. Dames en heren, graag uw staande ovatie voor mijn vrouw, Jannike Müller-Bork!'

Onder een oorverdovend applaus schreed uit het midden van de zaal een frêle vrouw in een zachtroze galajurk naar voren. Ze lachte bedeesd en stapte het podium op, waar haar echtgenoot haar omzichtig omhelsde en naar het midden van het toneel begeleidde. Daar was een uitvergrote cheque neergezet, die hij haar na een theatrale buiging overhandigde. Ze sloeg haar handen voor haar gezicht en pinkte een paar tranen weg. Ze bedankte haar man met een tweede omhelzing en stamelde een paar woorden in de microfoon die Berndt onder haar neus hield. Daarna zwaaide ze wat onbeholpen naar het publiek en wilde ze weglopen, maar dat liet hij niet gebeuren. Hij duwde haar terug, wees het publiek nogmaals op zijn vrouw en klapte hard in zijn handen. Ze bleef staan en de zaal applaudisseerde tot hij aangaf dat het genoeg was. Pas toen hij haar naar het podiumtrapje had gebracht en met een handkus afscheid had genomen, verstomde het tumult. Tevreden wandelde hij terug naar het spreekgestoelte. Het was exact gegaan zoals hij bedacht had.

Na de show wisselde Berndt zijn smoking voor een driedelig maatpak, dat op hangers voor hem klaarhing. De likdoorns onder zijn voeten zeurden onophoudelijk, maar toch wilde hij nog een paar uur door. De jaarlijkse afterparty van de Obelix stond bekend om haar internationale allure en daar moest hij bij zijn, al was het maar om aan te pappen met de Amerikanen, die tijdens zijn laatste bezoek aan Los Angeles hintten op een mogelijke samenwerking. Hij doopte zijn vingertoppen in een potje wax en wreef het in het grijze haar bij zijn slapen. Eerder had hij het grijs met verf willen verhullen, maar daar was hij van teruggekomen. Het maakte hem niet oud, zoals hij vreesde, maar gedistingeerd en sexy. Zo had een van zijn medewerkers het geformuleerd en hij moest haar gelijk geven. Hij zag er verdomd goed uit voor zijn leeftijd; menig andere vent van tweeënvijftig zou willen dat hij zijn postuur had. Goed, de buikomvang mocht minder, maar hij was lang, breedgeschouderd en zijn lach werd meer dan eens vergeleken met die van George Clooney.

Na een zachte klop op de deur kwam Jannike de kleedkamer binnen. Ze droeg een wit bontjasje over haar jurk en oogde vermoeid. 'Lieveling,' zei ze met zachte stem.

'Schat, wat zie je bleek. Was het te veel vanavond?' Hij voerde haar mee naar een zithoek met leren fauteuils. 'Ik weet dat je er niet van houdt, maar dit moest ik doen. Het moment was ervoor gemaakt. Dat zag je toch ook? En je stond daar fantastisch. Iedereen klapte voor je.' Hij straalde.

Zij sloot haar ogen. 'Er komt een stevige migraine aan, ik voelde het vanmiddag al,' sprak ze, nauwelijks hoorbaar. 'Ik vrees dat ik je niet kan vergezellen.'

Hij zuchtte bezorgd. 'Een rondje door de zaal, schat, dat heb je toch wel voor me over? Het is echt nodig, vooral nu die Amerikanen er zijn. Dit moeten we samen doen: een drankje, een babbeltje en flink wat complimenten, daar houden ze van. Dat lukt toch wel? Daarna laat ik Jacob je naar huis rijden en kun je lekker gaan slapen.' Hij stond op en drukte voorzichtig een kus op haar hoofd. Voor de spiegel trok hij zijn das recht en sprayde hij twee pufjes ademverfrisser in zijn mond. 'Kom.'

Jannike stond op en pakte zijn arm. Samen verlieten ze de kleedkamer.

5

Doodmoe en rillend van de kou beklom Rasmus de trappen van de Skansheuvel. Na zijn gesprek met Tore in het café aan de haven was hij rond middernacht naar de Masthuggskerk gelopen, in de hoop dat hij daar binnen kon, maar dat bleek tevergeefs. Daarna had hij tegen beter weten in bij de opvangcentra aangebeld. Bij het eerste huis werd niet eens opengedaan en bij het tweede huis stopte een medewerker hem een broodje en een wollen muts toe, maar een slaapplek zat er die nacht niet in. Bij Mikkel hoefde hij vanwege diens hospita voorlopig ook niet meer aan te kloppen en sinds er bij de Älvsborgbrug bijna dagelijks politiecontroles werden uitgevoerd, durfde hij zich ook daar niet meer te laten zien. Zo vlak voor de uitvoering van zijn plan leek het hem niet verstandig bij de politie in het vizier te komen. Daarom zwierf hij door de straten van de binnenstad, voorovergebogen tegen een snijdende wind, die hem even koud als kwaad maakte. Kwaad op de wereld en op zichzelf, maar vooral op de Bedrieger. Als die zijn woord had gehouden, liep hij hier nu niet. Dan lag hij in een warm bed, in een eigen huis en was er eten in overvloed.

Natuurlijk had hij de afgelopen acht jaar geprobeerd aan zijn zwerversbestaan te ontsnappen. Er waren gesprekken geweest bij de gemeente, bij een maatschappelijk werker in het opvanghuis, en zelfs bij een paar uitzendbureaus, maar steeds kwam het op hetzelfde neer: om aan werk te komen, moest hij een permanente verblijfplaats hebben en die had hij niet. Tegelijkertijd was het onmogelijk om zich op een vast adres in te schrijven, want voor de huur en vaste lasten van een huis, of zelfs maar van een enkele kamer, had hij werk nodig. Hij zat gevangen in een vicieuze cirkel en dat frustreerde hem mateloos. Lange tijd had hij geen uitweg gezien. Teruggaan naar zijn moeder in Mölndal was geen optie; een keer of twee per jaar landde hij bij haar aan voor een kop koffie, maar dat deprimeerde hem zo dat hij vaak na een kwartier al buiten stond. Altijd was er trammelant, ze had ruzie met de buren die zich groen en geel ergerden aan haar katten en ze steggelde met de gemeente: over stankoverlast, een huurachterstand of wat dan ook. Als ze Rasmus zag, verscheen er even een lach op haar gezicht, maar na een paar minuten verschoof haar aandacht naar de katten en leek ze hem alweer vergeten. Dat deed pijn. Hun contact verwaterde nog meer en bestond de afgelopen periode vooral uit korte telefoongesprekjes, mits haar vaste lijn niet was afgesloten, want een mobieltje bezat ze niet.

Tegen zonsopgang belandde Rasmus in het oudste district van de stad, Haga, waar hij de trappen van de Skansheuvel op liep. Boven aan de heuvel bood de verdedigingstoren Skansen Kronan een fraai uitzicht over een groot deel van de stad en over de verkeersvrije wijk met zijn kenmerkende gouverneurswoningen, waarvan de begane grond uit steen was opgetrokken en de verdiepingen van hout waren. Een van de grootste woningen aan de hoofdstraat Haga Nygatan trok bijzonder zijn aandacht. Tussen een peperdure antiekzaak en een populair koffiehuis, dat claimde de lekkerste kaneelbroodjes van de stad te verkopen, prijkte een imposant pand. Hoe vaak hij die woning al had bekeken wist hij niet. Meerdere keren per week wandelde hij langs de voorzijde en probeerde hij onopvallend door de ramen te gluren. Soms wachtte hij aan de overkant van de straat tot er iemand naar buiten kwam. De bezoekers en het personeel liet hij gaan, maar als een van de vier bewoners zich liet zien, zette hij de achtervolging in. In een schrift noteerde hij hun bewegingen op datum en tijd. Zo was er een uitgebreid schema ontstaan, waarin hij de wekelijks terugkerende afspraken van de Bedrieger vet onderstreepte.

Vanaf de toren had hij zicht op de tuin en de achterzijde van het huis. Dit keer moest hij het zonder verrekijker doen, want die zat nog in zijn tas bij Mikkel, maar ook zonder viel er genoeg te zien. Hij trok zijn nieuwe muts verder over zijn oren en sloeg zijn armen om zich heen. De eerste zonnestralen gaven de stad een zachtgele gloed en zouden de ergste kou snel verdrijven. Het kon ook niet lang meer duren voor de lampen achter de glazen wand in de tuin aansprongen. De oudste dochter startte elke doordeweekse dag met vijfentwintig banen borstcrawl in het binnenzwembad schuin achter het huis. De ruimte was door middel van een futuristisch ogende glazen tunnel met het huis verbonden en ook de wanden om het bad bestonden grotendeels uit glas. Rasmus vermoedde dat het meisje zich door de hoge muur om de tuin onbespied waande, maar dan hield ze geen rekening met de toren. Met zijn verrekijker had hij haar slanke lichaam met de lange benen en de wijnvlek op haar rechterschouder al talloze keren bestudeerd. Ze was mooi op een ongekunstelde manier. Ook op straat zag hij haar zelden in de modische outfits waarin haar moeder en zus zich kleedden. Als ze klaar was met zwemmen, droogde ze zich altijd snel af en schoot ze in haar slippers en badjas, om nog geen half uur later de voordeur uit te rennen, een verschoten rugzak over een schouder. Als hij de toren verliet, zodra ze in haar slippers stapte, was hij net op tijd in de hoofdstraat om haar naar school te zien gaan. Een keer kwam hij te dichtbij en zorgde zijn gehijg ervoor dat ze verbaasd achteromkeek. Hij was haar voorbijgerend, alsof hij een vroege jogger was, al maakten zijn kleding en schoenen dat niet heel aannemelijk. Daarna werd hij voorzichtiger. Hij keek nog wel, maar hield meer afstand. Hij moest er niet aan denken wat er kon gebeuren als het meisje of haar familieleden hem betrapten en zouden vragen waarom hij hen bespioneerde. Die confrontatie had hij steeds willen voorkomen, maar daar kwam binnenkort verandering in.

Een hel schijnsel verlichtte plots het zwembad en een deel van de tuin tussen de huizen onder hem. Hij slikte en boog zich over de reling om beter te kunnen zien. Het duurde even voor zijn ogen de juiste focus hadden gevonden, maar toen zag hij haar zitten op een van de ligbedden naast het zwembad. Ze droeg het rode badpak en draaide haar lange lokken in een staart. Ze stond op, zette haar voeten op de rand, strekte haar armen in een punt boven haar hoofd en dook met een sierlijke boog het water in. Er spatten nauwelijks druppels op. Gracieus bewoog ze zich voort, acht armslagen per baan, dan een koprol met een draai en weer terug. Zonder kijker kon hij niet zien of ze bovenkwam om adem te halen, maar hij wist inmiddels dat ze na elke vierde slag haar hoofd voldoende draaide om beheerst een hap lucht te kunnen nemen. Het was prachtig en hij wenste vurig ooit ook zo te kunnen zwemmen, even makkelijk en zorgeloos als zij.

Te snel naar zijn zin was ze klaar en klom ze de kant op. Hij wachtte tot ze uit zijn zicht verdween en het licht uitging. Dit keer rende hij niet naar beneden om haar de voordeur te zien opendoen. Hij wilde wachten op haar vader. Als die zich aan het schema hield, zou hij over ongeveer een uur door de achterdeur komen om de tuin door te steken en via de poort in de dan gereedstaande Volvo met chauffeur te stappen. Inmiddels verbaasde het Rasmus niet meer, maar zijn verontwaardiging was nog even intens als de eerste keer dat hij het zag. In de hele wijk was gemotoriseerd verkeer verboden, maar voor de grote Müller werd kennelijk een uitzondering gemaakt. Hij liet zich door zijn chauffeur vervoeren, dwars door Haga, als een keizer boven elke wet verheven. Het maakte Rasmus woest. Zijn moeder en hij hadden geen auto gehad; hij bezat niet eens een rijbewijs, voor lessen was nooit geld geweest. Als een buurman hem op zijn zeventiende niet had leren rijden, zou hij het waarschijnlijk nog steeds niet kunnen. Die problemen kende Müller niet. De vanzelfsprekendheid waarmee hij door het leven gleed, getuigde van een arrogantie die Rasmus misselijk maakte. En toch bleef hij staan, want hij wilde hem zien om zijn haat te voeden en om zichzelf op scherp te zetten. Het was bijna zover. Het plan kon zijn leven voorgoed veranderen: de gouden toekomst waar hij recht op had lag binnen handbereik, maar dan mocht er helemaal niets misgaan.

6

In het leescafé van de Stadsbibliotheket was het op vrijdagavond zelden druk. De studenten die het café de hele week bevolkten, maakten zich op voor het weekend en ook de huismoeders met kinderen en de grootouders met kleinkinderen hadden andere zaken op het programma staan. Toch konden bezoekers er tot 21.00 uur terecht voor een krant of een boek en een kop koffie. Juist op vrijdagavonden kwam Rasmus er graag. Het was er warm en rustig en hij had die middag genoeg geld bijeen geschooid voor twee koffie in het leescafé en voor een slaapplek en een bord eten in het opvanghuis. De ene beker was al leeg en nu genoot hij met kleine teugjes van de tweede. Zijn ogen brandden van vermoeidheid en hij verlangde zo naar een bed dat het vooruitzicht van de stank in de slaapzaal hem zelfs niets kon schelen, maar eerst zou hij Mikkel en Tore ontmoeten. Net toen hij op de klok boven de koffiecounter keek, kwamen ze aanlopen. Mikkel met de gebruikelijke grijns onder zijn warrige krullen en Tore met een gejaagde blik en een stoffen zak angstvallig tegen zijn borst gedrukt.

Zonder te groeten legde Tore de zak op tafel. Terwijl hij met zijn voet een stoel naar zich toe haakte, draaide hij de opening van de zak naar Rasmus. Die trok zijn wenkbrauwen op en boog argwanend naar voren. In de zak lagen twee handpistolen en een lederen holster. 'Zijn ze niet mooi?' fluisterde Tore. Hij vouwde de zak dicht en legde hem voorzichtig op zijn schoot.

Mikkel schoof ook aan en lachte hardop. 'Ik ken echt niemand anders die dat zou zeggen. Wie vindt die dingen nou mooi?'

Rasmus maande hem tot stilte en keek onrustig om zich heen. De kalende man in de hoek, die tegelijk met hem het café was binnengekomen en van wie Rasmus vermoedde dat hij wel een thuis had, maar daar niet wilde zijn, keek even verstrooid op. Toen hij de drie mannen naar hem zag staren, sloeg hij zijn krant dicht en liep weg.

Tore haalde zijn schouders op. 'Dat effect heb ik wel vaker op mensen, vreemd.' Hij draaide zich naar Mikkel. 'Je hoeft ze niet mooi te vinden, maar we hebben ze wel nodig. Ze doen het nog goed, al zijn het oudjes. Ik mag ze een tijdje lenen van een kennis. Hij had er twee, geen drie, maar ik denk dat we daarmee toekomen.'

Rasmus knikte instemmend. Tore had via Mikkel al laten weten dat hij voor wapens zou zorgen. Die waren volgens hem onmisbaar als ze dit professioneel wilden aanpakken, en daarin moest Rasmus hem, weliswaar met tegenzin, gelijk geven. 'En de auto?'

'Ook die is geregeld. Een bus, Volkswagen, vals kenteken, kan ik morgenmiddag halen.' Tore keek vragend van Rasmus naar Mikkel. 'Waren er nog meer wensen?'

Beiden schudden hun hoofd.

'Kan het dan misschien wat enthousiaster?' Tore riep het zo hard dat Rasmus van schrik zijn beker omstootte. Onder luid gelach van Tore veegde hij met zijn mouw de koffie van tafel. Mikkel plukte wat servetten uit de dispenser op de counter en hielp mee met opruimen.

'Doe dat niet meer,' gromde Rasmus. Hoewel Tores voortvarendheid indruk maakte, stond zijn onvoorspelbare gedrag hem totaal niet aan. Hij wreef een servet langs zijn vochtige mouw en kneep hem tot een prop. 'Het laatste wat ik wil is de aandacht trekken. Als jij je per se als een klein kind aan moet stellen, doe je dat maar als we klaar zijn. Tot dan houden we ons gedeisd.' Direct nadat hij was uitgesproken, zag hij dat hij te ver was gegaan. In Tores nek verscheen een kloppende ader en zijn ogen glommen vals.

'Is dat zo?' siste hij dreigend. 'Luister maat, niemand vertelt mij wat ik moet doen of hoe ik me moet gedragen. Dat hoefde mijn moeder al niet te proberen en de leraren op school ook niet. Ik ben mijn eigen baas. Jij kent me nog niet goed, dus ik zal je je opmerking voor deze keer vergeven, maar als je die toon nog een keer tegen me aanslaat, sta ik niet voor de gevolgen in.' Hij blikte kort naar Mikkel en vroeg: 'Heb je hem niets verteld?'

Mikkel schudde zijn hoofd en mompelde schuchter dat hij daar nog niet aan toe was gekomen. Daarop sloot Tore zijn ogen en ademde langzaam diep in en uit. Rasmus keek vragend naar zijn vriend, maar die gebaarde dat hij geduld moest hebben.

Na een paar tellen opende Tore zijn ogen weer. De valse schittering leek te zijn verdwenen en ook de ader in zijn nek was niet meer zichtbaar. 'Ik word driftig en niet zo'n beetje ook,' legde hij uit. Hij plantte zijn ellebogen op tafel en liet zijn kin op zijn handen rusten. Zo dichtbij kon Rasmus zijn litteken goed bekijken. Het had een grillig verloop en aan de randen duidden tientallen minuscuul kleine scheurtjes erop dat de wond destijds waarschijnlijk niet door een professional was gehecht.

'Om een voorbeeld te geven: op mijn dertiende heb ik een leraar die me de klas uitstuurde, over de tafel getrokken en een dwarslaesie geschopt.' Tore glimlachte, alsof hij een dierbare herinnering ophaalde. 'Dat was mijn derde middelbare school, daarna kwam de jeugdgevangenis. Misschien de beste omgeving voor iemand zoals ik, en toch ging het ook daar fout. Er kwam een nieuwe bewaker bij en die vond het nodig mij te commanderen. Eet je bord leeg, ruim je troep op, poets je schoenen. Alsof ik een klein kind was, weet je, en dan knapt er iets in mij. Ze moesten me met drie man van hem af trekken, maar toen had ik mijn duimen al lang genoeg in zijn oogkassen geramd. Hij zal nooit meer kunnen zien.' Quasiverontschuldigend haalde hij zijn schouders op. 'Ik zou zo nog even door kunnen gaan, maar ik denk dat je het wel snapt. Actie-reactie, zo simpel is het. Als je normaal met mij omgaat, ben ik zo mak als een lammetje. Of niet, Mikkel? Zo is het toch?' Hij reikte over de tafel en klapte Mikkel hard op zijn wang.

Mikkel hief beschermend zijn handen en stootte een geforceerde lach uit. 'Ja ja, zo is het precies, Tore.'

Bij Rasmus stond het zweet in zijn handen. Tores bekentenis maakte hem nerveus, maar hij wist dat hij geen zwakte moest tonen. Hij had Tore nodig voor de klus, dat had hij in korte tijd al bewezen. Tore mocht onvoorspelbaar zijn, hij was ook slim, hij dacht vooruit en had kennelijk de juiste connecties om dingen te regelen die hij zelf lang zo snel niet voor elkaar zou krijgen. Hoewel hij wist dat Tore de wapens zou meebrengen, was hij toch geschrokken toen hij ze opeens voor zich zag. Liever voerde hij de operatie geweldloos uit – in theorie moest dat mogelijk zijn, maar het risico was gewoon te groot. Het was goed de pistolen achter de hand te houden, al zou hij ze uitsluitend in uiterste nood gebruiken. Net als Tore zette hij zijn ellebogen op tafel en vouwde hij zijn handen onder zijn kin. 'Goed dat je dit verteld hebt. Ik zal er rekening mee houden.' Zijn serieuze toon viel bij Tore in de smaak, want die knikte en stak zijn hand uit. Rasmus schudde de hand en haast voelbaar verdampte de spanning die tussen hen in had gehangen.

Mikkel grinnikte opgelucht. 'Dan heb ik nog iets leuks.' Hij viste een kaart uit zijn binnenzak en vouwde die uit op tafel. Met zijn wijsvinger volgde hij de kustlijn ten zuidwesten van Göteborg tot hij op een groen vlekje prikte. 'Hier,' zei hij triomfantelijk, 'dit is Vargö, een van de eilandjes van de Scherenkust voor Göteborg, net als Brännö en Styrsö, maar dan volledig onbewoond.' Opgewonden wreef hij in zijn handen. 'Het is de perfecte plek. Ik ken het nog van vroeger, ik ben er een paar keer geweest met mijn vader en zijn broer. Er zitten daar nogal wat vogels die ze wilden bekijken, om ze te kunnen afvinken in hun vogelboekjes. Ik verveelde me dood, maar dat doet er niet toe. Ik herinner me dat er een hotel stond, leeg natuurlijk, want er kwam toen al jaren niemand meer. We hebben nog door de ruiten gekeken. Het is groot en vervallen en ver genoeg bij de bewoonde wereld vandaan. Kennelijk had een of andere hotelketen er ooit grootse plannen mee, maar die konden niet doorgaan toen bleek dat er een paar zeldzame vogelsoorten broedden en het hele eiland tot beschermd natuurgebied werd uitgeroepen. Ik denk dat het hotel nog geen jaar in gebruik is geweest.'

Zijn ogen glommen toen hij verderging: 'Ik heb het beste voor het laatst bewaard: vanaf het vasteland kan je er dus niet eens komen, je zet bij Saltholmen eerst je auto op de ferry naar Brännö en pas vanaf dat eiland vaar je ernaartoe. Ik verwacht dat we daar nu de enige bezoekers zouden zijn. Natuurliefhebbers gaan er in de lente en zomer wel heen om te wandelen, al blijven de meesten op Brännö hangen, maar in de herfst en winter komt er geen kip. Dus…' Met een veelzeggend gebaar leunde hij achterover in zijn stoel.

Rasmus was de eerste die reageerde. 'Hoe lang geleden was je daar? En hoe weet je of dat hotel er nog steeds staat?'

'Google Street View,' antwoordde Mikkel, 'dat heb ik natuurlijk gecheckt. Het staat er zeker nog, al zal het verder vervallen zijn dan toen ik er was. Dat lijkt me geen probleem; we moeten onze gast niet te veel verwennen.' Hij knipoogde naar Tore, die een grimas trok.

'Ik ken het daar niet, nooit geweest, maar een verlaten pand op een onbewoond eiland klinkt ideaal. Dus we varen vanaf Brännö naar dat eiland? Gaat daar ook een ferry waar we met de bus op kunnen?'

'Nee, die kleinere eilanden zijn alleen met een voetgangerspontje te bereiken, daar mogen geen auto's op. Mijn vader had destijds zelf een bootje geregeld. Op Street View zag ik er genoeg liggen. Ik stel voor dat we ter plekke een boot "lenen" om onze gast naar de overkant te brengen. Het is niet ver roeien; ik schat hooguit een half uur. We zijn terug voor iemand in de gaten heeft dat die boot weg is.'

'En hoe dacht je onze gast in een roeiboot uit het zicht te houden? Al is het daar onbewoond en verwacht jij geen wandelaars tegen te komen, uitsluiten kun je het niet. Er hoeft maar een vogelaar rond te lopen die ons spot en we zijn erbij.' Tore gaf zelf het antwoord op zijn vraag: 'We doen het 's nachts.'

Een paar minuten dachten de mannen in stilte na. Toen begon Mikkel te schuiven op zijn stoel. Hij keek vragend naar Rasmus, die op zijn beurt Tores blik ving. 'Dit is het dan. We zijn rond.' Rasmus' stem klonk kalm, maar een schittering in zijn ogen verraadde zijn enthousiasme.

'Yes!' riep Mikkel. Daarop sloeg hij zijn hand voor zijn mond en keek geschrokken het café rond, maar ze waren alleen. Ook Tore zat te knikken, aan alles was gedacht. 'De bus dient meteen als back-up. De ramen zijn geblindeerd. Mocht er iets fout gaan, met dat hotel of met de boot, dan kunnen we hem altijd een tijdje in de bus verstoppen.'

'Mooi,' zei Rasmus, 'zodra de bus binnen is, treedt het plan in werking. Het is morgen zaterdag, dat geeft ons voldoende tijd om onze gast op te bergen en zelf weer terug te rijden naar de stad. Jullie gaan maandag gewoon naar je werk, we gedragen ons net zoals anders. Als alles goed gaat is het allemaal binnen twee weken voorbij.' Hij glimlachte nu voluit. 'En dan begint het pas.'

7

De zaterdagse lunch in visrestaurant Sjöbaren, op een steenworp afstand van hun huis in Haga, was al jarenlang vaste prik voor de familie Müller. In de ochtend werd er gesport of gewerkt en later op de dag ging ieder zijn eigen gang, maar van half een tot half drie werden Jannike, Helle en Hedvig bij Berndt aan tafel verwacht. Daar bestelde hij steevast de beste fles witte wijn en de vangst van de dag. Jongste dochter Hedvig, een zestienjarige diva die gebukt ging onder de bijwerkingen van een stevige puberteit, verzette zich steeds vaker tegen dit, volgens haar 'fake', ritueel, maar liet zich met een uitbreiding van haar toch al gigantische garderobe graag paaien. Haar oudere zus Helle was milder en zat haar tijd aan tafel uit met een boek op schoot, terwijl hun ouders de voorbije week evalueerden en de afspraken voor de komende week doornamen.

Na het voorgerecht van garnalen en huisgerookte zalm met mierikswortel en avocado tikte Berndt met een dessertlepel tegen zijn wijnglas. Helle schrok op uit haar verhaal en keek vragend naar Hedvig, die opzichtig met haar ogen rolde. Jannike legde een ranke hand op die van haar jongste dochter en vroeg zwijgend om haar medewerking. Hedvig zwichtte zuchtend en borg haar telefoon op. Terwijl Berndt hun glazen nog eens bijschonk, wachtten moeder en dochters tot hij het woord nam.

'Lieven,' begon hij gewichtig, 'het doet me goed hier met jullie samen te zijn. Het is van wezenlijk belang herinneringen te creëren waarop je later met warmte terug zult kijken. Laten we dankbaar zijn voor de liefde die ons bindt en voor het fortuinlijke leven dat we mogen leiden.' Hij boog zijn hoofd en sloot zijn ogen. Geen van zijn tafelgenoten volgde zijn voorbeeld.

Na een korte pauze ging hij verder. 'Tot mijn spijt heb ik jullie afgelopen zomervakantie niet kunnen vergezellen naar de Malediven. Soms word ik gedwongen keuzes te maken en moet ik offers brengen, hoe vervelend dat ook is.' Hij gaf zijn vrouw een kneepje in haar hand en zij schonk hem een flauwe glimlach. 'Helaas moet ik nog een keer verstek laten gaan.'

Hedvig veerde op. 'Wat bedoel je, papa?' vroeg ze. 'Ga je niet mee naar Marstrand?'

Berndt liet zijn schouders hangen en trok een pruillip. 'Ik vind het vreselijk, maar het gaat niet anders. Ik moet nog een keer naar Los Angeles. Het ziet ernaar uit dat Müller Media daar een veelbelovende samenwerking kan aangaan en die kans mag ik niet laten schieten. Ik zal morgen vertrekken en blijf veertien dagen weg. Ons tripje naar Marstrand zullen we dit keer moeten overslaan.'

'Zonder papa gaan we niet,' vulde Jannike aan.

Hedvig keek ronduit geschokt. Elk voor- en najaar trok het gezin een week naar Marstrand, een mondain eiland voor de kust van Göteborg, waar ze tussen de royals en andere beroemdheden volop genoten van het luxe leven. Berndt verbleef hele dagen op de golfbaan, Jannike dook onder in een spa en beide dochters gaven zich over aan het uitgaansleven. De trips naar Marstrand waren vooral Hedvig liever dan de exotische zomervakanties naar verre bestemmingen.

'Waarom kunnen we in hemelsnaam niet zonder...' begon ze een protest, maar Berndt snoerde haar met een niet mis te verstane blik de mond.

'Mama heeft de laatste tijd veel last van migraine en ik wil niet dat ze een aanval krijgt als ik haar niet kan bijstaan.'

'In Amerika kan je haar sowieso niet bijstaan, al krijgt ze een aanval bij de bakker,' bitste Hedvig.

'Dan is ze dicht bij huis en is haar eigen dokter in de buurt,' antwoordde Berndt onverstoorbaar. 'Ik heb mijn besluit genomen en daar moeten jullie het mee doen. Kom op, meisjes, laat dit je niet van slag brengen. Müllers laten zich niet kleinkrijgen, die zetten door. Toch?'

Hedvig zuchtte. 'Hou daar alsjeblieft een keer mee op. Dat is jouw stokpaardje, niet het mijne.'

Berndt sloeg zijn ogen neer en depte zijn mondhoeken met een servet. Toen forceerde hij een glimlach. 'Om de pijn wat te verzachten, wil ik mijn massage straks best laten schieten. Wat zeg je ervan als ik jou en Helle meeneem naar juwelier Saksen? Had je daar laatst niet een mooi horloge gezien?'

Hedvig gaf geen antwoord. Ze sloeg haar armen over elkaar en staarde nors voor zich uit.

Nu was het Berndts beurt om te zuchten. 'Lieverd, ik begrijp je teleurstelling, maar soms loopt het leven anders dan gepland en anders dan je zou willen. Het is een teken van volwassenheid dat te accepteren en de positieve kant ervan te zien.'

'Ik ben nog niet volwassen, dus dat gaat voor mij niet op.' Met een ruk schoof Hedvig haar stoel naar achteren.

'Hedvig, blijf zitten,' waarschuwde Berndt, maar ze luisterde niet. Met haar telefoon in haar hand beende ze naar de uitgang, waar de portier net op tijd de deur voor haar opentrok.

'Ze heeft haar jas laten hangen,' merkte Helle op.

Haar ouders zwegen.

Drie uur later zat Berndt zich in de sauna over het voorval te verbijten. Zijn wekelijkse massage was zojuist beëindigd en zijn kuiten voelden weer soepel, maar in zijn borst was de stress voelbaar aanwezig. Niemand anders dan Hedvig was in staat hem zo op de kast te jagen. Hoewel hij de pit van zijn jongste ook kon waarderen, en hij maar al te goed wist dat ze die karaktertrek van hem had meegekregen, leidde het steeds vaker tot botsingen. Van een koppige kleuter en een bijdehante tiener was ze een hondsbrutale puber geworden, en dat stond hem niet aan. Ze onttrok zich aan de regels, drukte zich steeds vaker als er iets van haar gevraagd werd en, het ergste van alles, ze keek niet meer tegen hem op. Integendeel, ze scheen hem eerder als lastpak te zien dan als de man die alles voor haar overhad. Als hij zijn vrouw moest geloven, scheen dat in de puberteit normaal te zijn, maar dat kon hij niet accepteren. Met Helle was het toch ook goed gegaan? Een enkele keer viel er een akkefietje voor, maar dat was dan dezelfde dag weer uit de wereld. Hij zuchtte diep en wiste het zweet van zijn voorhoofd. De zandloper aan de wand gaf aan dat zijn tijd erop zat, maar hij bleef zitten. Hij hield van de hitte op zijn huid en was nog niet toe aan de emmer ijswater over zijn hoofd en de dip in het dompelbad. Het water deed zijn likdoorns branden. Daar moest hij echt snel naar laten kijken. Zet maar onder aan het lijstje, zei een stem in zijn hoofd. En als je toch bij de dokter bent, vraag hem dan meteen naar extra maagtabletten om die dreigende maagzweer onder controle te houden. 'Ja ja,' zei Berndt en hij stond op. Hij was alleen in de ruimte en hoefde zich voor niemand te schamen, maar toch voelde het vreemd om tegen zichzelf te praten. Dat deed hij nooit. Zou Jannike dan toch gelijk hebben? Ze waarschuwde hem sinds zijn vijftigste verjaardag al en zei dat hij een stapje terug moest doen en meer taken kon delegeren, maar dat had hij steeds weggelachen. Als kapitein van het schip moest hij aan het roer staan, punt uit. Geërgerd sloeg hij een handdoek om zijn middel en liep naar buiten. De ontspanning die de sauna hem meestal opleverde, was vandaag ver te zoeken. In de emmer water had hij geen trek.

Hij gooide zijn handdoek op een bankje en sprong in het dompelbad. Meteen schoot er een stekende pijn door zijn voeten. Kreunend hees hij zich aan het trapje omhoog. De gebruikelijke tweede ronde liet hij zitten. Chagrijnig zocht hij de kleedkamer op. Een snelle douche en dan naar huis. Misschien kon een goed glas cognac het tij nog keren en anders dook hij vroeg onder de wol. Aan deze dag mocht snel een einde komen.

8

In een zwarte Volkswagenbus wachtten Rasmus, Mikkel en Tore tot Berndt de sauna verliet. Rasmus had de aftandse bus vijftig meter verderop tegen de stoeprand geparkeerd, buiten het zicht van de camera boven de ingang. Bloednerveus rookte hij een sigaret uit een vergeten pakje dat hij in de bus vond, en blies de rook in kringetjes door een kier van het geblindeerde raam naar buiten. Naast hem zat Tore. Ogenschijnlijk rustig hield hij via de zijspiegel de entree van de sauna in de gaten. Het schema klopte precies; zoals elke zaterdag was Berndt klokslag vier uur naar binnen gegaan. Gelukkig zonder de vriend die soms met hem meeging. Hij was nu ruim een uur binnen en zou naar verwachting over drie kwartier naar buiten komen. Mits hij zich aan zijn eigen planning hield, die Rasmus nauwkeurig had bijgehouden. Niets was zeker, wist Rasmus. Het afgelopen uur had hij de binnenkant van zijn wangen stukgebeten. Het bloed in zijn mond gaf hem het gevoel een roofdier te zijn, een hyena, klaar voor de aanval.

Achter in de bus neuriede Mikkel een lied. De ramen waren hier volledig afgeplakt en hij kon amper iets zien. Omdat de achterbank verwijderd was zat hij op de stapel dekens die ze hadden meegenomen voor de overtocht in de roeiboot. Was het maar zover, bedacht hij. Het wachten maakte hem ongedurig, veel liever ging hij tot actie over. Toen hij voor de vierde keer hetzelfde lied inzette, ramde Tore geïrriteerd op het schot tussen de voorbank en de achterruimte. ‘Kappen nou,’ snauwde hij.

Rasmus bekeek hem van opzij. Blijkbaar kon al zijn ervaring niet voorkomen dat Tore ook gespannen was. Op een vreemde manier stelde dat hem gerust. Een beweging in de zijspiegel trok zijn aandacht en acuut kreeg hij het Spaans benauwd: Berndt had de sauna verlaten en stond op het punt zijn auto in te stappen. Rasmus stootte een onverstaanbaar geluid uit en wees driftig op de spiegel. Onmiddellijk draaide Tore zich om. Hij ramde nogmaals op het tussenschot en riep: 'Mikkel, actie!'

En terwijl Rasmus op zijn horloge zag dat Berndt veel vroeger was dan normaal, schoof Mikkel de deur open. Hij struikelde naar buiten, viel op de stoep en kreunde hartstochtelijk, terwijl hij met beide handen zijn enkel vastgreep. Een enorme zwarte zonnebril bedekte zijn ogen en een baseballpet verborg een groot deel van zijn krullen.

Berndt schrok en kwam met rasse schreden op Mikkel af. Zijn haar was nog vochtig en in zijn rechterhand droeg hij een sporttas. Rasmus durfde geen adem meer te halen. Hij zette zich schrap en zag dat Tore een bivakmuts over zijn hoofd trok.

Berndt was nu bij Mikkel gearriveerd en met een bezorgde blik knielde hij naast hem neer. 'Wat is er gebeurd?' vroeg hij. 'Heb je iets gebroken?'

'Ik denk het niet,' kermde Mikkel, 'het is mijn eigen stomme fout. Ik ben slechtziend en loop met een stok, maar die bleef ergens aan haken in de bus toen ik naar buiten ging. Als ik mijn stok heb, kan ik proberen op te staan...' Met een van pijn vertrokken gezicht tastte hij zoekend om zich heen. 'Zou u misschien zo vriendelijk willen zijn mijn stok te pakken? Hij ligt waarschijnlijk achter in de bus.'

Zonder aarzelen stapte Berndt de bus in. Razendsnel sprong Mikkel op en ook Tore kwam naar buiten. Voor Berndt ook maar iets in de gaten had, duwden ze hem hardhandig verder de bus in.

Hij viel voorover, stootte zijn hoofd tegen de zijwand en landde plat op zijn buik. Mikkel sprong erbovenop en hield Berndt in bedwang zodat Tore diens armen achter zijn rug kon trekken. Hij bond de polsen met tiewraps vast en trok ze hard aan. In paniek probeerde Berndt zich om te draaien, maar hield daar direct mee op toen Tore fel op zijn ribben begon in te beuken. 'Stop, alsjeblieft, hou op,' smeekte hij, maar niemand luisterde.

Nadat ze een prop tape in zijn mond hadden geduwd en een kussensloop over zijn hoofd hadden getrokken, sprong Mikkel de bus uit. Tore vond Berndts telefoon in de zakken van de gevoerde mantel. Snel verwijderde hij de kaart en schakelde het toestel uit. Mikkel draaide de zijdeur op slot en schoot achter Tore aan, de voorbank op. Toen de bus aan het einde van de straat de hoek om scheurde, wees niets op de overval die zojuist had plaatsgevonden. De actie had nog geen minuut geduurd.

9

Op een kilometer buiten de stadsgrens vroeg Tore Rasmus de bus stil te zetten op de vluchtstrook. Hij negeerde Mikkel, die vroeg wat er aan de hand was, en stapte uit. Met een stuurs gezicht liep hij om de voorkant van de bus naar de zijdeur. Hij wachtte tot er wat auto's gepasseerd waren, trok toen geroutineerd zijn bivakmuts over zijn hoofd en schoof de deur open. Meteen nadat hij was ingestapt klonk er een luid gekerm. Op de voorbank keken Rasmus en Mikkel elkaar geschrokken aan. Toen ze Berndt nog harder hoorden kreunen, greep Mikkel naar de deurklink, maar Rasmus hield hem tegen. Samen wachtten ze tot Tore weer plaatsnam. Die keek alsof er niets gebeurd was.

'Wat heb je gedaan?' vroeg Mikkel, die zich niet langer in kon houden.

'Ik heb even laten zien wie er de baas is.'

'Dat ben ik nog altijd, het is mijn plan,' hapte Rasmus, zonder zijn blik van de weg af te wenden. De rest van zijn tekst slikte hij in; het beeld van de bewaker wiens ogen door Tore werden ingedrukt stond hem helder voor de geest. Hun derde man had zijn punt gemaakt: hij wilde niet gecommandeerd worden en dat was prima. Maar als hij dacht dat hij de dienst kon uitmaken, had hij het mis.

Tore bleef kalm. 'Natuurlijk, maar we hebben te maken met een bijzonder soort mens. Dit soort is gewend de lakens uit te delen en hoort de hele dag door ja en amen. Nu is de situatie anders en daar had onze gast moeite mee. Dat vloeken en schelden van hem hoeven we niet te accepteren. Híj luistert naar óns, wij niet naar hem. Dat is een belangrijke les en die moest hij leren.'

Rasmus kon niet anders dan Tore gelijk geven. De prop tape in Berndts mond was kennelijk niet groot genoeg geweest, want ze waren na de overval de hoek nog niet om of Berndt liet zich horen. Zijn getier ging door merg en been en Rasmus was zelfs bang geweest dat het trappen tegen de zijwand van de bus aan de buitenkant te zien zou zijn. Hij had bedacht dat ze een grotere prop moesten maken voordat ze met de bus de ferry op reden. Onderweg werd het lawaai van Berndt door de motor overstemd, maar als ze stilstonden was Rasmus daar niet zo zeker van. Nu twijfelde hij of ingrijpen nog nodig was, want sinds Tores soloactie was het stil achterin.

'Heb je de prop weer in zijn mond geduwd?'

Tore schudde zijn hoofd. 'Ik heb tape over zijn mond geplakt, flink strak, dus we zullen hem voorlopig niet horen roepen.' Hij grinnikte. 'En dat irritante trappen laat hij ook wel uit zijn hoofd.'

'Waarom denk je dat?' vroeg Mikkel.

Tore schoof zijn jack opzij. Onder zijn arm stak een van de pistolen in het lederen holster. 'Ik heb hem deze jongen laten zien en gezegd dat als ik hem nog één keer hoor, ik een kogel door zijn voet jaag.'

Mikkel grinnikte mee, maar Rasmus hield zich stil. Zijn stille hoop de wapens alleen in uiterste nood in te zetten, was al in het eerste uur van de operatie in rook opgegaan. Tore noemde ze 'prachtig' en Mikkel had de zak met het tweede pistool glunderend als een kind van Tore aangenomen, maar zelf hield hij niet van wapens. Een wapen hoorde bij een crimineel en zo weigerde hij zichzelf te zien. Strikt genomen was de ontvoering uiteraard een misdaad, maar dat maakte hem niet automatisch een misdadiger. Het ging hier tenslotte om rechtvaardigheid, om het verkrijgen van zaken waar hij recht op had. Dat hij daarvoor iemand een tijdje vast moest zetten, verdiende misschien geen schoonheidsprijs, maar dat kon niet anders. Die twee weken kwam de man wel door, bovendien had hij lang genoeg de kans gekregen deze nare ervaring te voorkomen. Want was hij het niet geweest die zijn belofte aan een kind verbroken had?

Rasmus schudde de sombere gedachten van zich af en trok het dashboardkastje open. Hij viste er twee blikjes cola uit die hij aan zijn reisgenoten gaf, en zelf nam hij er ook een. '*So far, so good*,' zei hij, meer tegen zichzelf dan tegen de anderen, maar Mikkel schonk hem direct een grote grijns.

'Precies wat ik dacht! We hebben hem maar mooi, of niet dan? En niemand heeft het zien gebeuren.' Hij zette zijn zonnebril weer op, trok een grimas en begon te kreunen, zoals hij deed toen hij uit de bus viel. 'Haha, ik, slechtziend! Hoe overtuigend was dat? Ik ben een geboren acteur, dat moeten jullie toch met me eens zijn.'

'Ik heb hier één ding op te zeggen,' zei Tore. Hij wachtte een paar tellen en liet toen een keiharde boer. Mikkel kwam niet meer bij van het lachen en ook Rasmus kon een grijns niet onderdrukken. Mikkel had gelijk, dacht hij: het meest riskante onderdeel zat erop, nu zou de rest ook vast lukken.

10

Het eerste deel van de reis verliep verder zonder problemen. Ze stopten bij een tankstation, waar Mikkel zes gehaktballen uit de muur trok. Met een zak chips en drie blikken Falcon-bier vormden die een uitgebreider avondmaal dan Rasmus gewend was, en dat verbeterde zijn humeur aanzienlijk. Ook de overtocht met de ferry van Saltholmen naar Brännö ging zonder slag of stoot. Een kilometer voor de terminal waren ze gestopt om te checken of hun 'lading' nog in orde was. Berndt lag in foetushouding op de vloer en meer dan zachtjes kreunen durfde hij niet. Zijn bloedende polsen verraadden dat hij geprobeerd had de tiewraps door te breken, maar die zaten nog muurvast en onder de kussensloop over Berndts hoofd voelde Tore dat ook de tape nog op zijn plek zat. Gerustgesteld reed Rasmus de bus de ferry op en een goed uur later bereikten ze de kade aan de noordoostkant van Brännö.

Om Vargö te bereiken moesten ze het eiland over een slingerweg doorkruisen, in de richting van het zuidwesten. Mikkel herkende het landschap van vroeger, maar Rasmus en Tore keken hun ogen uit. Ondanks de snel invallende duisternis was de kille schoonheid van het eiland nog steeds duidelijk zichtbaar. Rotsen, glooiende duinen en zacht wuivend helmgras vormden het decor waarin de vissershuisjes van de achthonderd inwoners schijnbaar lukraak waren rondgestrooid. In het hoogseizoen zorgde een toestroom van toeristen voor een verdubbeling van dat aantal. Rasmus begreep dat; in de zomer moest het hier schitterend zijn.

Maar nu, in de schemering en zonder horden uitgelaten toeristen op de terrassen, riep de uitgestrekte leegte eerder een beklemmende sfeer op; nog steeds fascinerend, vooral als je zoals Rasmus nooit een stap buiten Mölndal en Göteborg gezet had, maar allerminst uitnodigend. Van achter het stuur liet hij zijn blik over het kale landschap glijden, tot zijn oog op een wegwijzer viel. Hij trapte op de rem en zette de bus met draaiende motor aan de kant van de weg. 'Als we zo verder rijden komen we bij de voetgangerspont, en dat was niet de bedoeling.'

'Klopt,' zei Mikkel, die de route volgde op de kaart in zijn handen, 'iets verderop kunnen we rechts afslaan, daar leidt een pad naar een strandje met een kleine parkeerplaats dat vooral in het hoogseizoen gebruikt wordt door toeristen. Er zal nu niemand zijn. Ik heb sowieso nog geen mens zien lopen, het is wat je noemt een spookeiland – en dan is het op Vargö nog tien keer erger.'

Rasmus verschoof in zijn stoel. Toen Mikkel over het verlaten hotel vertelde leek het de ideale stek, maar nu begon hij toch te twijfelen. Waren ze er te snel in gestapt? Had hij zich te veel door Tore onder druk laten zetten en was het niet beter geweest nog even te wachten? Om de locatie eerst ter plekke te controleren, bijvoorbeeld, of om een proefrit te maken met een lege bus. Hij keek naar Tore, die geconcentreerd de omgeving in zich opnam. Zonder hem hadden ze geen bus gehad. En geen wapens. Zonder hem hadden ze op zoek gemoeten naar een andere derde man. Nee, het was goed zo, prentte hij zichzelf in. Langer wachten leverde niets op. De Bedrieger lag achter in de bus, ze hoefden hem alleen nog maar te stallen.

Ergens kon hij nog steeds niet geloven dat het eindelijk zover gekomen was: het weerzien waarnaar hij als jochie van zes en vele jaren daarna zo verlangd had. Hij was weer samen, onder één dak met de man van wie hij ooit net zo veel hield als hij hem nu haatte.

De Bedrieger, zo was hij hem gaan noemen, toen het uitspreken van zijn echte naam te veel pijn ging doen. Zou de man hem herkennen, als Rasmus zich liet zien? Hoe zou hij reageren? Speet het hem überhaupt dat hij de dromen van een kleine jongen de grond in had geboord? Rasmus' hart kromp ineen bij deze vragen. Het had geen zin ze te stellen, voor een bevredigend antwoord was het te laat. Tot een directe confrontatie liet hij het niet komen; de Bedrieger zou zijn gezicht niet zien. De kussensloop over zijn hoofd moest voorkomen dat hij hun signalementen, als alles voorbij was, aan de politie kon doorgeven. Bovendien wisten Mikkel en Tore niet dat hij hun gast kende; hij had ze niets verteld. Dat zou het onnodig ingewikkeld maken, terwijl het juist zo simpel was. De ontvoering was de straf die de Bedrieger verdiende en van het losgeld kocht Rasmus het leven dat hem was beloofd.

'Hier is het.' Mikkel deed geen moeite zijn opwinding te verhullen.

Rasmus draaide de bus een lege parkeerplaats op en de lichtbundels uit de koplampen gleden over een watervlakte die kolossaal aandeed. Zodra de motor afsloeg en de lichten doofden leek alles zwart. Tore floot zachtjes door zijn tanden. 'Hoe lang was het varen naar dat volgende eiland?'

Mikkel opende zijn portier en sprong naar buiten. Met de zaklampfunctie van zijn telefoon scheen hij over het wateroppervlak. Behalve de kleine klotsende golven was er niets te zien. Rillend van de kou klom hij terug de bus in om de kaart te bestuderen. 'In mijn herinnering was het echt niet zo ver,' mompelde hij. 'En de pont deed er twintig minuten over. Nu heeft die wel een motor...'

'Oké, het is niet anders,' zei Tore, die als vanzelfsprekend de regie nam. 'Roeien moeten we toch. Rasmus, blijf jij hier, dan zoeken wij een boot. Als er echt zo veel liggen als Mikkel zei, kan dat niet moeilijk zijn.' Zonder op antwoord te wachten reikte hij langs

Mikkel om het portier opnieuw te openen. Beide mannen stapten uit en lieten Rasmus vertwijfeld achter. Na tien minuten waren ze terug, tot op het bot verkleumd. Tore hees een kleine rugzak op zijn rug, griste zijn bivakmuts van het dashboard en trok die over zijn hoofd. 'Jullie ook,' gebood hij, 'we weten niet of die kussensloop nog goed zit en hij mag ons niet zien. Bovendien is het stervenskoud hier. Als we in de boot zitten kunnen we dekens omslaan.'

Klappertandend trok Mikkel de zijdeur open. In het zachte schijnsel van het lampje in het dak zagen ze dat Berndt zich overeind gehesen had. Hij zat met de sloop over zijn hoofd tegen de zijwand van de bus. Hij kreunde angstig toen Tore de bus instapte, maar een klap tegen zijn hoofd maakte daar een einde aan.

'Bek dicht,' commandeerde Tore. 'Je loopt met ons mee en maakt geen geluid. Als ik iets hoor, ben je nog niet jarig. Duidelijk?' Toen een reactie uitbleef, sloeg Tore nog een keer. 'Duidelijk?' Nu knikte Berndt hevig van ja. Hij liet zich overeind trekken en stapte tussen Tore en Mikkel in naar buiten.

Rasmus klemde de stapel dekens uit de bus tegen zijn borst, sloot af en liet zijn blik over het parkeerterrein glijden. Het leek of de schemering hier korter duurde dan op het vasteland. Tijdens hun rit over het eiland was er nog genoeg te onderscheiden en ineens, binnen een paar tellen, kleurde alles zwart. In de verte flikkerden de lichtjes van de huizen, maar aan de waterkant overheerste het duister. Ook de maan en de sterren lieten zich niet zien, alsof ze weigerden getuige te zijn van de scène die zich onder hen afspeelde. Rasmus zette de kraag van zijn gewatteerde spijkerjack omhoog, trok zijn wollen muts over zijn bivakmuts en volgde bij het licht uit zijn telefoon het drietal naar de oever.

11

De roeiboot die Mikkel al een eindje het water in had geduwd was niet groot, maar maakte een solide indruk. Tore drukte Rasmus twee grote peddels in zijn handen en begeleidde Berndt de boot in. Onder hun gewicht begon de boot onmiddellijk te schommelen.

'Houd hem recht,' riep Tore nog, maar het was al te laat. Berndt viel opzij, raakte de rand van de boot en rolde het water in. Door de plotse beweging verloor ook Tore zijn evenwicht. Met een wilde sprong lukte het hem overeind te blijven, maar hij kon niet voorkomen dat hij met een been tot zijn knie in het water belandde. 'Godver!'

Mikkel begon zenuwachtig te lachen. Hij boog zich voorover en greep Berndt bij een been. Rasmus gooide de peddels op de kant en pakte snel het andere been. Samen trokken ze Berndt het water uit. Het was er niet diep, maar hij was kopje-onder gegaan en maakte snuivende geluiden. Zijn lange mantel was doorweekt.

'Ik trek die tape over zijn mond los, hij stikt.' Rasmus schoof de kussensloop van Berndts hoofd en had de tape bijna te pakken toen Tore zijn pols greep en hem tegenhield.

'Wat doe je? Laat los!' Niet-begrijpend probeerde Rasmus zich los te rukken, maar Tore hield hem stevig vast.

Berndts ogen puilden bijna uit zijn hoofd en zijn neusgaten waren wijd opengesperd, het was duidelijk dat hij zuurstof tekortkwam. Na een laatste stuiptrekking zakte zijn hoofd opzij en hield het snuiven op.

‘Zo, die is bewusteloos.’ Tore klonk tevreden. ‘Nu is hij veel makkelijker te vervoeren.’ Hij sloeg Rasmus op zijn schouder en stond op. ‘Die jas moet uit, anders is hij bevroren voordat we aan de overkant zijn. Help even, Mikkel.’

Rasmus keek toe hoe zijn handlangers het logge lichaam van de mantel ontdeden. Daarna pakte Tore Berndt onder de schouders en trok hij hem zonder al te veel moeite omhoog. Hij was sterker dan hij oogde, dacht Rasmus. Het zat hem helemaal niet lekker dat Tore hem zojuist had tegengehouden, maar hij betwijfelde ook of ze zonder diens daadkracht ver zouden komen.

‘Houd de boot stil,’ zei Tore.

Rasmus deed wat hem werd opgedragen. Hij besloot zijn trots opzij te zetten en het doel voor ogen te houden. Dat was het enige wat telde. Hierna hoefde hij Tore nooit meer te zien, en dat was nu al een fijn vooruitzicht.

Tore en Mikkel sleepten Berndt naar het midden van de boot en legden hem op zijn zij neer. Rasmus overhandigde de dekens aan Mikkel, die er twee over Berndt drapeerde en er zelf een om zijn schouders sloeg. De natte jas en kussensloop werden onder een bankje gepropt, Rasmus gaf de boot een duw, sprong erin en eindelijk waren ze op weg. Met een deken om zich heen en zijn telefoon voor zich uit gaf Tore voor in de boot de koers aan. Achterin hielden Rasmus en Mikkel ieder een peddel vast en al snel kregen ze een ritme te pakken. Het was nagenoeg windstil en de kleine golven boden weinig weerstand, maar toch was het zwaar werk. Mikkel gooide de deken van zich af en trok de bivakmuts van zijn hoofd. Ook Rasmus had het zwaar, de spieren in zijn armen waren compleet verzuurd. Met zijn blik op oneindig roeide hij voort. Hij zou de laatste zijn die ging klagen over spierpijn. Spierpijn was een klein offer dat hij graag bracht. Als een mantra herhaalde hij die regel, totdat Tore zijn arm in de lucht stak.

‘Land in zicht,’ meldde hij, hoorbaar opgelucht.

‘*Thank God*,’ hijgde Mikkel. Het bericht spoorde hem kennelijk aan, want hij zette nog een tandje bij en ploegde zijn peddel door het water. Rasmus volgde zijn voorbeeld en nog eens tien minuten later liep de boot vast. Tore sprong het water in en trok hem het land op. Nadat Berndt eruit was getild en op de kant lag, trokken ze de boot nog een stuk verder.

Tore checkte zijn telefoon. ‘Vijftig minuten geroeid, mannen, dat zullen jullie morgen voelen.’

‘Morgen? Ik ben nu al kapot, en dan moeten we ook nog terug. Straks mag jij.’ Mikkel prikte Tore met een wijsvinger in zijn borst.

‘Geen probleem, dan varen we zonder bagage. Dat zal een stuk sneller gaan.’ Tore zakte naast Berndt neer, die met gesloten ogen en halfopen mond in diepe rust was. ‘Mutsen op,’ commandeerde hij. Zodra dat gedaan was, tikte hij op Berndts wang. ‘Hé, wakker worden. We gaan een stukje wandelen.’

Toen Berndt ook op een tweede tik niet reageerde, legde Tore een hand in zijn hals. Gealarmeerd boog hij zich voorover, om vervolgens snel weer overeind te komen. ‘Nee, nee, nee!’ riep hij geschrokken.

‘Wat is er?’ vroegen Mikkel en Rasmus tegelijk.

‘Hij heeft geen hartslag meer en voelt als bevroren. Dit gaat fout!’

12

Op politiebureau Västra Götaland kwam om kwart over acht die avond het eerste telefoontje binnen over de vermeende vermissing van mediamagnaat Berndt Müller. Jannike en Helle hadden toen alle familie en vrienden en een groot aantal medewerkers van Müller Media al gebeld en steeds nul op het rekest gekregen. Berndt was een man van de klok en liet het altijd weten als afspraken uitliepen. Toen hij na zijn wekelijkse massage niet thuiskwam, gingen bij Jannike de alarmbellen rinkelen. Ze wist haar ongerustheid te verbergen tot het avondmaal, maar toen Helle aan tafel vroeg waar papa was, barstte Jannike in snikken uit. Ook Helle rook direct onraad, in tegenstelling tot haar zus, die smalend opperde dat vaderlief er misschien wel eens een minnares op na kon houden.

'Wees niet zo'n ontzettende puber!' viel Helle tegen haar uit.

Verontwaardigd had Hedvig naar haar opgekeken. 'Ik ben een puber! En volgens de statistieken blijf ik dat nog even, dus leer er maar mee leven, o Heilige Maagd Maria.' Ze had haar bord meegenomen naar haar kamer en was vast van plan zich de komende uren niet te laten zien.

Halverwege de avond stonden er twee agenten bij huize Müller op de stoep. Jannike verging van de migraine en lag versuft door de medicijnen op de bank. Helle zat in tranen naast haar, terwijl Gertrude, hun hulp in huis, zorgde voor kamillethee met kaakjes. Jacob, Berndts chauffeur, was op zijn vrije dag teruggekeerd om in de agenda de afspraken van de afgelopen en de komende weken na te gaan, op zoek naar mogelijke ongeregeldheden. Bij elke andere melding van een vermist persoon zou de politie pas veel later optreden. Maar nu ging het om Berndt Müller, publiek figuur, werkgever van honderden inwoners van Göteborg en omstreken, groot weldoener voor de stad, en dan werden er andere wegen bewandeld. Nog steeds hield de politie rekening met de mogelijkheid dat hij die nacht gewoon thuis zou komen, wellicht met een borrel te veel achter zijn kiezen. Dan zouden de agenten discreet vertrekken en was alles de volgende dag weer vergeten. Maar een misdaad viel niet uit te sluiten, het ging hoe dan ook om een extreem vermogend man. Tijdig optreden kon van levensbelang zijn.

Hedvig was na het eten en twee afleveringen van haar favoriete Netflix-serie in slaap gevallen, maar werd wakker van het tumult in de huiskamer. Ze stommelde slaperig naar beneden en stond een paar minuten in de deuropening voor Gertrude haar opmerkte en met tranen in de ogen terug naar bed stuurde. Toen had Hedvig al meer dan genoeg opgevangen om haar conclusies te trekken. Boven griste ze haar telefoon onder haar kussen vandaan en opende ze haar Twitter-account. Vanwege de bekendheid van hun familie en de overlast die ze toch al ervoeren van paparazzi had Berndt haar en Helle verboden actief te zijn op social media, maar aan die regel had Hedvig zich geen seconde gehouden. Als LadyGoldenSpoon deelde ze haar mening over van alles en nog wat met haar volgers, tachtigduizend op Twitter en ruim honderdtwintigduizend op Instagram, en was ze al door diverse adverteerders benaderd voor een lucratieve samenwerking, die ze steevast weigerde. Aan zakendeals had ze geen behoefte, ze wilde gewoon spuien wat ze op haar lever had, over mode en modeflaters, beroemdheden en nieuwe trends. Wekelijks veranderde ze haar profielfoto, maar nooit was ze herkenbaar in beeld. Zo bleef haar ware identiteit verborgen, want daarover was ze het met haar vader eens: nog meer paparazzi voor de deur hadden ze niet nodig.

Haar gelakte nagels ratelden over de toetsen van haar toestel en binnen een paar tellen stond haar bericht online: *Free at last, pappie is niet thuisgekomen. Meteen politie over de vloer, terwijl hij waarschijnlijk gewoon een fles Dom heeft weggetikt en nu zijn roes uitslaapt in een hotel #godaddy #secondlife #sweetdreams*

13

'Opzij!' Rasmus duwde Tore uit de weg en boog zich over het lichaam van Berndt. Tore had gelijk; zijn huid voelde ijskoud aan en in zijn pols was geen hartslag te bespeuren. Zonder aarzelen ritste Rasmus de tape van Berndts mond. Hij plaatste zijn handen op diens borst en duwde vijf keer krachtig, om vervolgens een stoot adem in zijn mond te blazen. Toen hij als tienjarige jongen zijn moeder een keer op de vloer naast de bank had aangetroffen, lijkbleek en buiten westen, had hij in paniek de buren geroepen. Die belden het alarmnummer, waarna twee ambulancebroeders net op tijd arriveerden om met reanimatie haar leven te redden. Dat maakte zo'n indruk dat Rasmus het zichzelf daarna zo snel mogelijk had aangeleerd. Op YouTube vond hij genoeg instructievideo's om de techniek onder de knie te krijgen. In theorie weliswaar, want het ontbrak hem aan vrijwilligers om op te oefenen.

Na vier series pompen en blazen gaf Berndt een teken van leven. Hij bewoog zijn lippen, alsof hij iets wilde zeggen, en schoof met zijn linkerbeen over het vochtige mos dat de bodem van het eiland bedekte.

'Muts op,' gebood Tore, die Berndt angstvallig in de gaten hield.

Rasmus trok de bivakmuts, die hij voor de reanimatie naast zich neer had gegooid, weer over zijn hoofd. 'Hij moet onderkoeld geraakt zijn in de boot. Hij was ook zeiknat natuurlijk... die twee dekens waren niet genoeg. Geef me een droge.'

Mikkel trok een fleecedeken uit de stapel in zijn armen. Rasmus legde die over het lichaam op de grond en wreef er net zo lang mee tot Berndt zijn ogen opende en met schorre stem begon te protesteren. Zodra hij zijn gemaskerde belagers in het vizier kreeg, jammerde hij als een klein kind. Meteen plantte Tore een laars in zijn ribbenkast.

'Koest!' riep hij. 'En opstaan! We gaan lopen en jij houdt je muil, of moet ik herhalen wat er anders gebeurt?'

Rillend van de kou probeerde Berndt overeind te komen, maar met zijn polsen vastgebonden achter zijn rug lukte dat niet. Mikkel hielp hem overeind en sloeg een deken over zijn schouders, waarvan hij twee punten voor Berndts borst aan elkaar knoopte. Daarna raapte hij de wollen muts van Rasmus van de grond en zette die op het hoofd van Berndt. 'Als je loopt, krijg je het vanzelf warmer,' zei hij, niet onvriendelijk.

'Willen jullie geld?' stamelde Berndt, aangemoedigd door Mikkels woorden. 'Dat kan ik...'

Een vuistslag van Tore landde recht op Berndts neus. Die klapte achterover en landde opnieuw op het mos. Het bloed spoot zijn neus uit en kleurde de onderkant van zijn gezicht dieprood. Mikkel week geschrokken achteruit, maar Tore kwam nu pas echt op dreef. Hij sprong boven op Berndt en duwde zijn handen om diens nek. 'Niet luisteren, hè? Was ik niet duidelijk? Ik zei toch dat je je bek moest houden? En dan toch niet doen. Dat is eigenwijs en daar hou ik niet van. Hoor je me? Daar hou ik niet van!'

In doodsangst staarde Berndt naar de groene ogen van Tore, die zijn luchtpijp met kracht dichtduwde. Het bloed uit zijn neus stroomde zijn halfopen mond in en een vreselijke seconde lang wist hij dat zijn einde nabij was. Toen liet Tore los en rolde Berndt rochelend op zijn zij. Hij spuugde het bloed uit zijn mond en zoog met grote teugen lucht naar binnen.

Tore sprong op en grijnsde naar Rasmus, de energie spatte uit zijn ogen. 'Waar is die tape gebleven?'

Rasmus probeerde te slikken, maar zijn keel was te droog. 'Nog in de bus.'

'Nou, dan heeft meneer geluk.' Tore ging achter Berndt staan en trok hem met een ruk omhoog. 'Ben ik nu duidelijk geweest?' vroeg hij. 'Heldere communicatie is heel belangrijk, weet je? Ik zeg iets en jij doet het. Zo gaat het de komende tijd werken. Snap je dat? Anders moet ik weer ingrijpen en dat geeft zo'n troep.'

Berndt knikte hevig. De klap had hem zichtbaar duizelig gemaakt en hij stond te tollen op zijn benen, maar het lukte hem te blijven staan.

'Oké, lopen dan! Of wacht...' Tore haalde Berndts telefoon en de verwijderde simkaart uit zijn zak en wierp die met een wijde boog het water in. 'Ja, we kunnen. Opschieten nou, hoe eerder we hier weg zijn, hoe beter.'

Achter elkaar en bij het schijnsel van één telefoon zochten ze hun weg over het eiland. Berndt haalde herhaaldelijk zijn neus op, maar durfde verder geen geluid uit te brengen. Ook de anderen zwegen. Rasmus wist niet hoe het met Mikkel gesteld was, maar zelf was hij geschokt door Tores optreden. De klap op de neus was nog te rechtvaardigen, daar had Berndt min of meer zelf om gevraagd, maar de halve wurgpoging sloeg nergens op. Die was totaal overbodig, al scheen Tore daar anders over te denken. Het leek wel of hij opleefde van de actie; de blik in zijn ogen nadat Berndt bijna gestikt was, sprak boekdelen. Mikkel had al gezegd dat Tore geen kleine jongen was, maar wat hij precies gedaan had, wist Rasmus niet. Hij besloot Mikkel uit te horen zodra ze met zijn tweeën waren. Niet dat er dan iets zou veranderen – de weg die ze waren ingeslagen kende maar één richting. De ontvoering was een feit en ze konden niet meer terug.

14

Na een brede strook mos, die de kustlijn markeerde, volgde een heidegebied dat schielijk overliep in een dichtbegroeid bos. Vlak voor de bosrand stuitten ze op een zandpad. Mikkel ging voorop en hield op zijn telefoon de route in de gaten, tot hij opeens bleef staan en Rasmus tegen hem opbotste.

'Wat doe je?'

'Hij valt uit.'

'Wat? Je telefoon?'

'Ja. Kut. Hebben jullie nog ontvangst?'

De anderen controleerden hun toestellen, die ze bewust niet gebruikten om de batterijen te sparen tot ze die in de bus weer konden opladen. 'Niks, verdomme.'

'Het kan toch nooit ver meer zijn? Waar blijft dat hotel? Jij hebt het uitgezocht.' Tores stem klonk dreigend.

'Kalm,' suste Mikkel. 'We zijn er bijna. Als we dit pad volgen, lopen we eigenlijk om het hotel heen en komen we aan de achterkant uit. Dat duurt een dik half uur. Als we het pad verlaten en het bos recht doorsteken, staan we over een minuut of tien voor de hoofdingang.'

'Ik blijf liever op het pad,' zei Rasmus. 'Zonder navigatie weten we niet of we een rechte lijn aanhouden. Als we in kringetjes lopen, zijn we nog verder van huis.'

Tore haalde zijn neus op. 'Tien minuten rechtdoor moet lukken. Een half uur omlopen is mij veel te lang. We moeten hem nog stallen en dat hele eind terugroeien. Ik weet niet hoe het met jullie zit, maar mijn ballen vriezen eraf.'

Mikkel grinnikte. '*Same here*. Ik stem ook voor de kortste route.' Hij bukte onder een laaghangende tak door en verdween in de donkere schaduwen van het bos. Het lichtstraaltje uit zijn telefoon was al snel niet meer te zien. Rasmus keek van Tore naar Berndt, die onophoudelijk beefde, en gaf zich met tegenzin gewonnen. Zwijgend volgde hij Mikkel het bos in, dat al na een paar meter zo dichtbegroeid bleek dat rechtop lopen hun onmogelijk werd gemaakt. De grote bomen waren in het duister nog net te onderscheiden, maar de dunnere stammen lieten zich moeilijk zien. Continu botsten ze tegen takken op en struikelden ze over wortels en stronken. Berndt moest meerdere keren overeind geholpen worden omdat hij zijn handen niet als voelsprieten kon inzetten, zoals de anderen deden. Rasmus raakte gedesoriënteerd en wilde net voorstellen om te keren en toch het pad te volgen, toen Mikkel een kreet slaakte.

'Yes, we zijn er!'

Rasmus wrong zich tussen twee bomen door en ging naast Mikkel staan. Het bos hield abrupt op en gaf ruimte aan een vrijgemaakt terrein, ter grootte van vier voetbalvelden. In het midden stond een gehavend pand, dat in het schijnsel van de halfvolle maan, die van achter het wolkendek tevoorschijn was gekomen, veel weg had van een spookhuis uit een klassieke griezelfilm. Onder een schuin aflopend rieten dak, dat aan de linkerzijde deels was ingestort, vormden twee zuilen, enkele traptreden en een houten poort de centrale entree. Het pand was uit steen opgetrokken en aan weerszijden van de poort en over de gehele bovenverdieping sierden vierkante ruiten met houten luiken de gevel. De veranda die het hotel omringde was uit planken opgebouwd. De robuuste uitstraling die het pand ooit gehad moest hebben, was nog zichtbaar, maar werd door het ingestorte dak, de gebroken ruiten en scheefhangende luiken grotendeels tenietgedaan.

Tore nam geen tijd om stil te staan. Hij trok Berndt aan zijn arm met zich mee naar de linkerzijde van het pand. 'De hoofdingang zal wel vergrendeld zijn,' riep hij over zijn schouder.

Rasmus en Mikkel snelden achter hem aan en samen betraden ze de houten veranda, die kraakte onder hun gewicht. Dat binnenkomen geen probleem zou vormen, ontdekten ze al snel. Van twee vensters restte slechts een ontelbare hoeveelheid glassplinters op de plankenvloer van de veranda. Ze knisperden onder hun schoenzolen terwijl ze er voorzichtig doorheen stapten. Om zijn hand niet te beschadigen streek Mikkel met zijn elleboog over de onderste kozijnrand van het achterste venster. 'Geen glas meer.' Hij greep de rand met beide handen beet, drukte zich omhoog en zwaaide zijn benen naar binnen. Rasmus volgde zijn voorbeeld en samen hielpen ze Berndt, die van Tore een duw in zijn rug kreeg.

Toen ook Tore binnen stond, liet Mikkel het licht uit zijn telefoon door de ruimte glijden. Welke functie de kamer ooit had gehad was niet meer te achterhalen. De volledige vloer was bedekt met een dikke laag uitgedroogde vogelpoep en tientallen nesten tussen de spanten in het plafond wezen erop dat de vogels, waarom het eiland bekendstond, in het voorjaar hier hun heil zochten. Ondanks de ontbrekende ruiten hing er een penetrante geur, die maakte dat Mikkel een hand voor zijn neus en mond sloeg en snel doorliep naar een deur in de hoek, die met een hangslot was vergrendeld. Tore snelde toe en knipte het slot open met een ijzertang uit zijn rugzak. Mikkel duwde de deur open en scheen naar binnen. De oude keuken was vrij van vogelpoep en stank en voelde door het gebrek aan raampartijen meteen een stuk minder koud aan. Tegen een muur stond een houten wandmeubel, waar de deurtjes uit waren gesloopt en op de plek waar twee afgebroken leidingen uit de muur staken, had hoogstwaarschijnlijk ooit een kraan gezeten. Een flinke open haard en een lege kaarsenhouder aan een schakelketting aan het plafond hintten naar een sfeer van knusheid die deze kamer moest hebben gehad.

Tore controleerde een tweede deur, die toegang bood tot de rest van het hotel, als hij niet op slot had gezeten. Toen de deur zelfs na een paar stevige kicks geen millimeter meegaf, knikte hij tevreden. 'Dit is de plek.'

'Top.' Mikkel scheen zijn licht over de uiteinden van de vloer en vond wat hij zocht. Hij liep met grote passen naar een stuk muur naast het wandmeubel, zakte door zijn knieën en greep een kalkwitte buis beet. 'De oude waterleiding,' mompelde hij, 'komt hier uit de muur en...' hij volgde de buis met zijn lichtbundel, 'verdwijnt daar door de muur naar de andere kant. Perfect.' Hij knikte naar Tore, die begreep waar hij op doelde.

In een mum van tijd zat Berndt op een deken op de vloer, met een hand vastgebonden aan de waterleidingbuis. Zijn andere hand was vrijgelaten zodat hij bij de flesjes water en de energierepen kon die Tore en Mikkel uit de binnenzakken van hun jassen hadden opgediept.

Ook Rasmus trok een flesje water uit zijn zak en zette het naast Berndt op de grond. Het bevreemdde hem dat van die grote man met zijn klinkende reputatie niets meer over was. Jarenlang had hij zijn foto's uit kranten en bladen geknipt en in boeken geplakt en nog nooit had Berndt Müller er zo nietig en kwetsbaar uitgezien als hier op de keukenvloer van dit verlaten hotel. Met de bloedkorsten onder zijn neus, de tranende ogen en de deken om zijn schouders leek zijn persoonlijkheid te zijn verdampt. Buiten zijn natuurlijke habitat van rijkdom, macht en luxe was de mediatycoon volledig weggevaagd. Op de een of andere manier verscherpte dat beeld de minachting die Rasmus voor hem voelde. Hij keek naar

Mikkel en Tore en knikte. Het zat erop, ze konden naar huis. Hier hadden ze voorlopig niets meer te zoeken.

15

Verstijfd van angst hoorde Berndt hoe de drie mannen het hotel verlieten. Ze sloten de deur van de keuken waar hij zat, klommen over de kozijnen van de naastgelegen kamer, landden op de glassplinters op de veranda en toen was het stil. Doodstil. Hij wilde schreeuwen dat ze hem hier niet alleen achter konden laten, dat hij zou sterven van de kou en dat hij ze zou geven wat ze hebben wilden, als hij maar weg mocht. Terug naar huis, naar Jannike in zijn eigen warme bed waar hij morgenvroeg zou ontwaken uit deze nachtmerrie. Maar hij durfde niet – de valse groene ogen van de man die hem bijna gewurgd had, stonden hem helder voor de geest. Niet zijn handen, maar zijn ogen hadden Berndt de meeste schrik aangejaagd. Ze weerspiegelden een gewetenloze kille ziel, en, vlak voordat de man losliet en Berndt ervan overtuigd was dat hij stikte, leken ze even te glanzen van opwinding. Voor hem moest hij oppassen, wist Berndt, hij was zonder twijfel de gevaarlijkste.

Met zijn vrije hand voelde hij aan zijn neus. De zwelling leek reusachtig en deed aan alle kanten pijn. Het bot moest op meerdere punten gebroken zijn. De korsten eronder raakte hij niet aan, uit angst dat het bloeden opnieuw begon. Hij streek het vocht uit zijn ogen, maar toen hield hij het niet meer. Een rauwe kreet ontsnapte uit zijn keel en hij huilde zoals hij lang niet meer gedaan had. Wat was er in godsnaam gebeurd? In welke derderangsfilm was hij terechtgekomen? Waarom moesten ze hem hebben? Toen hij vroeg of ze op geld uit waren, kreeg hij een ram op zijn neus. Maar wat wilden ze dan? En waarom zeiden ze dat niet meteen? Waar was deze eenzame opsluiting goed voor? Hij stond machteloos en dat voelde ronduit verschrikkelijk. De tranen stroomden over zijn wangen tot hij uitgeput en rillend van de kou op zijn zij zakte. Hij legde zijn hoofd op de arm die met tiewraps aan de buis was vastgemaakt, trok een stuk van de deken onder zijn natte broek vandaan en sloeg die om zich heen. Uitgeput viel hij in slaap.

Een tijd later, het was nog steeds pikdonker, werd hij wakker van een geluid. In paniek schoot hij omhoog, wat een felle pijnscheut veroorzaakte op de plek waar de plastic boei zijn pols omsloot. 'Wie is daar?' riep hij, hoorbaar bang. Hij kneep zijn ogen tot spleetjes, maar kon niets ontwaren, alles om hem heen was zwart. Op een zacht ruisen van de bomen na hoorde hij ook niets meer. Had hij het zich verbeeld? Of stond er iemand bij hem in de kamer, heel dichtbij? Voorzichtig stak hij zijn vrije arm naar voren, hij leunde voorover en bewoog de arm zo ver hij kon strekken, maar raakte niets. 'Niemand,' fluisterde hij, en toen nogmaals, harder nu: 'Er is hier niemand, ik ben alleen.' Hij schoof met zijn rug tegen de muur en trok de deken verder over zijn borst. De houten vloer was koud, maar toch voelde het beter de deken over zich heen te hebben, voor de warmte en als bescherming tegen het kwaad, in welke vorm of gedaante dan ook. Omdat hij merkte dat het geluid van zijn stem hem enigszins geruststelde, praatte hij verder.

'Ik ben alleen en alles komt goed.' Ja, als hij niet gek wilde worden, moest hij zijn angst de baas blijven. Voor het eerst in lange tijd was hij de regie kwijt, maar zijn emoties kon hij nog wel controleren. Ik ben alleen en alles komt goed. Ik ben alleen en alles komt goed. Hij bleef de zin in gedachten herhalen tot de vermoeidheid intrad en hij opnieuw in slaap viel.

Toen hij voor de tweede keer wakker werd, was het diepste donker verdwenen. Door de kieren onder en boven de deur naar de vogelkamer vielen twee strepen licht de keuken binnen. Het was niet veel, maar voldoende om de contouren van de voorwerpen in de ruimte te kunnen onderscheiden: een kaarsenhouder aan het plafond, een stenen schouw rondom de haard tegenover hem, en naast hem een wandmeubel met kastjes zonder deuren. Hij had ze eerder gezien, bij het licht uit de telefoon van een van de mannen, maar hij was toen te bang geweest om goed rond te kijken. Nu had hij alle tijd en… Ineens stokte de adem in zijn keel. Er lag iets op de vloer in het midden van de ruimte. Hij sperde zijn ogen eerst wijd open en kneep ze toen bijna dicht. Ja, hij zag het echt: een stenen mok en daarnaast een schoteltje met een plak cake. Hadden die daar de hele nacht al gestaan? Nee, onmogelijk, de mannen hadden drie flesjes water en een pak energierepen naast hem neergelegd en daar moest hij het mee doen. Hij schoof zo ver mogelijk onderuit, strekte zijn been en haakte een schoen achter het schoteltje. Voorzichtig trok hij het naar zich toe. De cake voelde zacht en vers aan, alsof hij pas gebakken was. Ergens in zijn hoofd waarschuwde een stemmetje dat hij niet zonder meer moest toehappen, dat hij niet wist of ermee gerotzooid was, maar dat geluid negeerde hij. Alleen al de aanblik van de verse plak bood zo veel troost dat hij zich niet kon inhouden. Hij zette zijn tanden erin en op slag was hij terug in zijn jeugd, aan de keukentafel bij zijn moeder, die hem maar al te graag verwende. Haar kladdkaka, een kleverige chocoladecake, was zijn favoriet, maar ook haar bosbessentaart smaakte nergens lekkerder. Was ze maar hier, dacht hij, en meteen schoot hij vol.

'Niet doen!' riep hij ferm. Nee, niet gaan janken nu, dat had geen zin. Als hij sterk bleef, kwam het goed. Hij richtte zijn aandacht op de mok en herhaalde de beweging met zijn been. Tijdens het schuiven klotste een witte vloeistof over de rand. Hij reikte met zijn hand, kon zijn wijsvinger in het oortje steken en trok de mok naar zich toe. Het was melk, lauwwarme melk met honing. Verbijsterd likte hij zijn lippen af. Warme melk? Wie had die hier neergezet? Waren de mannen teruggekomen? Of… was hij niet alleen in dit hotel? Die gedachte verlamde hem een ogenblik, maar toen haalde hij diep adem en brulde hij zo hard hij kon.

'Help! Kom terug! Help!'

16

Hedvig had zich al een paar keer omgedraaid in bed, maar kon de slaap niet meer vatten. De wens om de berichten op haar telefoon te checken was te groot en maakte haar rusteloos. Meestal besteedde ze de zondag aan het maken en uploaden van nieuwe content op haar socialmedia-accounts. Sloeg ze een weekend over, dan kostte dat makkelijk een paar honderd volgers en dat zou rampzalig zijn voor haar *it-girl*-reputatie. In het begin had ze het jammer gevonden dat ze haar ware identiteit niet prijs kon geven, maar daar had ze zich snel bij neergelegd toen bleek dat het mysterie haar alleen maar interessanter maakte. Het was bijna een sport geworden foto's van zichzelf te nemen zonder herkenbaar in beeld te komen. Haar lange lokken leenden zich daar prima voor, maar ook pruiken, hoeden en brillen gebruikte ze graag. Ze gooide haar slanke benen uit bed en onderwierp ze aan een strenge inspectie. Een verzachtende bodylotion kon geen kwaad. Haar moeder had haar pot crème niet eens gemist. Juist reikte ze onder het bed om het peperdure goedje te pakken toen Helle zonder kloppen de kamer binnenkwam.

'Wat doe jij nou?' Hedvig schrok en keek haar zus verontwaardigd aan.

Helles bleke gezicht leek haast doorschijnend. Donkere kringen tekenden haar ogen en onder haar halfopen kamerjas droeg ze nog de kleding die ze een dag eerder had aangetrokken. 'Hè?' Versuft liet ze haar ogen door de ruimte dwalen. Ze was al een tijd niet meer op Hedvigs kamer geweest. 'Die crème is van mama,' zei ze, wijzend op de pot in Hedvigs handen. Het was eerder een constatering dan een verwijt en dat bevreemdde Hedvig.

'Wat kom je doen?'

'Papa is weg,' zei Helle, met een wezenloze blik. 'Zijn auto staat nog bij de sauna, maar hij is verdwenen en zijn telefoon is uitgeschakeld. Mama en ik hebben iedereen gebeld; niemand weet waar hij is. De politie wil het nog steeds geen vermissing noemen, daar zou het te vroeg voor zijn, maar er is onder de districtscollega's wel een opsporingsbericht verspreid.'

Hedvig staarde haar zus aan. Ze schrok meer van het monotone gestamel van haar zus en haar zombie-uitstraling dan van wat ze eigenlijk vertelde. 'Misschien is hij uit de sauna met iemand meegegaan en liep het uit de hand, hebben ze te veel gedronken, of zoiets. Hij is vast in slaap gevallen en straks komt hij gewoon weer terug. Maak je niet druk.' Ze stond op, legde een hand op Helles schouder en duwde haar met zachte dwang de kamer uit. 'Ga slapen, volgens mij val je bijna om.' Ze sloot de deur en liep terug naar het bed, waar ze de pot opendraaide om haar vingers erin te dopen. Terwijl ze haar benen insmeerde met een dikke laag crème probeerde ze een beginnend gevoel van ongemak te negeren. Ze kon zich niet herinneren dat haar vader zo lang was weggebleven zonder dat ze wisten waar hij uithing. En de altijd rustige en verstandige Helle had nog nooit zo raar gedaan. Met een badlaken wreef ze haar handen droog en toen klapte ze achter haar bureau de laptop open. Ze opende het tabblad met haar Twitter-account, negeerde de opmerkingen die een laatste tweet had opgeroepen en typte rap een nieuw bericht: *Pap nog steeds niet thuisgekomen. Politie heeft opsporingsbericht verspreid. Te veel booze? Een minnares? Of is er echt iets engs gebeurd en moet ik bang worden? As if! #daddycomehome #scarednotscared*

Ze klikte op 'verzenden' en hoefde maar een paar tellen te wachten voor de eerste reacties binnendruppelden. *'Sterkte!', 'Hang in there!'* en *'Fingers crossed!'* toverden een glimlach op haar lippen, maar als altijd kwamen er ook negatieve en kwetsende antwoorden, meestal van anonieme accounts met fake profielfoto's. *'Enjoy the silence', 'Met zo'n dochter is het een wonder dat hij nu pas op de vlucht slaat!', 'Ik weet waar hij is, maar ik zeg het niet.' 'Opgeruimd staat netjes.' 'Dood en begraven.' 'Is mij ook overkomen, die zie je dus nooit meer terug.'*

Meestal las ze de opmerkingen met een half oog, om ze daarna achteloos opzij te schuiven, maar dit keer lukte dat niet. Ze bleef lezen tot de tranen in haar ogen stonden en het onaangename gevoel in haar maag tot een flinke baksteen was uitgegroeid. Toen klapte ze de laptop dicht en rende ze naar beneden, waar Jannike onder een dekbed op de bank lag. Hedvig trok de deken omhoog en kroop snikkend tegen haar moeder aan. Van de stoere diva met de grote mond was niet veel meer over.

17

In de keuken van Mikkels hospita rook het naar gebakken eieren met spek. Uit de radio op het aanrecht klonk een relaxed reggaedeuntje en met twee spatels in zijn handen probeerde Mikkel de perfecte uitsmijter te bakken. Aan de tafel achter hem had Rasmus zijn bord al halfleeg. Hij barstte van de honger en had met moeite buiten gewacht tot Mikkels hospita naar de zondagse ochtendmis vertrok. Gezien de omstandigheden vonden ze het beter geen aandacht te trekken of ruzie te maken, al was het met een oude blinde dame die waarschijnlijk weinig kwaad kon. Tore had hen in de vroege ochtend afgezet en de bus meegenomen om die bij de garage te stallen. Hem zouden ze vandaag niet meer zien en dat vond vooral Rasmus een hele geruststelling.

'Waar ken je hem eigenlijk van?' vroeg hij met volle mond.

'Tore?' begreep Mikkel meteen. Hij keek grijnzend over zijn schouder. 'Pittig mannetje, niet?'

'Agressief en onberekenbaar mannetje, zul je bedoelen,' zei Rasmus stug. 'We kunnen nu niet meer terug, maar ik heb me al een paar keer afgevraagd of zijn betrokkenheid geen vergissing was. Zag je dat hij hem bijna wurgde?'

Mikkel schoof bij Rasmus aan tafel en zette zijn bord neer. Hij bestrooide zijn drie eieren rijkelijk met zout en peper en kneep er een klodder ketchup overheen. 'Als je hem niet kwaad maakt, is het geen slechte kerel,' begon hij. 'Hij heeft me al een paar keer uit de brand geholpen. Toen ik mot had met die dealers bij het station, heeft hij er twee zodanig op hun lazer gegeven dat ze voortaan ver bij me uit de buurt blijven. En langer geleden, voordat ik jou tegenkwam, bleef ik wel eens bij hem pitten en eten. Sinds hij getrouwd is, doe ik dat niet meer. Dat wijf van hem spoort echt niet.' Hoofdschuddend nam hij een flinke hap.

Rasmus at zijn bord leeg en keek verlangend naar de pan op het fornuis.

'Er is nog brood en kaas,' wees Mikkel, 'en in de kast van de *landlady* liggen die lekkere koeken. Pak maar, ik doe straks boodschappen en dan leg ik wel wat terug. Gaat ze niet zeuren.'

Dat liet Rasmus zich geen twee keer zeggen. Het was alsof de trip naar het eiland alle energie uit zijn lichaam had gezogen. Moe was hij ook, maar nog te opgefokt om te kunnen slapen. Dat kwam later, eerst moest er gegeten worden. Met de koeken, twee boterhammen en een stuk kaas ging hij weer bij Mikkel zitten.

'Om je vraag te beantwoorden: ik ken Tore van de basisschool, hij zat drie of vier jaar hoger dan ik. Echt vrienden waren we niet, maar we bleven elkaar tegenkomen, op feesten, op straat en later belandden we samen in een groepje dat wel eens rottigheid uithaalde. Niks bijzonders,' haastte hij zich te zeggen, 'kruimelwerk, inbraken, een paar auto's, je kent het wel.'

Rasmus kende het niet, maar hield zijn mond. Hij wist dat Mikkel meer op zijn kerfstok had dan hij, maar had hem daarom nooit veroordeeld. Dat zijn vriend een goede gast was bewezen zijn enorme gastvrijheid en de gulheid waarmee hij zijn kamer en eten met Rasmus deelde.

'Omgekeerd heb ik hem ook geholpen. Een valse verklaring van mij heeft hem nog eens uit de bak gehouden. En toen ik bij een inbraak een partij pillen vond, heb ik die aan hem gegeven. Hij had het geld harder nodig dan ik.' Hij veegde de ketchup van zijn lippen en likte zijn vingers af. 'Zo is de vriendschap geleidelijk gegroeid. We lopen elkaars deur niet plat, maar als het nodig is, weten we elkaar te vinden. Zoals nu. Ik snap dat je je twijfels hebt, aan Tore moet je even wennen. Maar geloof mij, we hadden geen betere kunnen kiezen.'

Rasmus dacht er het zijne van, maar nu zijn honger gestild was, leken zijn zorgen een stuk minder groot. Hij slikte een laatste hap kaas door en voelde hoe zijn lichaam langzaam toegaf aan de vermoeidheid. Het extra matras op Mikkels kamer begon al te roepen toen een stem op de radio plotseling zijn nekharen overeind zette. Hij stoof naar het aanrecht en tilde de radio op. Mikkel keek hem verbaasd aan, luisterde mee en sloeg toen van schrik een hand voor zijn mond.

'*... al wil de politie niet van een vermissing spreken. Berndt Müller is sinds afgelopen zaterdag omstreeks vijf uur in de middag niet meer gezien. Van een officiële vermissing is pas sprake na vierentwintig tot achtenveertig uur afwezigheid en is afhankelijk van de omstandigheden waarin de persoon verkeert. Doorgaans wordt pas na achtenveertig uur een opsporingsbericht uitgevaardigd. Op de vragen waarom dat in dit geval eerder is gebeurd en waarom agenten het thuisadres van de familie Müller in Göteborg vannacht hebben bezocht, geeft de politie vooralsnog geen commentaar. Zodra er meer nieuws te melden is over de mogelijke vermissing van Berndt Müller, eigenaar-directeur van Müller Media, onderbreken wij de reguliere uitzending voor een extra journaal.*'

18

Rasmus zette de radio terug op het aanrecht. Hij was met stomheid geslagen. Dat de ontvoering door de media zou worden opgepikt, was een optie waarmee hij van begin af aan rekening had gehouden. Berndt en zijn familieleden waren nu eenmaal publieke figuren, die wekelijks op televisie en in de bladen te zien waren. Zodra de losgeldeis bij zijn vrouw binnenkwam en zij besloot het nieuws wereldkundig te maken, wist heel Zweden ervan. Of Jannike de media zou opzoeken was niet te voorspellen. De politie zou het haar ongetwijfeld afraden, maar of ze dat advies zou opvolgen bleef de vraag. Zij was een leven in de spotlights gewend en de lijnen naar de pers waren erg kort. Gedrieën hadden ze de mogelijke scenario's doorgenomen en geconstateerd dat dit een element in het plan was waarop ze weinig invloed konden uitoefenen en waarover ze zich niet druk moesten maken. Zodra de losgeldeis was gedropt, moest hun focus liggen op het binnenhalen van de buit, de rest zou hun een worst wezen.

Zover was het alleen nog niet. De brief met de eis om losgeld in ruil voor de vrijlating van Berndt Müller zat nog altijd in een steriel plastic zakje in Rasmus' weekendtas. Behalve zij drieën wist niemand dat de man ontvoerd was. Het stond voor de buitenwereld niet eens vast of er überhaupt sprake was van een vermissing.

'Hoe weten ze dit zo snel?' vroeg Rasmus zich hardop af.

'Bizar...' antwoordde Mikkel. 'Of is die familie nog mediageiler dan we dachten? Hebben ze nu al hun vriendjes bij de pers gebeld?'

Hij begon door de keuken te ijsberen. 'Dan is het toch ronduit belachelijk dat Radio Göteborg dit meteen de ether in gooit? Dat ze er nota bene extra journaals aan willen wijden. Alsof ze hetzelfde zouden doen als jij of ik een nacht niet thuiskomen! Nee, nu gaat het niet om zomaar iemand, dit is de eigenaar-directeur van Müller Media en dus is het opeens wel belangrijk.' Hij maakte een wegwerpgebaar en bleef wijdbeens voor Rasmus staan. 'Ik weet niet wat jouw connectie met die man is, maar mijn zegen heb je. Laat die arrogante rijke stinkerds maar eens flink zweten. Gadverdamme, ik walg gewoon van ze.'

'Hoezo "weet je niet wat mijn connectie met die man is"?' vroeg Rasmus gealarmeerd.

Mikkel keek verstrooid op en trok toen een grimas. Hij snoof verontwaardigd en zocht even naar woorden. 'Je bent mij geen uitleg verschuldigd,' zei hij quasinonchalant, 'en het gaat me ook niets aan, maar dat jij iets met die Berndt Müller hebt uit te vechten, lijkt me duidelijk. *I wasn't born yesterday, you know.*'

Rasmus trok zijn wenkbrauwen op. 'Ik weet echt niet...' begon hij, maar Mikkel onderbrak hem.

'Niet liegen tegen mij. Houd liever je mond, ik hoef het niet te weten.' Hij stapelde de borden in de gootsteen en liep de keuken uit.

Rasmus hoorde hem de trap op klossen. Het voelde niet goed zijn vriend in het ongewisse te laten, maar hij had nog nooit iemand over zijn vroege jeugd verteld, laat staan over de relatie van zijn moeder met de rijkste zakenman van Zweden. Toen hij over zijn plan begon om Berndt Müller een hoop geld afhandig te maken, reageerde Mikkel meteen zo enthousiast dat zijn beweegredenen niet eens ter sprake waren gekomen. De grootte van hun penthouses en de luxe vakanties die ze zouden vieren waren reden genoeg om de actie door te zetten. Toen Tore erbij kwam, zei die dat Rasmus' redenen hem niet interesseerden, ook hij richtte zich volledig op het geld.

Met een bezwaard gemoed waste Rasmus de borden af. Dankzij Mikkel was zijn honger gestild en kon hij zo gaan slapen in een warme kamer in plaats van buiten in de kou. Mede dankzij Mikkel zat de Bedrieger veilig opgeborgen op een eiland voor de kust en lag het geld straks voor het oprapen. Als iemand recht had op zijn vertrouwen en oprechtheid was het Mikkel wel. Hij zette de radio uit en liep naar boven, benieuwd hoe zijn vriend zou reageren als hij hoorde dat mediatycoon Berndt Müller ooit zijn stiefvader was geweest. Maar zodra hij de deur opendeed, zag hij dat die reactie voorlopig zou uitblijven: Mikkel lag met open mond te ronken in bed. Rasmus trok het extra matras van de muur en legde het op de grond. Opeens was hij zo moe dat het te veel moeite kostte zijn schoenen uit te trekken en in de slaapzak te kruipen. Hij sloeg de zak om zijn schouders en sliep zodra zijn hoofd het matras raakte.

19

Berndt had gebruld tot hij weer begon te bloeden. De druk op zijn neus was kennelijk te hoog geweest. Hij merkte het pas toen hij zijn hoofd liet hangen en de donkere vlekken op zijn spencer zag. Gedesillusioneerd was hij gaan liggen en had hij geprobeerd verklaringen te vinden voor de warme melk en de cake. Vermoeidheid speelde hem nog steeds parten, want hij doezelde weg en toen hij wakker werd was het weer een stukje lichter in de ruimte. De kieren onder en boven de deur wierpen een helder licht naar binnen en gaven de keuken een kille uitstraling. Het was koud, zijn klamme kleding plakte tegen zijn verkleumde lijf. De dekens en de wollen muts konden niet voorkomen dat hij klappertandde. Berndt duwde zich rillend overeind en voelde voorzichtig aan zijn neus. Dikke korsten hoopten zich op en het bloeden werd al minder. Daarna bekeek hij de pols van zijn vrije hand, waarop rode striemen zich aftekenden die pijnlijk brandden. In tegenstelling tot zijn geboeide hand, want die voelde hij helemaal niet meer. Op de plankenvloer lag hij net wat lager dan de buis waar zijn hand aan vastzat en dat was funest voor de doorbloeding ervan. De hand had een tijdje getinteld, maar nu leek het of er geen gevoel meer in zat. Thuis zou Jannike zijn polsen allang met een geurende lotion gemasseerd hebben. Hier was hij op zichzelf aangewezen, niemand zou hem helpen. Wie kwam er in de winter nou naar Vargö? Want dat dat het eiland was waarop hij werd vastgehouden, mocht duidelijk zijn. Zodra hij op Brännö uit de bus werd gehaald, had hij geweten waar hij was. Hij kwam er in zijn jeugd al om te vissen en schelpen te zoeken en later waren er de zogenoemde heisessies met directie en management van Müller Media, waarin de strategie van het bedrijf besproken werd. Tientallen keren had hij Brännö al bezocht, en dat was vaker dan zijn gemaskerde ontvoerders, die kaarten en telefoons nodig hadden om hun weg te vinden. Op Vargö had hij nog nooit voet gezet, maar hij kende zijn topografie en de boottocht vanaf de zuidwestpunt van Brännö kon nergens anders toe leiden. Het moest er prachtig zijn, maar dat hielp hem niet. De recreanten die hier zomers rondliepen, bleven in de winter weg. De meesten kwamen immers voor de vogels en die waren maanden geleden al weggetrokken.

Een vreemd geluid maakte een einde aan zijn overpeinzingen. Hij spitste zijn oren en hield zijn adem in. Bijna dacht hij dat hij het zich verbeeld had, toen het opnieuw klonk, een zacht maar dreigend knerpen, niet ver van hem vandaan. Zijn hart sloeg op hol en hij moest zijn hand tegen zijn mond drukken om niet te schreeuwen van angst. Het knerpen ging door, harder nu, en eindigde met een metalen klik. Plots herkende hij het geluid: het was een sleutel in een slot. Hij draaide zich naar de hoek, waar een van de ontvoerders een afgesloten deur had geprobeerd open te maken. Vanuit zijn positie kon Berndt de deur niet zien, maar toen hij een klink naar beneden hoorde bewegen en een zacht gelig schijnsel de donkere hoek oplichtte, hield hij het niet meer. Hij duwde zichzelf tegen de muur en verschool zich achter de deken, alsof het een pantser was dat hem zou beschermen.

'Wie is daar?' fluisterde hij. Met grote ogen zag hij hoe het schijnsel dichterbij kwam. Het licht scheen uit een ouderwetse olielamp, net zo een als ze vroeger thuis hadden gehad, en werd vastgehouden door een kleine witte gedaante zonder hoofd. Berndt trok zijn knieën voor zijn borst en hapte naar adem. Zijn stem liet hem in de steek toen hij nogmaals wilde vragen wie er binnenkwam.

De gedaante schreed langzaam naar de muur tegenover Berndt en draaide zich toen om. Tot zijn verbijstering zag Berndt een kind staan. Een klein kind met gevoerde laarsjes, een groene maillot en een halflange witte jas. Omdat het schijnsel niet verder reikte dan schouderhoogte had het even geleken of een hoofd ontbrak. Berndt liet een zucht ontsnappen en bewoog haastig met zijn hand om aan te geven dat de lamp omhoog moest. Dat gebeurde niet.

'Wie ben jij?' vroeg hij gespannen. 'Waar kom je vandaan? Weten je ouders dat je hier bent? Kun je ze gaan halen? Ik zit vast, zie je?' Hij wees op zijn vastgebonden hand die onder de deken uitstak en staarde in de lamp, die nog altijd niet bewoog. Het kind zweeg en verroerde zich niet, alsof het naar een dier keek in het circus en wachtte op een kunstje.

Berndts hersenen draaiden op volle toeren. Dit kind kon zijn ticket naar buiten zijn, maar dan moest hij het niet afschrikken en wegjagen. Rustig, maande hij zichzelf. Hij haalde diep adem en probeerde vriendelijk te klinken. 'Ik ben Berndt,' zei hij langzaam, 'hoe heet jij?'

Geen antwoord. Berndt dwong zichzelf kalm te blijven toen het kind de lamp liet zakken en een paar passen naar voren zette. Met bonzend hart zag hij een tweede handje in het licht verschijnen. Hij stak zijn hand uit en meteen verdween de kinderhand. 'Sorry,' zei hij snel, 'ik wilde je niet bang maken. Voor mij hoef je niet bang te zijn, ik heb zelf ook twee dochtertjes.'

Waarom hij dat zei, wist hij niet, maar het had effect. Het kind plaatste de lamp op de vloer en liep voorzichtig dichterbij. Vanuit het donker doemde een bleek gezichtje op met lange kastanjebruine haren. Twee bruine ogen staarden nieuwsgierig naar de man tegen de muur en naar de gestrekte arm met de hand aan de buis. Opeens maakte het meisje een snelle beweging naar voren en griste ze het schoteltje, waarop de plak cake had gelegen, naar zich toe.

Berndt schrok, maar wist zich snel te herstellen. 'Bedankt voor de cake, hij was echt heerlijk. Had je hem zelf gebakken?' En, toen het stil bleef: 'Wil je de beker ook terug?' Hij pakte de mok en reikte hem het meisje aan.

Schoorvoetend kwam ze naar hem toe. Ze boog zich voorover en nam voorzichtig de beker van hem over. Toen pakte ze de lamp op en rende ze naar de hoek waar ze vandaan gekomen was.

'Nee! Wacht even.' Berndt schoot naar voren en rekte zich zo ver hij kon. De tiewraps sneden diep in de huid van zijn pols, maar dat deerde niet nu een kans op ontsnapping in rook dreigde op te gaan. 'Heb je nog meer melk?' riep hij in een opwelling. 'En cake, ik hou van cake, kom je nog een stuk brengen?'

'Ssstt! Oma is terug en ik mag hier niet komen.' Het fluisterende stemmetje werd gevolgd door het knerpen van de sleutel in het slot en daarna daalde de stilte als een zware deken over de keuken neer.

Berndt kneep zijn ogen dicht. Hij kon wel janken van geluk, maar dit keer bleven de tranen uit. Hij was niet alleen. De ontvoerders dachten hem hier eenzaam op te sluiten, maar dan hadden ze geen rekening gehouden met dit meisje. Een klein meisje en haar oma en wie weet wie er nog meer in dit godvergeten pand aanwezig waren. Hij zou ontsnappen en thuis als een ware held ontvangen worden. De kranten zouden er bol van staan. Iedereen zou aan zijn lippen hangen. Filmmakers over de hele wereld zouden grof geld betalen voor zijn verhaal. Ha! Wie Berndt Alexander Müller klein wilde krijgen, moest godverdomme eerder opstaan! En die ontvoerders zouden hun lafhartige daad een leven lang berouwen. Alles wat hij nodig had, was een beetje geduld.

20

De pers liet er geen gras over groeien. De vermissing was zondagavond de opening van het achtuurjournaal en de volgende dag voorpaginanieuws van alle Zweedse kranten. Hoewel de politie benadrukte dat een onschuldige verklaring nog steeds mogelijk was, werd een misdrijf ook niet uitgesloten. Vooral het feit dat Berndts Volvo voor de sauna aangetroffen was en dat van hemzelf ieder spoor ontbrak, werd als verdacht aangemerkt. De vlucht naar Los Angeles, waarvoor hij zich online al had ingecheckt, was zonder hem vertrokken.

Net als voor de entree van het kantoorpand van Müller Media, op het mediapark aan de rand van Göteborg, had zich voor de deur van het woonhuis van de Müllers in Haga een rits journalisten, fotografen en andere belangstellenden verzameld. Jacob en twee opgetrommelde collega's hielden de wacht voor de voordeur en bij de poort naar de achtertuin om brutale vragenstellers op afstand te houden. Binnen bracht Jannike, geholpen door een dosis stevige kalmeringstabletten, de meeste tijd in bed door en moederde huishoudster Gertrude over de kinderen. Helle zwierf als een zombie door het huis omdat de spanning haar naar de keel vloog zodra ze stilzat, en Hedvig had zich opgesloten in haar kamer. Het dienblad met sandwiches en verse jus dat Gertrude voor haar deur achterliet had ze niet aangeraakt.

Hedvig schaamde zich en was vastbesloten nooit meer een voet buiten de deur te zetten. De politie had haar moeder verteld dat de pers, Radio Göteborg om precies te zijn, zo snel op de hoogte was van Berndts vermissing dankzij Hedvigs Twitter-account. Kennelijk had een van de verslaggevers, zelf een verwoed twitteraar, al langer het vermoeden dat achter LadyGoldenSpoon de jongste dochter van hun beroemde stadsgenoot schuilging, want vorig jaar was hij met een bevriend hacker gaan zoeken en hadden ze via haar IP-adres haar identiteit achterhaald. De berichten over mode en beroemdheden interesseerden hem niet, maar de scoop over haar vader kon hij niet voorbij laten gaan. Toen de politie zijn vermoeden over een vermissing wilde bevestigen noch ontkennen, wist hij dat hij beethad. Het nieuws ging als een lopend vuurtje en Hedvig zag geen andere optie dan haar Twitter-account op te heffen. LadyGoldenSpoon bestond niet meer.

In het veelbekeken televisieprogramma dat elke werkdag om vijf uur 's middags werd uitgezonden, wisselden tal van 'vermissingsdeskundigen' ervaringen uit. Een psycholoog analyseerde de beweegredenen van volwassenen die van de ene op de andere dag huis en haard verlieten om een nieuw leven te beginnen en niet zelden na een aantal maanden gedesillusioneerd terugkeerden. Een inspecteur schetste de werkwijze van de politie in het geval van een vermissing, een bekende journalist rakelde de mysterieuze verdwijning van een meisje op Aruba nog eens op en een oudere dame vertelde vol zelfspot waarom ze gedurende haar leven regelmatig een paar weken 'verdween'. 'Het voelt als een ware bevrijding om het format waarin je jezelf gemanoeuvreerd hebt, los te laten. Na die periode van verlossing ben je weer voldoende opgeladen om je beste zelf te zijn.'

Hedvig werd woest toen ze dit hoorde. Alsof haar vader er zelf voor gekozen had om van hen weg te gaan. Dat bestond niet, daar twijfelde ze niet aan. Ze gooide een fles nagellakremover naar het scherm aan de muur en miste op een haar na. Naar wat er wel aan de hand was kon ze slechts gissen, en dat deed ze al uren aan één stuk. Tientallen scenario's hadden de revue gepasseerd en daar werd ze zo wanhopig van dat ze probeerde haar gedachten met harde muziek te overstemmen. Dat lukte niet. Berndt was vaak weg, maar dan wisten ze steevast waar hij was: op zijn werk, op reis voor werk, op een of ander (ook vaak werkgerelateerd) feest, of in de sauna. Nu hij zonder verklaring was verdwenen, zag ze pas wat een vanzelfsprekende rol haar vader in haar leven vervulde. Ze had vaak gedacht dat ze hem kon missen als kiespijn, maar nu wist ze beter. Hij moest terugkomen, hoe eerder hoe liever. Zonder hem functioneerde haar moeder amper en leek het gezin los zand. Berndt was het cement dat hen bij elkaar hield. Hij was dominant, soms zelfs dwingend, maar dat had ze duizend keer liever dan het stuurloze vacuüm waarin ze nu terechtgekomen waren.

Ze liep naar het slaapkamerraam, trok een gordijn opzij en liet het snel weer los. Het flitslicht van de camera's veroorzaakte sterretjes voor haar ogen.

21

Rasmus, Mikkel en Tore troffen elkaar aan het begin van de avond in café Fisken. Tore kwam recht uit zijn werk en had zijn overall nog aan. Vettige slierten haar, die uit zijn knot waren ontsnapt, plakten tegen een beginnende stoppelbaard en hij kon zijn ogen amper openhouden. Een nacht doorhalen deed hij vaker, maar dan hoefde hij niet door een donker bos te ploegen en een eind te roeien. Bovendien had hij niet de luxe om net als zijn handlangers overdag in bed te liggen. Hij geeuwde en wees op Mikkel. 'Hoe laat begin jij bij de post?'

Mikkel keek op zijn telefoon. 'Mijn dienst start over een uur, maar ik wil best eerder beginnen. Hoe sneller die brief weg is, hoe beter.'

'Nee, dat is raar,' zei Rasmus. 'Je begint op de normale tijd, anders gaan mensen vragen stellen. Niet de aandacht trekken, gewoon je werk doen en weer naar huis gaan. Dat is het beste.' Hij schoof op en neer in zijn stoel en controleerde voor de zoveelste keer of de gasten aan de bar hen niet konden horen.

Tore grinnikte. 'Je moet je eigen woorden ter harte nemen. Zit niet zo te schuiven man, relax. En laat die brief eens zien.'

Rasmus boog zich over de tafel en sprak op zachte toon verder. 'Ik kan je er een foto van laten zien, de brief zelf zit al in een envelop in een steriel zakje. Mikkel, jij neemt dat zakje mee en pas op je werk maak je het open en gaat de brief...'

'Ja, ja, weet ik,' onderbrak Mikkel hem, 'dat hebben we toch afgesproken? Morgenmiddag heeft mevrouw haar brief.' Hij graaide in het schaaltje voor hem en brak geïrriteerd een paar pelpinda's doormidden.

De foto op het scherm van Rasmus toonde een wit vel papier met drie regels tekst. De letters verschilden in grootte en kleur en waren afzonderlijk uitgeknipt en opgeplakt. Tore floot tussen zijn tanden. 'Dat moet een heel werk geweest zijn. Welk papier heb je gebruikt?'

'Het papier, de envelop en de lijm zijn van Rusta, dus in heel Zweden te koop. De letters komen uit kranten die ik op straat heb verzameld. De buitenste pagina's heb ik weggegooid, alleen de binnenste katernen zijn gebruikt. Mijn vingerafdrukken staan nergens op, ik heb met plastic handschoenen aan gewerkt.'

Tore nam de telefoon over, vergrootte de tekst op het scherm en las:

Berndt Müller komt terug als er donderdag 28 november om exact 12.30 uur een afgesloten tas met 30 miljoen kronen in ongenummerde briefjes van 100 staat naast de afvalbak op de hoek van Hornsgatan en Götaplatsen in zuid. Geen politie.

'Nog drie dagen,' verzuchtte Tore, 'ik hoop dat ik ze zo lang koest kan houden.'

'De gasten bij wie je die schuld hebt?' vroeg Mikkel. 'Worden ze ongeduldig?'

'Dat zijn ze al weken. Het is dat ze weten dat ik met iets groots bezig ben, anders hadden ze zeker eerder ingegrepen.'

Rasmus schrok. 'Je hebt toch niks verteld?'

Tore haalde zijn schouders op. 'Ik moest wel, anders zat ik hier misschien niet eens.'

'Wat bedoel je? Weten ze om wie het gaat?'

'Wat denk jij? Die gasten volgen ook het nieuws.'

Rasmus werd woest. Hij balde zijn vuisten samen en moest zijn uiterste best doen om te blijven zitten. 'Niemand mocht het weten, niemand! Alleen wij drieën. Dat was een heel duidelijke afspraak, daar waren we het verdomme allemaal over eens. Wie weet wat die lui met de informatie doen? Nu kunnen we er beter mee kappen. Ik wist dat het een vergissing was om jou erbij te halen.'

Die laatste woorden vielen verkeerd. Tores ogen spoten vuur en voor Rasmus zich kon verroeren, klemde Tore een arm om het hoofd van Rasmus en drukte hij hem tegen het tafelblad. 'Wat zeg je nou, vriend?' siste hij dreigend. 'Een vergissing? Dat dacht ik niet. Wie heeft de bus geregeld? En de wapens? En wie heeft die tyfusboot bestuurd?'

Rasmus liep rood aan en probeerde uit Tores greep te ontsnappen, maar hij zat muurvast. De overweldigende kracht van Tore, die nu met een simpele beweging zijn nek kon breken, maakte hem doodsbang.

Mikkel gebaarde sussend naar de barvrouw, die verschrikt aan kwam lopen, dat er niets aan de hand was en dat ze nog een rondje in mocht schenken. 'Kom Tore, Rasmus bedoelde het niet zo, hij schrok alleen even. Kan gebeuren, hij is dit niet gewend.'

Tore snoof. Hij wilde nog niet toegeven. 'We kappen helemaal niet, ik heb het geld veel te hard nodig. En zonder mij waren jullie nergens.'

'Dat weten we toch,' beaamde Mikkel, 'je hebt helemaal gelijk, zonder jou waren we niet zo ver gekomen. En dat vindt Rasmus ook, of niet dan?'

Tore liet zijn greep verslappen, waardoor Rasmus iets meer bewegingsvrijheid kreeg en kon praten.

'Ja,' bracht Rasmus hijgend uit.

Maar Tore was nog niet tevreden. 'Wat ja?'

'Het was geen vergissing, het is juist goed dat je meedoet. Ik schrok alleen van wat je zei, maar… dat is alweer over. We gaan gewoon door.'

Dat bleek voldoende. Tore trok Rasmus overeind en knipoogde naar de barvrouw, die twee glazen cola en een bier voor hen neerzette. 'Dank je wel, schoonheid.' Toen schoof hij de cola naar zijn tafelgenoten en sloeg het glas bier achterover. Hij boerde, gooide wat munten op tafel en met een 'Later, mannen' verliet hij het café.

Rasmus en Mikkel keken hem door het raam na. 'Hij is gek, het kan me niet schelen wat je zegt.' Rasmus wreef met zijn handen langs zijn hals. 'Ergens daarbinnen zitten een paar schakels verkeerd en dat maakt hem onvoorspelbaar en gevaarlijk. We kunnen niet meer terug, dat zie ik ook. Maar zodra we donderdag die tas met geld pakken, is het klaar en wil ik nooit meer iets met hem te maken hebben.'

22

Tegen middernacht had Berndt de hoop op een tweede bezoek van het meisje opgegeven. De maandag was voorbijgegleden zonder dat zij zich liet zien. Zijn kleding – ondergoed, ribbroek, overhemd en spencer – was eindelijk opgedroogd en dat maakte dat hij de kou iets beter kon verdragen. Hij had twee repen gegeten en een van de flesjes water opgedronken. Het lege flesje was inmiddels gevuld met zijn urine, maar waar hij de ontlasting kwijt moest die hij al uren ophield, wist hij niet. Op zijn horloge tikten traag de seconden weg, alsof de tijd op dit eiland geen reden had om zich te haasten. Hier heersten niet de klok en de agenda, hier raasde niemand van afspraak naar afspraak. Af en toe waaide het wat harder en dan hoorde hij het ruisen van de bomen, meer geluiden waren er niet. De enige beweging in de keuken kwam van de strepen licht die door de kieren van de deur naar de naastgelegen vogelkamer piepten. Die kleurden van blauwgrijs in de ochtend naar een heller gebroken wit in de middag en via donkergrijs rond borreltijd naar het pikzwart van de avond en de nacht. Als hij het knopje van het horloge aan zijn geboeide pols indrukte, lichtte de wijzerplaat op en was het zwart om hem heen iets minder verstikkend. Toch deed hij dat niet vaak. De teleurstelling dat er steeds maar een paar minuten verstreken waren terwijl hij dacht dat het minstens een half uur moest zijn maakte hem mismoedig. Bovendien moest hij zijn pols iets draaien om bij het knopje te kunnen en dat deed steeds meer pijn.

Twee dagen en twee nachten zat hij nu hier. De eerste vierentwintig uur was hij in alle staten geweest en schoten zijn gedachten ongecontroleerd van links naar rechts. Beelden van de overval en de tocht in het busje werden afgewisseld met flarden van de zaterdagse lunch bij Sjöbaren, zijn speech bij de uitreiking van de Obelix, de glasscherven op de veranda waar de ruiten van de vogelkamer gesneuveld waren; het hield niet op. Het bezoek van het meisje had iets veranderd. Nadat ze wegging had hij zich even euforisch gevoeld, maar toen dat wegtrok werd hij langzaam rustiger. Gelaten bijna, alsof hij zich bij de situatie had neergelegd. Niets was minder waar, maar het kostte simpelweg te veel energie om continu kwaad en alert te zijn. Energie die hij beter kon inzetten om zijn emoties te beheersen en om na te denken over wat hij moest doen als de mannen terugkwamen, of als het kind weer verscheen. Bij de mannen zag hij niet veel mogelijkheden; hij was alleen, zat vast en had geen wapens. Zij waren op alle punten in het voordeel en zouden hem pas laten gaan als ze kregen wat ze hebben wilden. Dat kon niets anders zijn dan een grote som geld. Dus richtte hij zijn pijlen op het meisje, dat hij op de een of andere manier zover moest krijgen om hem los te maken of om hulp in te schakelen. Daarvoor was het belangrijk dat hij haar vertrouwen won en dat ze wist dat ze niet bang hoefde te zijn. Maar hoe pakte hij dat aan? Het was lang geleden dat hij met zo'n klein meisje te maken had gehad. Hedvig was nu zestien en dit kind schatte hij een jaar of zeven. Negen jaar terug had hij precies geweten welke toon hij tegen haar aan moest slaan, maar die tijd leek een eeuwigheid weg.

In de afgelopen negen jaar was zijn bedrijf uitgegroeid tot een klein imperium. Dankzij door hem verworven tv-hits uit Amerika, zoals *Undercover Boss* en *Extreme Home Makeover*, en de Zweedse kopieën ervan, die jaren achtereen in de prijzen vielen, was Müller

Media een speler geworden op het internationale toneel. Berndt Müller was een man om rekening mee te houden; de grote jongens konden en wilden niet meer om hem heen. Hij wist dat hij daar onnoemelijk trots op was geweest, maar nu hij hier zat begreep hij dat niet langer. Zijn succes stond als een huis, maar had hij zijn dochters van dichtbij groot zien worden? Jannike hielp hen met huiswerk, daar had hij geen tijd voor. Jannike bracht hen naar viool- en paardrijles, kocht kleren met ze en trakteerde op de bioscoop. Zelf ging hij prat op de zaterdagse lunches, want dan was het hele gezin bijeen, maar van harte ging het niet. Misschien dachten zijn vrouw en dochters dat hij dat niet doorzag, maar hij had hun weerstand al die jaren best gevoeld. Ze zaten in het restaurant hun tijd uit omdat hij dat wilde. Als hij de traditie zou beëindigen, zou er geen traan gelaten worden. Hij wist het, hij voelde het, maar weigerde eraan toe te geven. Het beeld dat hij voor ogen had, van hoe het zou moeten zijn, woog altijd zwaarder. Ze hadden het goed samen, want het plaatje klopte: *one happy family*. Het was niets meer dan een farce.

Als hij hieruit kwam, nee, niet als, wannéér hij hieruit kwam, zou hij het helemaal anders doen. Vijf of zes dagen werken was er voortaan niet meer bij. Vier dagen zou volstaan. Dan bleef er genoeg tijd over om door te brengen met de drie vrouwen in zijn leven van wie hij het meeste hield. Jannike, Helle en Hedvig waren tegelijk zijn anker en zijn toekomst. Ze zouden dingen ondernemen, op reis gaan naar… Nee, hij zou hen laten kiezen. De bestemming was hem om het even, als hij maar bij ze kon zijn, samen kon zijn – echt samen, en nooit meer samen alleen.

23

Aan de andere kant van het hotel, op de eerste verdieping van de rechtervleugel, schrok Svenja wakker. Ze ging rechtop zitten en wreef de slaap uit haar ogen. Het was pikdonker in de kamer en zo te horen aan de diepe ademhaling van haar oma, in het bed tegenover haar, moest het nacht zijn. Oma ging altijd pas heel laat naar bed. Svenja had geprobeerd wakker te blijven tot oma sliep, maar ze had haar niet eens naar bed horen komen. En nu durfde ze er niet uit. Dat was verboden: eerst moest oma opstaan, dat was de regel. De regels waren heel belangrijk, want zonder regels zouden ze hier niet kunnen wonen, en waar moesten ze dan heen? Dit hotel en het eiland waren Svenja's thuis. Ze kende alle plekjes, binnen en buiten, en ze was heel blij als het na de lange zomer eindelijk herfst werd. In de zomermaanden was het niet altijd veilig; dan kwamen er soms andere mensen naar het eiland en moest ze hele dagen binnenblijven. Maar als het koud werd was er niemand en kon ze lekker lang buiten spelen. Dan bouwde ze hutten in het bos en nam ze haar knuffels mee voor een picknick op de hei of het strand. Als oma het niet te druk had en er nog geen ijs lag, liepen ze samen naar het water om te kijken of er dingen waren aangespoeld uit de boten op het Kattegat en de Noordzee. Bij een goede stroming lag het strand vol mooie spullen. Oma had verteld dat die uit de schepen kwamen van ver weg op de Atlantische Oceaan. Ze hadden een dekenkist gevonden en mee naar huis gesleept. Nu zat die vol met echte schatten uit de zee: flessen in alle kleuren, heel veel verschillende munten, een mondharmonica die het nog deed, speeldoosjes met spiegeltjes in het deksel en een haarborstel met een paradijsvogel erop. Mama vond het ook leuk om langs het strand te struinen, maar die was al een tijdje weg.

Ze zuchtte en ging weer liggen. De man zou vast boos zijn. Hij vond de cake lekker en had om nog een stuk gevraagd. Dat wilde ze graag brengen, het was superspannend dat er opeens nog iemand in huis was, alleen mocht niemand dat weten. Oma was weggeweest toen de andere mannen hem brachten. Ze had er een grote hekel aan de zee op te gaan om vissen te vangen en ze deed het niet vaak. Maar als ze ging, bleef ze een paar dagen en nachten weg en bracht ze een boot vol vissen terug. Het duurde wel een week om ze schoon te maken en te pekelen, zodat ze in de houten tonnen in de kelder bewaard konden worden. Zelf was Svenja naar buiten gegaan toen ze opeens stemmen over het eiland hoorde galmen. Vanuit haar boomhut in de klimeik naast het hotel had ze vier mannen met een klein lampje gezien. Ze liepen heel voorzichtig, alsof ze bang waren te vallen, en verdwenen om de hoek van het huis, zodat ze hen niet meer kon zien. Ze had binnen een lamp gehaald en was naar de verboden gang gerend, waar ze bleef zitten tot ze de mannen hoorde weggaan. Pas toen ze iemand hoorde hoesten, wist ze dat een van hen moest zijn achtergebleven. De verboden gang was aan de andere kant van de poort, in dat deel van het huis mocht ze niet komen, maar oma was weg en zou het toch niet zien als ze heel even ging kijken. Ze had de deur opengedraaid met de sleutel in het slot en toen zag ze de man. Eerst was ze geschrokken; hij lag met zijn rug naar haar toe in een plasje water en zijn arm was vastgebonden aan een pijp. Dat zag er zo zielig uit dat ze medelijden kreeg en iets voor hem wilde doen. En toen dacht ze aan warme melk en cake. Daar werd ze zelf ook altijd blij van als ze zich verdrietig voelde, bijvoorbeeld omdat mama zo lang wegbleef. Ze vond het leuk om te zien dat hij had gegeten en gedronken toen ze terugging om de mok en het schoteltje te halen. Dat moest, want oma zou het zeker merken als er spullen weg waren en dan mocht ze voor straf een week niet naar buiten. Toen de man zo veel vragen stelde, wist ze opeens niet meer wat ze moest zeggen en was ze weggerend. Even was ze bang dat zijn geschreeuw misschien op het water te horen zou zijn geweest, maar toen oma terugkwam, vroeg die nergens naar en zelf had Svenja ook niets verteld. Het was heel eng om een geheim voor oma te bewaren, haar buik deed er pijn van.

Ze moest overdag proberen bij hem langs te gaan. Wachten tot oma sliep was te moeilijk. Een plak cake afsnijden kon ze wel en ze mocht eten als ze honger had; dat zou oma niet raar vinden. Alleen moest ze altijd zeggen waar ze was en dat zou nu niet gaan. Oma mocht er nooit achter komen dat er een man in het huis zat. De laatste keer dat er mensen het huis probeerden binnen te komen, was het bijna fout gegaan. Daar hadden oma en mama heel lang ruzie over gemaakt. Dat deden ze stiekem en misschien dachten ze dat zij hen niet gehoord had, maar ze snapte best wat er aan de hand was: mama vond sommige andere mensen wel aardig en oma niet. Van oma mocht hier niemand anders komen, dit eiland was alleen voor haarzelf, voor mama en Svenja. De mensen die in de zomer kwamen wandelen maakten oma boos, maar ze liet ze toch met rust. Ze mochten haar niet zien, want dan had je de poppen aan het dansen, zoals oma altijd zei. Dan zou de politie hen naar het vasteland sturen, waar de andere mensen woonden, maar dat wilde ze niet. Het was hier met z'n drietjes juist zo fijn. Als oma zou weten dat er nog iemand in huis was, werd ze beslist heel boos, ook op Svenja. Daarom hield ze haar mond.

Morgen, als ze opstond, zou ze een stuk cake in haar zak stoppen. Als ze zei dat ze naar haar hut ging bij het kreupelbosje, kon ze terugsluipen zonder dat oma haar zag en via het raam zonder glas naar binnen klimmen. Zou hij blij zijn? Warme melk meenemen ging niet, daarvoor moest ze bij het vuur in de keuken en daar was oma bijna altijd. Als hij maar niet weer zo veel vragen stelde. Daar hield ze niet van. Ze trok haar slaapmuts wat verder over haar oren en nestelde zich in de wollen deken. De gedachte aan de nieuwe buurman gaf haar vlinders in haar buik. Waarom hadden de drie mannen hem naar haar huis gebracht? Waren ze van het vasteland gekomen? Haar hart maakte een sprongetje. Misschien wist de man dan waar haar moeder was? Als ze durfde, zou ze het vandaag nog aan hem vragen.

24

Het zonlicht dat door de glas-in-loodramen naar binnen viel kleurde de marmeren vloertegels van de Masthuggskerk afwisselend rood, groen en blauw. Slaapdronken staarde Rasmus naar de bewegende kleurschakeringen. Ondanks de extra deken van de koster was het die nacht te koud geweest om de slaap te kunnen vatten. Er was nog geen vlok gevallen, maar de eerste sneeuw zou niet lang meer op zich laten wachten. Een ijzige kou trok uit de vloertegels omhoog en via de houten bank zijn botten in. Daar deed je met een deken niets tegen. De straalkachels in de gangpaden aan de zijkant mochten 's nachts niet aan, die stonden er enkel voor bezoekers van de doordeweekse avonddienst of van de missen in het weekend. Een uur voor aanvang van een dienst schakelde de koster de stroom in en direct na afloop moesten de kachels weer uit. De gasten die 's nachts aanklopten mochten blij zijn dat ze naar binnen konden en een deken kregen. Soms was er zelfs een kop thee of chocola, maar daar bleef het bij. Bij protest of amok kwam je er een volgende keer niet meer in en dus hielden de nachtelijke bezoekers zich doorgaans koest.

Na het overleg in Fisken was Rasmus op goed geluk naar de kerk gelopen. De koster liet hem binnen en deelde dekens uit aan hem en vier andere gasten, die Rasmus van gezicht kende uit de opvangcentra in het centrum van de stad. Er werd weinig gezegd. De mannen zochten een bank uit en rolden zich in een deken. Rasmus was een paar keer weggedommeld, maar de kou en het laatste gesprek met Mikkel en Tore stonden een zorgeloze slaap in de weg. Zijn nek deed nog pijn van de houdgreep van Tore. Na diens vertrek had Mikkel het voor hem opgenomen. 'Oordeel niet te snel. Als je wist wat hij in zijn leven voor zijn kiezen heeft gekregen, begrijp je waarom hij zo opvliegend is. Hij heeft al in zijn jeugd geleerd van zich af te moeten bijten. Zijn moeder had doorlopend mannen in huis en die reageerden hun frustraties vaak op Tore af.'

'Ach wat sneu, een moeilijke jeugd?' schamperde Rasmus. 'Die had ik ook, en zie je mij ontsporen? Oké, ik leef op straat, maar verder functioneer ik normaal. Ik trek niet iemand over tafel als zijn woorden me niet aanstaan.'

'Jij had nog een moeder op wie je terug kon vallen. En je hebt achttien jaar in hetzelfde huis gewoond. Zo'n thuissituatie had Tore niet. Die is vaak uit huis geplaatst als zijn moeder weer eens niet voor hem kon zorgen. Het doet wat met je als je nergens lang mag blijven. Hij is van hot naar her gesleept, tot hij op straat terechtkwam. En weet je wat het gekke is? Dat vrouwtje van hem, Ivanka heet ze, is precies zijn moeder. Ik ben een paar keer bij hen thuis geweest en dan ligt zij op de bank, dronken of stoned, totaal van de wereld. Volgens mij heeft hij er niets aan, maar hij is stapelgek op dat wijf. "Mijn prinses", noemt hij haar.'

Rasmus schudde zijn hoofd. 'Dat zal best, maar hij is niet de enige met een rotjeugd of een zwaar leven. Er bestaat ook nog zoiets als eigen verantwoordelijkheid. Je hebt de plicht er zelf iets van te maken. Klagen over hoe moeilijk je het hebt, levert niets op. Ik geloof in actie en in het najagen van je dromen. Je kansen pakken, claimen wat jou toebehoort. Jezelf in de schulden werken bij een stel criminelen, zoals Tore gedaan heeft, is gewoon dom. En vanwege de stress daarover door het lint gaan, vind ik ook niet professioneel.'

‘Alsof jij nooit fouten maakt,’ snoof Mikkel.

‘Natuurlijk wel,’ gaf Rasmus toe, al voelde de opmerking als een steek onder water. Hij probeerde zich in te houden, maar moest het toch weten. ‘Aan wiens kant sta jij eigenlijk? Ik dacht dat je mijn vriend was?’

Mikkel kneep zijn ogen tot spleetjes. ‘Hoezo, wiens kant? Wij doen dit met zijn drieën, ik hoef geen kant te kiezen. Jij bent mijn vriend en Tore is dat ook. Dat jullie niet door één deur kunnen, is jammer, maar laat mij erbuiten.’

‘Prima,’ zei Rasmus fel, ‘als jij die praatjes over zijn zielige jeugd achterwege laat. Want daar heb ik geen boodschap aan.’

Mikkel stond op; het was tijd om naar zijn werk te gaan. Hij legde geld voor de drankjes op tafel en leek even naar woorden te zoeken, maar bedacht zich en liep weg.

Rasmus had hem nagekeken met een vervelend gevoel in zijn maag. Mikkel zou ervoor zorgen dat de brief met de losgeldeis morgenmiddag bij Jannike Müller-Bork bezorgd werd. Dit had een opwindend moment moeten zijn, waarop ze samen de laatste details zouden doornemen en zouden voelen dat ze aan de vooravond stonden van een kantelpunt in hun leven. Van beklemmende armoede naar rijkdom en luxe, hoe fantastisch was dat? Maandenlang had hij naar dit moment van euforie toegeleefd, maar nu overheerste enkel de teleurstelling. Hij schoof de munten op tafel bij elkaar, stopte de overgebleven pelpinda’s uit het schaaltje in zijn zak en liep naar buiten. De steen in zijn maag ging die nacht niet meer weg en Mikkels woorden maalden aanhoudend door zijn kop.

Nog maar een paar dagen, stelde hij zichzelf gerust. Hij sloot zijn ogen toen het roodgekleurde daglicht door een hoog glas-in-loodraam op zijn gezicht viel. Over een paar dagen was alles voorbij.

25

De post viel die middag om vijf over half twee op de deurmat van huize Müller aan de Haga Nygatan. Zoals gebruikelijk raapte Gertrude de enveloppen en reclamefolders van de mat en bracht ze in een met rozen beschilderd houten kistje naar de woonkamer, waar Jannike op de bank lag. Zolang Berndt niet thuiskwam wilde Jannike niet meer in het grote bed op de eerste verdieping slapen en dus had Gertrude van de loungebank op de begane grond een slaapplek gemaakt, compleet met geurende lavendelzakjes, die een rustgevende werking moesten hebben. Of de zakjes effect hadden was moeilijk vast te stellen, omdat Jannike haar slaappillen afwisselde met pijnstillers en kalmeringstabletten en continu met haar ogen dicht lag. Alleen voor een toiletbezoek kwam ze even overeind. De soep op het bijzettafeltje naast haar liet ze koud worden en behalve Gertrude en haar dochters duldde ze niemand om zich heen.

Nu de vrouw des huizes zichzelf min of meer had uitgeschakeld, voelde Gertrude zich meer dan ooit verantwoordelijk voor het huishouden. Ze zorgde voor gezonde maaltijden, die weinig aftrek vonden, stuurde de meisjes op tijd naar bed, ook al hadden ze zich ziek gemeld op school, hield het huis schoon en haalde medicijnen en kruidentheeën bij de apotheek. Jacob hield bezoekers op afstand, maar degenen die hij doorliet, zoals de huisarts en politie, moesten zich in de hal eerst melden bij Gertrude voordat ze toegang kregen tot de woonkamer of de keuken. Gertrude was bij de

Müllers in dienst gekomen nadat haar man tien jaar eerder tijdens een beschonken boottochtje met vrienden op het Vänermeer verdronken was. Hun volwassen zoon woonde toen al in Alberta, Canada, en geleidelijk was ze de Müllers als haar familie gaan beschouwen. Om hun broze moeder te sparen, hadden de meisjes hun hart zo vaak bij Gertrude uitgestort dat die ervan overtuigd was dat zij Helle en Hedvig inmiddels beter kende dan hun eigen moeder dat deed, al zou ze dat nooit hardop zeggen. Gertrude hield haar oren en ogen graag open, maar praten deed ze weinig. Net als haar moeder en oma verstond ze de kunst van het luisteren en als ze dan wel wat zei, was het meestal raak. Toen ze Jannike met luide stem wakker maakte, begreep die dan ook direct dat er iets belangrijks aan de hand moest zijn. Ze duwde zichzelf overeind, sloeg het dekbed terug en keek gealarmeerd naar Gertrude op. 'Wat is er?'

Gertrude plaatste het houten kistje op Jannikes schoot en reikte haar twee rubberen handschoenen aan die ze zelf gebruikte bij het ramen zemen. Hoewel niemand haar had ingelicht en ze een dag eerder de woorden van de politieagenten vanuit de keuken maar half had kunnen verstaan, wist ze dat er iets moest komen, een e-mail, een pakketje, een brief. Daarom trok ze sinds de vermissing rubberen handschoenen aan voor ze de post van de mat raapte. Eventuele berichten van de mensen die meer wisten over de verdwijning van meneer Müller moesten met zorg behandeld worden. 'De voorste envelop ziet er verdacht uit. Hij is gericht aan jou persoonlijk en een stempel ontbreekt. Je kunt hem openmaken, maar misschien is het beter eerst de politie te bellen.'

Jannikes toch al bleke gelaat trok nog witter weg. Met haar blik op de brief trok ze de handschoenen over haar ranke vingers. Daarna griste ze de envelop uit het kistje en probeerde hem voorzichtig open te maken, maar door haar trillende handen in de gladde handschoenen lukte dat niet. Plots gefrustreerd rukte ze te hard aan de envelop, die bijna geheel in tweeën scheurde. Geschrokken staarde ze naar Gertrude, die naast haar ging zitten. 'Zal ik het doen?'

Jannike slikte moeizaam en haar ogen begonnen te tranen. Gehaast trok ze de handschoenen uit, zodat Gertrude ze aan kon doen. Die pulkte het gescheurde briefje uit de envelop, las de tekst en sloeg een arm om haar bazin. 'Nu even flink zijn. Ze willen geld, dertig miljoen kronen in briefjes van honderd, donderdag om half een, naast een afvalbak op de Hornsgatan. Dan laten ze meneer vrij. Geen politie, staat erbij.'

De deur ging open en Hedvig kwam binnen. Ze overzag de situatie en binnen een paar tellen stond ze voor Gertrude en had ze bijna het briefje uit haar handen getrokken.

'Nee, Hedvig,' zei Gertrude streng, 'dit is voor de politie. Ik ga ze bellen.' Ze richtte zich tot Jannike. 'Er staat "geen politie", maar ik denk dat dat alleen over de overdracht van het losgeld gaat. De politie moet zo snel mogelijk weten dat je bericht hebt gehad.' Ze trok vragend haar wenkbrauwen op en zodra Jannike aarzelend knikte, veerde Gertrude overeind en marcheerde ze met de envelop en het briefje naar de telefoon in de keuken.

'Was dat van papa?' vroeg Hedvig met verstikte stem. 'Wat stond erin?' Ze knielde voor haar moeder neer en probeerde haar aan te kijken, maar Jannike hield beide handen voor haar gezicht. 'Ga je zus halen,' fluisterde ze.

Hedvig rende de trap op en gilde om Helle, die met ogen zo groot als knikkers kwam aanstormen. In no time stonden de zussen bij hun moeder, die hen met horten en stoten van het laatste nieuws op de hoogte bracht. Helle zeeg huilend naast haar moeder op de bank, maar Hedvig leek eerder kwaad te worden. 'Die ordinaire rotzakken,' brieste ze, terwijl ze in rondjes door de woonkamer beende. 'Het zal weer eens niet om geld gaan. Dat ze er zelf voor werken, maar nee hoor, jatten van een ander is veel makkelijker! Gadverdamme, wat een losers. Moeten ze ons daarvoor deze ellende aandoen? Of denken ze daar niet bij na? Nee, natuurlijk niet! Kan hun het wat schelen! Als ze die rotcenten maar krijgen.' Met rode wangen brulde ze net zolang door tot ze wat tot bedaren kwam. Vreemd genoeg voelde ze zich opgelucht. Na het machteloze wachten wisten ze eindelijk wat de bedoeling was en konden ze wat doen. Toen Gertrude terugkwam uit de keuken, liep ze meteen op haar af. 'Wat zeiden ze?'

'De politie komt hierheen,' antwoordde Gertrude kalm, terwijl ze het dekbed over Helle trok, die zich naast haar moeder had gevlijd.

'Dertig miljoen kronen,' mompelde Jannike in zichzelf, 'in briefjes van honderd, overmorgen al. Dat kan maar op één manier.' Met haar ogen zocht ze Gertrude. 'Bel hem.'

Gertrude staarde haar aan. 'Weet je het zeker?'

Jannike zuchtte diep en sloeg haar ogen neer. 'Het kan niet anders.'

26

Toen Gertrude hem belde stond Karst Roman Bork gebogen over zijn bureau in de bibliotheek van zijn landgoed nabij Uppsala. Hij bestudeerde de ontwerpen van een architect die hij de opdracht had gegeven het huis grondig te renoveren. De bouw dateerde van begin vorige eeuw en hoewel het pand er aan de buitenkant nog redelijk uitzag, schreeuwden de scheuren in de muren en de rottende balken op zolder om een fikse opknapbeurt. Langer uitstellen ging niet, recent had een partij vallende dakpannen een van de tuinmannen op een haar na gemist. En als het hard waaide trok er door alle gaten en kieren zo'n sterke tocht door het huis dat het amper warm te stoken was. Eigenlijk zou het dak gerepareerd moeten worden voor de eerste sneeuw viel, maar dat was niet meer haalbaar. De ochtendrijp op de velden bleef met de dag langer liggen en Karst wist dat daarmee de winter in aantocht was. Toch te lang gewacht, verzuchtte hij, en hij hoorde de vermanende stem van zijn vrouw alsof ze bij hem in de kamer stond. Als Christine niet was vertrokken, was dat dak al lang in orde geweest. Sterker nog, dan was die hele renovatie al achter de rug. Christine hoefde maar te wijzen en Karst sprong al op. Zij had altijd wat te wensen gehad en hij deed niets liever dan die wensen vervullen. Zo hadden ze elkaar in evenwicht gehouden en toen Jannike geboren werd, niet gepland maar van harte welkom, kwamen er simpelweg wat extra wensen bij. Geld was nooit een issue geweest: de handel in vastgoed had Karst al jong een vermogend man gemaakt. De rente alleen was meer dan genoeg om met zijn drieën riant van te leven.

Tot het noodlot toesloeg en hun levens voorgoed veranderden. Wat hij zelf zag als een pijnlijke vergissing, een domme maar menselijke fout, bleek voor Christine voldoende om haar koffers te pakken. Van de ene op de andere dag was ze vertrokken, en ook Jannike verbrak het contact met hem. Karst vierde zijn tweeënzestigste verjaardag zonder zijn vrouw en dochter. Dat was acht jaar geleden. Inmiddels hadden de meeste medewerkers ook hun biezen gepakt en restten enkel zijn vier vaste tuinmannen en de oude Mary-Lou, die nog niet weg zou gaan al moest ze voor niks werken. Zij verbleef in de kamer naast de kleine keuken – de grote was sinds het vertrek van Christine en Jannike niet meer in gebruik – en hij sliep steeds vaker in de bibliotheek. De trouwe aanwezigheid van de honderden boeken op de zware eikenhouten planken troostte hem en haalde de scherpste kantjes van zijn eenzame bestaan.

Het telefoontje uit Göteborg bezorgde hem een energie die hij lang niet meer gevoeld had. Jannike had hem nodig, ze had een beroep op hem gedaan en dat deed het bloed haast voelbaar sneller door zijn aderen stromen. Het nieuws over de vermoede vermissing van zijn schoonzoon, een dag eerder in de kranten, had uiteraard zijn aandacht getrokken. Al jaren volgde hij de berichtgeving over Müller Media nauwgezet, al was het alleen maar omdat dat hem een gevoel van nabijheid gaf. Alles interesseerde hem, van de kwartaal- en omzetcijfers in het financiële katern tot het commentaar op Berndts kledingstijl in de showbizzrubrieken. Soms stond Jannike naast hem op de foto en een enkele keer waren de meisjes er ook bij. Zo'n foto bracht hem van zijn stuk, het gemis werd er extra door benadrukt, en toch spelde hij dagelijks drie kranten, op zoek naar een draadje nieuws over het gezin van zijn dochter. Dat Berndt een nacht niet was thuisgekomen, had hem niet direct verontrust. Er waren zo veel logische verklaringen mogelijk dat de suggestieve koppen hem eerder tegen de borst hadden gestuit. Uit ervaring wist hij dat het leven van succesvolle mensen nu eenmaal onder een vergrootglas lag en dat bleek zelden positief. Zo was er de afgelopen jaren al minstens acht keer melding gemaakt van een huwelijkscrisis tussen Berndt en Jannike en toch waren ze nog steeds samen. Er was gehint naar een naderend faillissement en zijn jongste kleindochter zou voor haar drugsverslaving naar een kliniek in Azië moeten. Vooral om dat laatste fakenieuws had hij zich bijzonder kwaad gemaakt. Dankzij zijn inspanningen werd er een rectificatie gepubliceerd, al wist ook hij dat het effect gering zou zijn; de roddel was de wereld al in. Het maakte wel dat hij berichtgeving vaker met een korrel zout nam, en zo had hij het bericht over Berndts mogelijke vermissing ook gelezen. Pas na Gertrudes telefoontje begreep hij dat er meer aan de hand moest zijn en sloeg de schrik hem om het hart. Mary-Lou pakte zijn tas en amper een uur later vloog hij per helikopter naar Göteborg. Vliegen was een van de weinige pleziertjes die hij zichzelf nog gunde. Omdat hij bijna wekelijks een tochtje maakte, verkeerde zijn helikopter, een tweemotorige Airbus EC145, in uitstekende staat. Met Gertrude had hij afgesproken dat Jacob hem zou ophalen op een particulier landingsplatform dat hij eerder gebruikt had, een paar kilometer ten noordwesten van de stad.

Terwijl hij via de Mälaren en de Hjälmaren het Vätternmeer overvloog probeerde hij te bedenken wat er gebeurd kon zijn. Na twee jaar volledige radiostilte was er voorzichtig aan toch weer een vorm van contact met zijn dochter ontstaan, al stelde dat nog steeds bar weinig voor. Jannike en hij hadden elkaar de afgelopen periode hooguit eens per jaar telefonisch gesproken, meestal met kerst, en de gesprekjes waren steeds kort en ongemakkelijk geweest. Van Helle ontving hij af en toe een korte e-mail, van Hedvig had hij nooit meer iets gehoord. Als Jannike wat meer op haar moeder had geleken, had ze hem voorgoed de rug toegekeerd, maar ze was zacht van karakter, net als hij, en kon het blijkbaar niet over haar hart verkrijgen hem volledig los te laten. Een totale breuk zou wellicht minder pijnlijk zijn, maar toch was hij blij met het dunne lijntje dat hen nog verbond.

Dat was meer dan hij verdiende, zou Christine zeggen, maar daarmee was hij het niet langer eens. De fout die hij gemaakt had, kon hij nooit meer ongedaan maken, hoezeer hij dat ook wenste. Hij zou er zijn rechterarm voor geven als hij de tijd kon terugdraaien om het drama dat hij op zijn geweten had, te voorkomen. Dan was zijn gezin nooit uiteengevallen. Helaas ging dat niet en daar betaalde hij nu al acht eenzame jaren lang de prijs voor. Het was genoeg geweest, hij kon niet meer. Misschien wilde het lot hem iets duidelijk maken en moest hij de noodkreet van zijn dochter beschouwen als een signaal. Misschien was na al die jaren dan eindelijk het moment aangebroken om een einde te maken aan de verwijdering die hem en ongetwijfeld ook Jannike zo veel pijn had gedaan. Hij ging haar helpen, net als vroeger, maar hij wilde er iets voor terug. Dit keer had hij zelf ook een wens en die kon alleen zij vervullen.

27

Pas tegen de avond lukte het Svenja stiekem naar Berndt te sluipen. Oma had haar de hele ochtend en een groot deel van de middag nodig gehad voor allerlei klusjes. Na het ontbijt had ze uren takjes voor de houtkachel gesprokkeld. Grote houtblokken waren er genoeg, daarvoor hadden haar moeder en oma in het voorjaar twee grote bomen omgehakt. Zelf had Svenja toen meegeholpen om de blokken naar boven te slepen. In het hotel waren veel haarden en houtkachels, maar ze gebruikten er slechts twee, aan de achterkant van het hotel, zo ver mogelijk bij het vasteland vandaan, zodat niemand de rook uit de schoorsteen kon zien. De voorraad kleine takjes waarmee oma het vuur aanstak was bijna op en daarom waren er nieuwe nodig. Zoeken was niet moeilijk: in de herfst en het begin van de winter, nog voor de sneeuw viel, waren op het eiland wel meer dan duizend takken te vinden, grote en kleine. Svenja vulde een jutezak met takken, sleepte hem naar binnen, waar oma hem naar boven bracht en leegde in de grote manden naast de kachel. Daarna kreeg Svenja de zak terug en kon ze weer naar buiten, net zolang tot alle manden gevuld waren. Oma klaagde dat het niet snel genoeg ging. Eigenlijk had dit klusje al lang klaar moeten zijn, er moest nog zo veel gedaan worden voor de sneeuw het eiland zou omtoveren in een ijskoud winterwonderland. Onder de sneeuw waren de takken stukken moeilijker te vinden, bovendien waren ze dan te nat en moesten ze eerst heel lang drogen. Sinds mama weg was, mopperde oma voortdurend.

Dat ze hulp nodig had en te oud werd voor het zware werk. Svenja deed net of ze het niet hoorde en sleepte met zakken hout tot de spieren in haar armen pijn deden en er rode striemen in haar handen stonden.

De plak cake in haar poncho was al flink verkruimeld toen ze de sleutel omdraaide in het slot van de keukendeur, aan het einde van de verboden gang. Na de pannenkoek die ze als lunch had gegeten had ze al weg willen sluipen, maar daar stak oma een stokje voor. Ze had Svenja nodig om de was uit te wringen en op te hangen aan de lijnen voor de kachel en toen ze daarmee klaar was stond er nog een schrijfles op het programma. Nu er zo veel te doen was, schoot het er vaak bij in, maar oma probeerde Svenja elke dag minstens een uur les te geven. Lezen ging best goed, schrijven was lastig. En zo vloog een groot deel van de dag voorbij voordat ze kans zag aan oma's scherpe blik te ontsnappen. Haar hart klopte in haar keel toen ze de deur opentrok en haar hoofd langzaam om het hoekje stak. Het was doodstil in de oude keuken en haar ogen moesten even wennen aan het donker. Zijn bovenkant zag ze niet, maar in de lichtstrepen op de houten vloer lagen de benen van de man languit gestrekt. Het leek alsof hij sliep, tot opeens de rechterschoen zachtjes bewoog. De schoen boog eerst naar de grond, kwam toen terug en tikte tweemaal tegen de linkerschoen. Het leek of hij zo hallo zei, en voorzichtig stapte Svenja de kamer in. Net als de vorige keer liep ze langs de wand tot ze tegenover de man stond. Ze had gehoopt dat hij geen vragen zou stellen, maar de stilte voelde ook niet fijn.

'Ik heb cake,' zei ze om de stilte te verbreken. Ze haalde een hand verkruimelde stukjes tevoorschijn, zette een paar passen naar voren en legde de cake voor de schoenen op de vloer. Daarna snelde ze achteruit terug.

Berndt strekte zijn been, boog zijn rechterschoen om de cake en schoof de stukjes naar zich toe. Met zijn hand schepte hij een hoopje op om ze voorzichtig in zijn mond te stoppen. Hij slikte en likte zijn lippen af. 'Dat was heerlijk, dank je wel,' zei hij.

Svenja glimlachte verlegen en staarde naar de donkere schaduw tegen de muur. De vraag die sinds ze wakker werd al door haar hoofd spookte, durfde ze niet meteen te stellen. Daarom stelde ze eerst een andere: 'Waarom ben jij hier?'

'Dat weet ik zelf ook niet goed,' klonk de stem uit het duister. 'Ik denk dat ik maar even blijf, over een paar dagen word ik vast weer opgehaald. En jij? Waarom ben jij hier?' Berndt moest zijn uiterste best doen om stil te blijven zitten en rustig te praten. Als hij haar liet schrikken door een onverhoedse beweging of een spervuur aan vragen was ze weg, en dat moest hij koste wat kost voorkomen. Hij had die dag gebeden tot elke god die hij bedenken kon om een bezoek van het meisje. Nu ze hier was, moest hij zijn kansen optimaal benutten.

'Ik woon hier,' zei het meisje en opeens stapte ze naar voren en zakte ze naast zijn schoenen op haar knieën. Ze kneep haar ogen tot spleetjes. 'Ik kan je bijna niet zien. Ik durfde geen lamp mee te nemen, want dat mag denk ik niet van oma. Toen jij hier kwam, was ze er niet, dus toen kon het wel.' Met haar vinger pikte ze een paar overgebleven kruimels van de vloer. 'Ik ben niet bang in het donker, hoor.'

'Je bent een stoere meid,' zei Berndt. 'Woon je hier samen met je oma? Met z'n tweetjes op dit eiland?'

'Nee, met z'n drietjes,' verbeterde Svenja direct, 'mijn moeder woont hier ook, alleen is die naar het vasteland om boodschappen te doen, al heel lang... Oma heeft beloofd dat ze snel terug zal komen.'

Berndt luisterde aandachtig en beraadde zich op een volgende vraag, maar Svenja was hem voor. 'Jij komt toch ook van het vasteland? Heb jij mama gezien?'

'Jouw mama? Dat weet ik niet...' zei Berndt aarzelend. 'Misschien wel. Hoe heet ze?'

'Metta Andersson. En ik heet Svenja.'

'Aha, Svenja, dat is een mooie naam. Ik had je al gezegd hoe ik heet: Berndt, Berndt Müller.'

Svenja knikte kort en bleef afwachtend kijken.

'O, ja,' haastte Berndt zich te zeggen, 'Metta Andersson? Die naam komt me heel bekend voor. Het zou zeker kunnen dat ik haar ben tegengekomen. In Göteborg, denk ik?'

Svenja klapte van enthousiasme in haar handen. 'Ja, daar moest ze ook heen. De kleine boodschappen doet ze altijd op Brännö, maar deze keer moest ze ook naar Göteborg. Was ze al klaar? Ging ze weer naar de boot?'

Berndt kreeg het warm vanbinnen. De blijdschap van het kind werkte vertederend en het voelde verkeerd haar voor de gek te houden, maar hij kon niet anders, misschien was dit zijn enige kans. 'Ja, ik geloof inderdaad dat ze klaar was. Haar tassen zaten helemaal vol.' Hij kuchte. 'Je moeder leek me een lieve vrouw, ik zou haar graag een keer spreken. Is je oma ook zo aardig?'

Svenja twijfelde even en gaf fluisterend antwoord: 'Niet zo lief als mama. Oma mag echt niet weten dat jij hier bent.'

'O nee? Waarom niet?'

'Dat is... gevaarlijk.' Ze huiverde. 'Oma Ilva is veel strenger en vindt de regels erg belangrijk. Van mama mag ik bijvoorbeeld heel lang buiten spelen, soms ook 's nachts, maar dat wil oma niet hebben. Mama zei een keer dat oma bang is voor andere mensen. Die zien we bijna nooit, maar heel af en toe komen er wandelaars en dan wordt oma boos en pakt ze haar geweer. Eén keer kwamen er mensen heel dichtbij om naar ons huis te kijken en toen heeft mama het geweer afgepakt, omdat ze dacht dat oma echt ging schieten. Toen hadden ze heel lang ruzie, dat vond ik niet fijn.' Ze dacht even na. 'Maar oma bakt wel lekkere cakes en taarten. Die van mama zijn soms aangebrand. Dan moeten we de bovenste korst eraf snijden, want die smaakt heel vies en je kunt er ziek van worden.' Opeens sprong Svenja op. 'Nu ga ik weg, ik heb honger en oma houdt er niet van als ik haar laat wachten.'

'Nee, stop! Je moet me helpen.' In een opwelling drukte Berndt het lichtknopje van zijn horloge in. Een zwak groen schijnsel verlichtte een deel van zijn gezicht. 'Kijk, zo kun je me een beetje zien.' Hij schrok toen Svenja grote ogen opzette en gillend achteruitsprong. Ze rende naar de deur, sloeg die hard dicht en draaide de sleutel in het slot.

'Wacht! Svenja!' Berndt kwam overeind, schoof zijn hand in de tiewrap zover mogelijk langs de buis en stortte zich voorover. Als hij zich uitstrekte, raakte hij met zijn vrije hand net de onderkant van de zware houten deur. Hij zette zijn nagels in het hout en duwde zo hard hij kon, maar de deur gaf geen millimeter mee. Gefrustreerd sloeg hij zijn hand voor zijn gezicht en meteen schoot er een felle pijnscheut door zijn voorhoofd. Hoe stom kon hij zijn? Hij had gedacht Svenja met een vriendelijke glimlach te kunnen bewegen nog even te blijven, maar met zijn gebroken neus en opgezwollen gezicht moest hij er monsterlijk uitzien. Het kind was zich doodgeschrokken. Hoe groot was nu nog de kans dat ze terug zou komen? Sinds hun eerste ontmoeting had haar aanwezigheid hem hoop gegeven; hoop op een ontsnapping en een spoedige afloop van dit hachelijke avontuur, maar toen ze zojuist wegvluchtte was die hoop met haar de deur uit gevlogen.

28

In de woonkamer van zijn dochter staarde Karst Roman Bork naar Hedvigs telefoonscherm. De foto van de brief met de losgeldeis voor zijn schoonzoon had de opgetogen stemming waarmee hij het huis binnenkwam acuut de kop ingeslagen. Tijdens de helikoptervlucht had hij zeker tien mogelijke aanleidingen bedacht voor de noodkreet van Jannike, maar een ontvoering van Berndt was nog geen seconde in hem opgekomen. Berndt was weg en om hem terug te krijgen moest er snel een berg contant geld zijn. Daarvoor was hij opgetrommeld, en dat stak hem. Als hij niet zo vermogend was geweest, had Jannike niet gebeld. Van een poging tot toenadering was totaal geen sprake, dat was tenminste niet het uitgangspunt. En toch stond hij hier, in de kamer waar hij jaren niet geweest was, met zijn dochter en zijn kleindochters om hem heen, en dat was meer dan hij lange tijd had durven hopen. Stap voor stap, Bork, zei hij tegen zichzelf. Als geld een middel was om dichterbij te komen, dan moest dat maar. Hij gaf de telefoon terug aan Hedvig, die onrustig door de kamer drentelde, en nam plaats in de fauteuil naast de bank waarop Jannike lag. Voor de gelegenheid had Gertrude de kussens opgestapeld, zodat Jannike wat rechter op kon zitten. Zoals ze daar tegen de kussens hing, in haar nachthemd en met het sluike haar over de ingevallen wangen, deed ze hem denken aan het kleine meisje van vroeger, dat bang was voor onweer en dat wilde dat hij bij haar bleef tot ze in slaap viel. Het liefste zou hij zijn armen naar haar uitstrekken en haar dicht tegen zich aan drukken, maar hij hield zich in. Wat Jannike nu het hardst nodig had was iemand die de zorgen van haar overnam.

'Dit is een vreselijke situatie, maar we lossen het op,' zei hij dan ook, met de nodige bravoure in zijn stem. 'Dat geld is geen probleem, ik pleeg zo wat telefoontjes en zorg ervoor dat die tas donderdag op tijd op de afgesproken plek staat.'

Gertrude was de eerste die reageerde. 'De politiefunctionaris die de brief vanmiddag voor nader onderzoek heeft meegenomen, komt morgenochtend terug. Hier heb ik zijn kaartje.' Ze overhandigde Karst een visitekaartje van inspecteur J.G. Korhonen van bureau Västra Götaland. 'De gastenkamer is in orde gemaakt. Ik zal uw tas erheen brengen. Wilt u misschien nog wat eten, meneer? En lust u koffie, of iets sterkers?'

'Koffie is prima, Gertrude, bedankt,' zei Karst, en hij knikte. Ook haar had hij jaren niet gezien, maar hij herkende meteen de daadkracht die haar vroeger al typeerde. Hij was blij dat tenminste één persoon in huis de touwtjes aardig in handen leek te hebben. Jannike was nooit een sterke persoonlijkheid geweest, als kind leunde ze op hem en na haar huwelijk werd Berndt de regisseur van haar leven. Dat was aanvankelijk moeilijk te verkroppen geweest, maar Christine had hem doen inzien dat Berndt precies de dominante man was die hun dochter nodig had. Aan zijn zijde wist ze zich veilig en kon ze zich op haar eigen taken richten, zoals de opvoeding van de meisjes. Later kwam daar stichting LiefKind bij, het goede doel waarvoor ze zich met hart en ziel inzette.

Karst zag dat Jannike naar hem keek en als vanzelf knipoogde hij, zoals hij vroeger ook altijd deed. Maak je geen zorgen, zei hij daarmee, laat mij het maar regelen, ik heb de boel onder controle. Ze schonk hem een flauwe glimlach als dank en sloot haar ogen.

Misschien lukte het nu de slaap te vatten. Hij hoopte het, het zou haar goed doen.

'Opa?' Helle zat in een hoekje van Jannikes bedbank en had zich nog niet laten horen. De kringen onder haar ogen verraadden dat ook zij de laatste dagen te weinig geslapen had.

Karst keek naar zijn oudste kleindochter en moest op zijn tanden bijten om zijn tranen terug te dringen. 'Wat is er, meisje?'

Helle sloeg haar handen voor haar gezicht en snikte het uit. 'Denk je dat papa donderdag weer thuis is?'

Met een paar passen was Karst bij haar. Hij ging naast haar zitten en nam haar in zijn armen. 'Vast wel,' suste hij, 'het is de ontvoerders om het geld te doen. Als de buit binnen is, laten ze je vader vrij. Dat staat toch in de brief? Donderdag of vrijdag is hij terug, let op mijn woorden.'

29

Mikkel was woensdagochtend al vroeg op pad. Na zijn avonddienst bij de post had hij thuis een film gekeken en als Tore niet gebeld had, lag hij nu nog te slapen. Diep weggedoken in zijn kraag liep hij door de verlaten straten van het stadscentrum. De winkels waren nog gesloten en bij gebrek aan een auto moest hij de snijdende kou te voet trotseren. In een auto zou hij in tien minuten naar de brug zijn gereden, maar lopend kostte het bijna drie kwartier. Hij liep stevig door, en niet alleen om warm te blijven: Tore zat kennelijk in de problemen en had hem nodig. Tores stem was onverstaanbaar geweest en hij moest zijn woorden een paar keer herhalen voor Mikkel begreep dat de schuldeisers hem te grazen hadden genomen en voor halfdood hadden achtergelaten bij het zwerverskamp aan de voet van de Älvsborgbrug. De politie bellen was geen optie, dat sprak voor zich, en Tore wilde ook geen ambulance. Mikkel moest komen en wel zo snel mogelijk.

Tore had niet overdreven. Zodra Mikkel hem tussen de stalen constructiebalken van de brug in het zicht kreeg, zette hij het op een rennen. Van meters afstand was al duidelijk dat Tores hoofd onder het bloed zat. Hij lag gestrekt op het beton en bewoog niet. Even vreesde Mikkel dat het al te laat was. Hijgend zakte hij naast Tore neer, die door de scheuren en zwellingen in zijn gezicht haast onherkenbaar was. In zijn hand klemde hij zijn telefoon. Dat hij überhaupt in staat geweest was te bellen mocht een wonder heten, dacht Mikkel. Gespannen pakte hij Tores hand beet. 'Hé, wakker worden, ik ben het.'

Tot Mikkels immense opluchting reageerde Tore direct. Hij smakte met zijn lippen en blies wat belletjes spuug naar buiten.

'Sjezus, wat hebben ze met je gedaan?' Mikkel greep zijn maat onder zijn oksels en duwde hem overeind, zodat hij met zijn rug tegen een stalen drager kon rusten. Tore kermde hevig, maar was te verzwakt om Mikkel tegen te houden. Zijn ademhaling ging met horten en stoten en pas toen Mikkel hem wat slokjes water gaf, uit het flesje dat hij voor vertrek gevuld had, leek Tore te kalmeren. Zijn rechteroog was dichtgeslagen, maar het linker kon hij een fractie openen. Toen hij Mikkel zag, stak hij trillend zijn duim omhoog.

Mikkel grijnsde. 'Je ziet er niet uit, man, wacht.' Even verderop had hij een opgerolde slaapzak gezien. Hij rende erheen om hem te pakken en wreef er zachtjes het meeste bloed van Tores gezicht mee weg. Daarna viste hij twee meegebrachte pijnstillers uit zijn zak, brak ze doormidden, stopte ze in Tores mond en liet ze hem met wat water wegspoelen.

'Zijn je benen niet gebroken?' vroeg Mikkel, terwijl hij de benen van Tore voorzichtig heen en weer bewoog. Tore haalde zijn schouders op.

'Oké, tanden op elkaar!' Opnieuw greep Mikkel zijn vriend onder de oksels en met een ferme ruk trok hij hem overeind. Tore brulde van pijn en zakte schuin tegen Mikkel aan, maar staan bleef hij.

'Mooi,' zei Mikkel nuchter, 'dan kun je lopen.'

Het duurde anderhalf uur voor het tweetal de voordeur van Mikkels hospita bereikte en nog eens een kwartier voor Tore boven was en ontdaan van zijn besmeurde kleding onder de douche zat. Pas toen hij in een schoon shirt en joggingbroek van Mikkel in de keuken aan een kop sterke koffie zat, was hij in staat te vertellen wat er gebeurd was. 'Ze hebben me van mijn bed gelicht. Ivanka lag beneden op de bank, volledig out, dus die merkte er niets van, anders had ze de hele buurt wakker gekrijst. Ik werd in een auto geduwd en meegenomen, ik weet niet meer waarheen. We zijn verschillende keren uitgestapt; dan sloegen ze me verrot en reden we weer verder. Uiteindelijk kwamen we bij de brug uit. Daar hebben ze me geholpen om jou te bellen. Ik mocht nog niet doodgaan, snap je.'

Door de met ijs gevulde theedoek die Tore tegen zijn rechteroog duwde, kon Mikkel slechts de helft van zijn gezicht zien. En hoewel de douche het bloed had weggespoeld, leken de zwellingen juist groter geworden. Bovendien bleek het oude litteken over Tores wang te zijn opengesprongen. Met twee grote pleisters hadden ze gepoogd de wond dicht te plakken, maar Mikkel vreesde dat het niet afdoende was. Het liefst zou hij Tore naar een dokter brengen, maar die wilde daar niets van weten. Volgens hem kwam het met ijs, pijnstillers en een dag rust ook goed. De ziekmelding bij de werkplaats was niet goed gevallen bij zijn baas en hij wilde morgen weer aan de slag.

'Mijn baan moet ik voorlopig zien te houden,' zei hij somber. 'Als ik die gasten afbetaal en nog wat kleinere schulden aflos, hou ik zelf niets over. Nop! Terwijl die Müller bulkt van het geld.' Hij haalde zijn neus op. 'Het is lekker dat ik straks van mijn schulden af ben, maar ik zeg je, we hadden er meer uit kunnen halen.'

'Hoe bedoel je?' vroeg Mikkel.

'Ik bedoel dat het aanbod van Rasmus om met jullie mee te doen zo verdomde goed uitkwam dat ik veel te snel heb toegehapt… dertig miljoen is een schijntje voor de baas van Müller Media, we hadden veel meer moeten eisen.'

Daar dacht Mikkel even over na. 'Rasmus heeft een berekening gemaakt. Ik weet niet meer precies wat hij zei, maar hij was bang dat als we om een hoger bedrag vroegen, het te lang zou duren eer de vrouw van Müller het geld bij elkaar had. Hoe sneller we de buit binnen hebben, hoe eerder we van die vent af zijn.'

'Wat kan mij die vent nou schelen?' riep Tore, feller dan goed voor hem was. Met een van pijn vertrokken gezicht rustte hij tegen de leuning van de stoel. 'Al rot hij weg op dat eiland, daar slaap ik echt geen nacht minder om. Ik zeg alleen dat we onze kansen optimaal moeten benutten.' Hij wees naar zijn gezicht. 'Kijk naar me, die gasten spelen geen spelletjes. Dit was de laatste waarschuwing, een volgende komt er niet. Ze weten dat ik donderdagmiddag geld krijg. Als ze dat die avond niet hebben, jagen ze een kogel door mijn kop. Betaal ik wel, dan ben ik van ze af, maar heb ik verder geen cent te makken. Zo simpel is het.'

Mikkel knikte zwijgend. Hij voelde zich opgelaten en om het onderwerp af te ronden, trok hij de opgevouwen krant van de rand van de keukentafel naar zich toe. Zodra hij hem opensloeg, staarde Berndt Müller hem met een zelfvoldane glimlach aan. De foto was genomen op de afterparty van de uitreiking van de Obelix en Müller had zijn arm om een man heen geslagen die volgens het onderschrift Kenneth O'Reilly heette en de hoogste baas was van een Amerikaanse filmmaatschappij. VIER DAGEN VERMIST. WAAR IS BERNDT MÜLLER? kopte de krant in kapitalen.

'*Crap*.' Mikkel schoof de krant naar Tore, die er met een schuin oog naar keek. 'Die viert nu een heel ander feestje,' zei hij met vlakke stem. 'Wedden dat hij zijn vreten al op heeft? Zo maakt hij het leven ook eens van de andere kant mee. Ik mag hopen dat hij voelt wat honger is en dat hij in zijn eigen stront ligt te creperen. Het zal hem leren.'

30

Zonder te weten dat zijn handlangers er die ochtend al waren geweest, passeerde Rasmus een halve dag later zijn voormalige slaapplek aan de voet van de Älvsborgbrug. De slapeloze nacht in de Masthuggskerk en het gesprek van de vorige avond, waarin Mikkel het voor Tore opnam, hadden een zware schaduw over zijn gemoed geworpen. Zijn voornemen om Mikkel te vertellen over zijn motieven om juist Berndt Müller te ontvoeren liet hij varen. Voor het slagen van het plan was het niet nodig dat Mikkel wist wat de Bedrieger Rasmus had aangedaan. Bovendien verdiende hij het niet meer: Mikkel weigerde immers partij te kiezen, zelfs nadat Tore Rasmus in de houdgreep had genomen, een aanval die Rasmus als bijzonder vernederend had ervaren. Mikkels keuze stelde hem teleur en zette tegelijkertijd de onderlinge verhoudingen op scherp.

Een sterke behoefte aan frisse lucht en nieuwe energie dreef Rasmus naar de plek waar het allemaal begonnen was. Als vanzelfsprekend was hij naar de brug gewandeld en koos hij het voetpad naar boven. Met zijn handen op de reling overzag hij de stad, die even grijs oogde als het dichte wolkendek erboven. Er waren wat maanden verstreken sinds hij hier voor de laatste keer stond en meestal was dat 's nachts, maar het overweldigende gevoel dat deze locatie in hem opriep was er ook overdag direct. Als altijd voedden de hoogte van de brug, het uitzicht over Göteborg en de wind in zijn haren de onbedwingbare behoefte op de reling te klimmen. Onder hem sloegen windvlagen witte koppen op de golven van de Göta älv én achter hem raasden de auto's voorbij, maar dat kon hem niet weerhouden. Hij trok zich op, zette een knie op de reling en ging staan.

Onmiddellijk viel de somberte van hem af. De twijfel of hij het plan niet langer en beter had moeten voorbereiden, de frustratie over het gedrag van Tore en de teleurstelling in Mikkel leken ineens minder van belang. Hier overheerste een gevoel van macht en controle en lieten hoofd- en bijzaak zich eenvoudig onderscheiden. De ontvoering, met de bijkomende stress, was slechts een middel om zijn doel te bereiken en dat zag hij hier helder. Hij spreidde zijn armen, liet zijn hoofd in zijn nek vallen en omarmde de stad. Hier ging het om, zijn hele leven had hem naar dit punt geleid. Twintig jaar nadat Berndt Müller zijn moeder en hem in Mölndal verliet en hun een leven vol mogelijkheden ontnam, kreeg Rasmus Janson eindelijk wat hem toekwam. Morgen was hij schatrijk en gloorde er een nieuwe toekomst. Hij zoog zijn longen vol lucht en brulde in de wind: 'Nu is het mijn beurt! Hoor je dat, Göteborg? Maak je maar klaar, want ik kom eraan!'

Hij voelde zich herboren toen hij terug op het voetpad sprong. Ik had hier eerder moeten komen, dacht hij. Focus is belangrijk, vooral in de slotfase van deze operatie. Morgenmiddag zouden ze met de bus van Tore het geld ophalen en de volgende ochtend zorgde Mikkel ervoor dat de tweede brief, met aanwijzingen naar de vindplaats van Berndt, op de post ging. Ook deze brief had hij zelf uiterst zorgvuldig in elkaar geknutseld en hij wist zeker dat er geen sporen op te vinden waren. Als de politie een beetje opschoot, sliep de Bedrieger vrijdagavond alweer in zijn eigen bed. De ontvoering had dan iets meer dan zes dagen geduurd, exact zoals hij gepland had. Daarmee had hij nog geen week van Müllers leven gestolen. De Bedrieger en zijn tweede gezin hadden het zes dagen even wat minder gehad. Zes dagen spanning en verdriet tegenover twintig jaar onterechte armoede was lang geen slechte deal, vond Rasmus. Hij gaf een laatste klap op de reling en volgde het voetpad naar beneden.

Terwijl hij de stad naderde, daalden de eerste sneeuwvlokken op hem neer. Hij bleef staan en hief zijn gezicht naar de hemel. Een nevel van ijskristallen bedekte zijn gezicht, maar koud kreeg hij het niet. Integendeel, het was alsof de langverwachte sneeuw zijn ingeslagen koers bevestigde, en dat verwarmde zijn hart.

31

Haar vaste voornemen om nooit meer te twitteren hield niet lang stand. Als Daddysgirl en met het vredesteken als profielfoto opende Hedvig woensdagavond een nieuw account en struinde ze langs de berichten over de vermissing van haar vader. Die waren dankzij veelgebruikte hashtags als 'müller', 'müllerismissing' en 'byebyeberndt' eenvoudig te vinden. Dat haar vader niet alleen vermist maar ook ontvoerd was, bleek nog niet tot de buitenwereld te zijn doorgedrongen. Buiten haar moeder, zus, opa, Gertrude, Jacob en de politie in Göteborg wist niemand daarvan. Inspecteur Korhonen had hun tijdens zijn bezoek van die ochtend op het hart gedrukt niet met anderen te praten en vooral niet met de persmuskieten voor het huis. Forensisch onderzoek van Berndts auto en van de envelop en de brief met de losgeldeis hadden tot dusver niets opgeleverd. Elk spoor van de mogelijke daders ontbrak. Dat het om meerdere daders ging leek zeer waarschijnlijk; volgens de inspecteur waren ontvoeringen zelden soloacties. Haar moeder en opa hadden Korhonen ervan verzekerd dat ze het losgeld wilden betalen en dat het op tijd vergaren ervan geen probleem vormde. Opa zou morgen een tas met geld neerzetten op de afgesproken plek en de politie zou onzichtbaar aanwezig zijn. Als ze daaraan dacht, werd ze misselijk van de zenuwen. Een nieuw account op Twitter was niets minder dan een must, het zorgde voor de broodnodige afleiding. Naarstig scrolde ze door de berichten en ze schrok toen er plots een foto van haar vader voorbijschoot. Ze bewoog haar duim over het scherm en keek vol afschuw naar de afbeelding waarin het gezicht van haar vader op het lichaam van een man met een strop om zijn nek was geplakt. Iemand had er 'Extreme makeover 2.0' bij gezet, een verwijzing naar een van de programma's van Müller Media. Het maakte haar boos, verontwaardigd en verdrietig tegelijk, maar kennelijk konden anderen er wel om lachen, want de post had al honderden likes.

Ze was zo ontdaan dat ze het rode bolletje onder in het scherm niet eens meteen zag. Met betraande ogen drukte ze erop en er sprong een privébericht in beeld: *Hallo Hedvig, fijn dat je terug bent. Trek je niets aan van de haters, die weten niet beter. Als stadsgenoot leef ik zeer met je mee. Hoe gaat het met je?*

Het bericht kwam van ene Jens Gulden. Ze kende hem niet en tikte op zijn profielfoto. Hij was knap en wist het ook; van onder een opgelichte zonnebril keek hij met een zelfverzekerde blik in de camera. Ze vergrootte de foto met haar vingers en schatte hem begin twintig. 'Reporter Radio Göteborg. Love Sweden: IFK Göteborg, The Cardigans, surströmming. Happy single,' vermeldde zijn bio en ongewild kreeg ze het warm. Dit moest de jongen zijn die ontdekt had dat zij LadyGoldenSpoon was. Hij had ervoor gezorgd dat de vermissing van haar vader op de radio gemeld werd. Hoe wist hij zo snel dat ze weer online was? Ze twijfelde. Van de politie mocht ze met niemand praten, niet met haar vriendinnen en de pers was al helemaal verboden terrein, maar deze Jens zag er erg leuk uit en wat hij zei klonk sympathiek. Bovendien wilde ze haar verhaal kwijt. Binnen was de sfeer zo beklemmend dat ze zich gevangen voelde in haar eigen huis, maar naar buiten gaan was geen optie als ze de paparazzi wilde ontwijken. Haar moeder had panisch gereageerd toen ze gevraagd had of Jacob haar met de auto weg kon brengen, naar het park, het winkelcentrum of de sportschool, het maakte niet uit, als ze maar even kon ontsnappen aan de spanning, desnoods incognito. Jannike had gegild dat er niemand weg mocht zolang papa niet thuis was. Helle keek haar verwijtend aan, Gertrude stuurde haar naar boven en daarmee was de kous af.

Een paar woorden konden toch geen kwaad? Snel, voor ze zich zou bedenken, typte ze een antwoord: *Niet zo goed.*

De reactie volgde direct: *Dat begrijp ik. Heftige situatie. Nog niets van hem gehoord?*

Nee.

Hij komt vast snel terug, hij kan jou toch niet missen?

Dat hoop ik. En hij is niet voor zijn lol weg.

Niet? Hoe bedoel je?

Hier twijfelde Hedvig opnieuw. Ze besefte dat ze zich op glad ijs begaf, maar kon de pijnlijke suggestie dat haar vader uit eigen beweging was vertrokken niet zonder meer over haar kant laten gaan. *Ik bedoel dat hij niet zelf is weggegaan. Meer zeg ik niet, want ik mag niet met de pers praten.*

Oké, ik ben inderdaad journalist, maar ook een stadsgenoot. Ik sta niet met een schrijfblok en een camera voor je deur, dat is niet mijn stijl. Ik wens jou en je familie het beste toe, ook in het belang van de stad. Je vader betekent veel voor Göteborg.

Ze glimlachte onbewust. *Dank je. Die pers voor het huis is heel irritant.*

Snap ik. Ik schaam me voor mijn collega's.

Een roffel op haar kamerdeur maakte een abrupt einde aan het gesprek. Ze gooide haar telefoon op bed en trok de deur open. Het was Gertrude met een sandwich. Zonder haar aan te kijken nam Hedvig het bord aan en na een kort bedankje wilde ze de deur dichtdoen, maar dat liet Gertrude niet toe. Met een vorsende blik op Hedvigs rode wangen hield ze de deur tegen. 'Wat ben je aan het doen?'

'Niks.'

Gertrude liet haar ogen argwanend door de kamer dwalen, maar kon niets vreemds ontdekken. 'Kom je niet lekker naar beneden? Je grootvader en Helle kijken een grappige film. Misschien fijn om je gedachten even te verzetten?'

Hedvig schudde haar hoofd. 'Nee, ik ga zo slapen, ik ben moe. Bedankt voor het eten.' Om haar woorden kracht bij te zetten smoorde ze een geeuw met haar hand. Ze wachtte tot Gertrude was vertrokken en pakte toen snel haar telefoon op. Er was een nieuw bericht verschenen: *De meeste ontvoeringen lopen goed af. Is er al losgeld betaald?*

Op slag stond er kippenvel op haar armen. Met haar kaken op elkaar ijsbeerde ze door de kamer. De meeste ontvoeringen lopen goed af. Hoe wist hij dat? En hoeveel liepen er dan niet goed af? Wat betekende 'niet goed' eigenlijk? De paniek vloog haar naar de keel en doodsbenauwd zakte ze op bed neer. Haar vingers beefden toen ze typte en ze moest het drie keer overdoen voor het er goed stond: *Laat me met rust.*

Ze sloot Twitter af, zocht haar playlist van Avicii, draaide het volume zo ver open dat de gordijnen ervan trilden en schreeuwde toen zo hard ze kon.

32

Ondanks een aanzienlijk slaaptekort voelde Rasmus de energie door zijn lichaam stromen toen hij van het opvangcentrum in de stad naar Mikkels huis liep. Het was donderdagochtend vroeg en het verkeer was pas laat op gang gekomen. Met een sneeuwgarantie van gemiddeld veertig dagen per jaar zou je denken dat Göteborg gewend was aan winters weer, maar het tegendeel bleek waar. Elk jaar gingen er dagen overheen voordat mensen zich aan het nieuwe seizoen hadden aangepast. Voorruiten moesten gekrabd, wegen bestrooid en voetpaden geveegd. Later dan gebruikelijk raasden nu toch de forenzen over de drukke wegen die de stad doorkruisten, naar banen buiten de stad, kinderen met wollen mutsen op en dikke sjaals om werden naar de opvang of naar school gebracht, winkeliers openden hun winkels. Rasmus aanschouwde het op afstand, als een buitenstaander die door een glazen wand ziet wat er om hem heen gebeurt zonder er zelf onderdeel van te zijn. Hoewel hij nauwelijks geslapen had, stonden zijn zintuigen op scherp; het was alsof iedere lichtstraal en elk geluid dubbel zo hard binnenkwam als anders. Het moest de adrenaline zijn die hem voortdreef, wist hij. Aan weinig slaap was hij gewend, maar zo bont als in de laatste weken had hij het niet eerder gemaakt. Onder andere omstandigheden had hij nu een beschut plekje uitgekozen en zou hij, zelfs in de vrieskou, in slaap zijn gevallen, maar dat was niet aan de orde. Morgen kon hij rusten zo veel hij wilde, vandaag kwam het erop aan.

Een paar minuten voor hij bij Mikkel aan zou komen, stuurde hij een sms. Als hij aanbelde zou de hospita opendoen en daar had hij weinig trek in. Mikkel had hem gisteravond laten weten dat hij voortaan niet meer welkom was op zijn kamer, omdat 'dat blinde takkewijf' dreigde hem eruit te zetten als hij nog gasten ontving. Of ze een pak koffie of koeken uit haar voorraadkast te veel hadden gestolen, vermeldde het bericht niet, maar kennelijk had de vrouw haar grens bereikt. Na een kwartiertje posten in een portiek aan de overkant van de straat zag Rasmus Mikkel in zijn deuropening verschijnen. Hij stak de straat over en volgde Mikkel, die veelbetekenend een vinger tegen zijn lippen legde, naar boven. Zodra Rasmus binnen was, sloot Mikkel zijn kamerdeur en draaide hij het volume van de radio omhoog.

'Ze zit te bellen met haar zus in Malmö,' fluisterde hij. 'Nu zal ze ons niet horen, maar we blijven niet lang. Ik speel liever op safe voor het geval ik deze kamer toch langer nodig heb. Als alles goed gaat, ben ik hier natuurlijk meteen weg.' Hij kon een brede grijns niet onderdrukken en knipoogde er opgetogen bij.

Rasmus voelde zijn enthousiasme en sloeg hem op zijn bovenarm. 'Het is bijna zover, man, kan je het geloven?'

Met ingehouden lach maande Mikkel hem tot stilte. 'Er is wel een kleine kink in de kabel gekomen.'

'Hoezo?' De lach om Rasmus' lippen verdween spoorslags.

'Tore appte net dat hij de tas niet kan ophalen vandaag.'

'Wat?! Dat meen je niet?' Rasmus staarde Mikkel ontsteld aan. 'Is de bus kapot?'

Mikkel schudde langzaam zijn hoofd. 'De bus niet...' Op een verontschuldigende toon praatte hij Rasmus bij over Tores afranseling. 'Hij was ervan overtuigd dat hij met een nacht slapen voldoende hersteld zou zijn, dus mocht ik jou niet bellen; dat zou je onnodig op stang jagen. Maar nu denkt hij toch dat er ribben gebroken zijn en een of twee middenvoetsbeentjes. Rijden lukt prima, maar lopen gaat moeizaam en rennen is onmogelijk. We gaan ervan uit dat straks alles gladjes verloopt, maar als we moeten improviseren, is het wel handig dat degene die de tas ophaalt, goed uit de voeten kan.' Hij zag de groeiende paniek in de ogen van zijn vriend en greep hem bij zijn schouders. 'Geen zorgen,' zei hij met nadruk, 'ik pak dat geld, dat is geen probleem. Bijna alles blijft hetzelfde. We rijden er nog steeds met zijn drieën naartoe, de enige verandering is dat ik uitstap om die tas te pakken, in plaats van Tore. Hij mag dan meer ervaring hebben in dit wereldje, met losgeld innen heeft hij ook nog nooit te maken gehad, dus wat dat betreft maakt het geen bal uit of hij het doet of ik.'

Rasmus sloeg zijn handen voor zijn gezicht en probeerde rustig te ademen om zijn omhooggeschoten hartslag onder controle te krijgen. Dat Tore uitgerekend gisteren in elkaar moest zijn gemept, kwam erg slecht uit, maar dat was niet wat hem het meeste stoorde. Dat Tore en Mikkel dit voor hem verzwegen hadden, wel. 'Je had het meteen moeten zeggen,' zei hij met verstikte stem.

'Dat wilde Tore niet.'

'En dan luister jij? Sinds wanneer is Tore de baas? Ik heb godverdomme dit hele plan bedacht!' Hij was zo woedend dat het hem geen reet kon schelen of de hospita hem hoorde en brulde de frustratie van zich af: 'Dankzij mij zwemmen jullie straks in het geld, onthoud dat goed! Tore moet niet denken dat hij de boel kan overnemen en jij moet niet naar hem luisteren! Ik ben hier de baas en ik bepaal wat er gebeurt!'

Toen de hospita de kamerdeur opengooide en met haar stok begon te zwaaien, duwde Rasmus haar ruw opzij en stoof de kamer uit. Mikkel hielp haar overeind, stamelde wat excuses en rende Rasmus achterna, de trap af. De verontwaardigde kreten van de oude vrouw hielden pas op toen hij de voordeur achter zich dichtsmeet.

33

'Wacht!' Mikkel moest hard rennen om zijn vriend in te halen. Het leek of zijn woede Rasmus extra snelheid gaf, want pas twee straten verder kon Mikkel een hand op diens schouder leggen om hem af te remmen.

'Godverdomme!' schold Rasmus. Hij boog voorover, zette zijn handen op zijn bovenbenen en spoog op de grond.

'Rustig maar,' suste Mikkel, al even uitgeput. 'Je moet je niet zo druk maken, dat is nergens goed voor. Het komt allemaal in orde.'

'Je had het moeten zeggen! Ik moet je kunnen vertrouwen, anders wordt het niks. Zie je dat dan niet?' Hij rochelde luid en spoog een tweede klodder slijm op de stoep.

Mikkel streek met twee handen door zijn krullen en knikte schuldbewust. 'Je hebt gelijk, maat, maar geloof me, ik bedoelde het goed. Toen Tore zei dat we jou niet onnodig ongerust moesten maken, leek dat een goed idee. Het was gewoon niet slim van me. Sorry... oké? Sorry, man...' Hij glimlachte overdreven vriendelijk naar een jonge vrouw met een kinderwagen die hen eerst argwanend aankeek en toen resoluut de straat overstak.

'Kom, lopen,' spoorde Mikkel Rasmus aan, 'we vallen te veel op en dat kunnen we vandaag niet hebben.'

Met zichtbare tegenzin kwam Rasmus overeind en zonder Mikkel een blik waardig te gunnen begon hij te lopen. Mikkel volgde hem en een tijdlang zwegen ze allebei, tot Rasmus de stilte doorbrak. 'Is Tore thuis of op zijn werk?'

'Op zijn werk; hij was bang zijn baan kwijt te raken als hij nog een dag thuisbleef. Met zijn deel van het losgeld kan hij zijn schulden afbetalen, maar daarna blijft er niet veel over. Hij zal gewoon moeten blijven werken, dus houdt hij zijn baas liever tevreden.'

Rasmus keek niet-begrijpend om. 'En op zijn werk zitten die gebroken ribben hem niet dwars?'

Mikkel haalde zijn schouders op. 'Tja, weet ik veel, misschien dacht-ie er daar wel mee weg te komen. Hij weet in ieder geval dat wij om half twaalf bij de werkplaats zijn.' Hij keek op zijn horloge. 'Dat is over drie kwartier. Als we nu doorlopen, zijn we te vroeg, maar ik had geen andere plannen. Jij?'

Rasmus zweeg weer en dacht na. Improvisatievermogen, lef en koelbloedigheid, dat waren volgens hemzelf de drie vereiste eigenschappen om de operatie tot een succes te maken. Al tijdens de eerste voorbereidingen was hij tot die conclusie gekomen. Omdat hij niet zeker wist of hij en Mikkel koelbloedig genoeg zouden zijn als het er echt op aankwam, hadden ze Tore ingeschakeld. Over de eerste twee eigenschappen had hij nooit twijfels gehad, maar opeens werd pijnlijk duidelijk dat improviseren hem lang niet zo makkelijk afging als hij altijd had gedacht. Het liep anders dan gepland, anders dan hij al maanden in zijn hoofd had, en dat maakte hem bloednerveus. Toen Mikkel zojuist meldde dat Tore de tas niet kon pakken, was het zijn eerste gedachte geweest om alles af te blazen. Kappen met de hele handel en een nieuw en beter plan bedenken, zonder een onberekenbaar type als Tore erbij. Maar dat kon niet; ze hadden a gezegd, Müller zat al gevangen, dus moesten ze door. Focus, sprak hij zichzelf toe, houd het doel voor ogen; het geld ligt binnen handbereik, het is nu een kwestie van je kop erbij houden. In gedachten zag hij hoe de Bedrieger hem als jochie toesprak. *Ik kom je halen, Mussie,* had hij gezegd, *ik kom je halen als ik genoeg geld heb gespaard.* Lege woorden. Leugens van een achterbakse vent tegen een klein jochie dat van hem hield en hem maar al te graag wilde geloven. Een ijzingwekkende kilte verspreidde zich door Rasmus' maagstreek en ineens wist hij wat hij doen moest. Hij draaide zich abrupt om naar Mikkel en hield hem staande. 'Ik doe het.'

Mikkel zag de ernst in Rasmus' ogen. 'Wat doe je?'

'We draaien het om. Tore rijdt, ik stap uit en jij houdt achter in de bus de omgeving in de gaten. Ik heb steeds gezegd dat Tore de tas moest pakken omdat hij het meest ervaren is, maar dat is bullshit. Ik durfde het zelf niet en van jou wist ik ook niet of je stressbestendig genoeg was. Tore leek door zijn ervaring een koele kikker en dus de beste kandidaat, maar we hebben gezien hoe onvoorspelbaar hij is. Ik moet het doen. Dit is mijn geld, ik pak het zelf.'

Een klein uur later zaten ze in de bus: Tore achter het stuur met een pistool in zijn schoot en een zwik pijnstillers achter zijn kiezen, Mikkel in de laadruimte, waar kleine stukken plastic van de ruiten waren gekrabd zodat hij kon zien wat er voor en achter de bus gebeurde, en Rasmus in de passagiersstoel, met een bivakmuts op zijn achterhoofd en het tweede pistool in de aanslag.

34

Berndt schrok wakker uit het zoveelste hazenslaapje van het afgelopen etmaal. De honger, zijn droge keel, de stank van de ontlasting op de vloer naast hem en de pijn aan zijn neus en pols maakten een goede nachtrust onmogelijk. Bovendien was het nog kouder geworden, waardoor hij aanhoudend rilde. De energierepen waren op, evenals de flesjes water, en Svenja had zich de hele woensdag niet laten zien. Hij had tientallen keren overwogen om haar te roepen, maar het beeld van Svenja's schietgrage oma, kennelijk een beschadigde vrouw, hield hem voorlopig tegen. Het risico dat zij hem zou horen als hij riep was te groot, en de kans op een kogel uit het geweer van een verward oud wijf ook. Hij redde het nog. Beter wachtte hij tot de moeder van het kind uit de stad terugkeerde, de moeder die wél van mensen hield, zoals Svenja vertelde. De situatie was bizar: drie generaties vrouwen, weg van de maatschappij, als kluizenaars op een verlaten eiland en, als hij Svenja moest geloven, dat al jarenlang. Hoe bestond het dat niemand hen ooit had opgemerkt? Zo ver van Brännö of een van de andere eilanden zaten ze niet. In de zomer staken mensen met een roeiboot het meer over om hier te wandelen en te zwemmen. In zijn hoofd hoorde hij Svenja's fluisterende kinderstemmetje: *Ze wordt altijd boos als er wandelaars zijn, dan pakt ze haar geweer.* Dat mens had hulp nodig, dacht hij. Zag die dochter dat niet? Of was die er net zo erg aan toe? Dat moest haast wel, want welk normaal persoon laat een klein kind op deze manier opgroeien? Weg van de gewone wereld, weg van andere kinderen, onderwijs, medische voorzieningen? Hij kon er niet bij, maar besloot dat van de drie vrouwen het meisje hem de beste kansen gaf; zij moest zijn redding zijn als de ontvoerders niet of te laat terugkeerden. Met die gedachte was hij in slaap gevallen en toen hij wakker schrok leek zijn hoop bewaarheid. Hij hoorde een krassend geluid en meteen schoten zijn ogen naar de hoek van de keuken. De deur zwaaide voorzichtig open, er klonken lichte voetstappen en ineens verscheen Svenja in het schijnsel op de vloer voor hem, dat sinds gisteren, tegelijk met het zakken van de temperatuur, een stuk heller oplichtte. Ze droeg dezelfde poncho en laarsjes als de vorige keer, maar de groene maillot was verruild voor een rode en haar lange haar hing in twee vlechten over haar schouders.

'Hallo Svenja, fijn dat je er bent,' stak hij direct van wal. Zijn voorzichtige aanpak tijdens hun vorige ontmoeting was haar misschien bevallen, in ieder geval tot aan het onfortuinlijke moment dat ze zijn gehavende gezicht zag en wegrende, maar het had hem te weinig opgeleverd. Als hij weg wilde komen, moest hij doorpakken, zonder haar van zich af te stoten. Koorddansen, prentte hij zichzelf in, de balans bewaren, maar wel doorlopen.

Het meisje vouwde haar benen in kleermakerszit en schoof een stuk brood naar hem toe, dat hij gretig in zijn mond stak. Ze kneep haar ogen tot spleetjes in een poging zijn gezicht te zien. 'Hoe is het met...' Ze wees op zijn gezicht.

'Goed,' loog hij, met volle mond, 'de mannen die me hier brachten, hebben mijn neus gebroken. Dat ziet er akelig uit en daarom schrok je de vorige keer. Dat hoeft niet, ik ben heel aardig. En jij ook, dat zag ik meteen. Bedankt voor het brood, ik had honger. Heb je ook wat te drinken bij je?'

'Daar heb ik niet aan gedacht.'

'Oké, ik heb water nodig, of melk, en dekens of een trui. Iets wat me warm kan houden nu het is gaan sneeuwen. Voel je hoe koud het hier is? Vast kouder dan in jouw kamer?'

Svenja knikte en trok haar neus op. 'Het stinkt hier.'

Berndt wierp een blik opzij, naar de plek waar de wikkels van de energierepen een bergje poep bedekten, en voor het eerst was hij blij dat het zo donker was in de kamer. 'Dat klopt,' zei hij. 'Daarom wil ik hier heel graag weg, maar dat lukt niet, omdat ik vastzit aan deze buis. Met een schaar of een scherp mes kan ik mezelf losmaken. Heb jij zoiets?' Hij sprak de woorden zo nonchalant mogelijk uit om er niet te veel gewicht aan te hangen, maar hield ondertussen zijn adem in.

Svenja schoof achteruit en kneep met haar vingers haar neus dicht. Ze dacht even na, maar gaf geen antwoord op zijn vraag. 'Oma Ilva houdt niet van de sneeuw, dan doen haar handen en voeten pijn, zegt ze. Ik vind de sneeuw juist leuk. Na mijn schrijfles en het middageten mag ik naar buiten om sneeuwpoppen te maken. Vorig jaar had ik er twaalf, een grote familie.'

Berndt begreep dat hij gas terug moest nemen. 'Een grote familie...' herhaalde hij en als vanzelf verschenen de gezichten van Jannike en zijn dochters voor hem. 'Familie is het belangrijkste wat er is, wist je dat? Of die groot is of klein, maakt niet uit. Ik heb twee dochters, de oudste is al volwassen en de andere bijna, maar ooit waren ze kleine meisjes, net als jij.'

'Ik ben niet klein,' snoof Svenja verontwaardigd. 'Volgend voorjaar mag ik al helpen met bomen omhakken. Oma vindt me dan groot genoeg om met de bijl te werken, dat heeft ze zelf gezegd.'

'Zo zo, een bijl?' Berndts hersenen draaiden op volle toeren in zijn poging het gesprek te sturen en het meisje bij hem te houden zonder haar af te schrikken. Net toen hij besloot nog een keer om een schaar te vragen, snerpte vanuit de verte een fluitje door het huis. Onmiddellijk schoot Svenja overeind. 'Dat is oma,' fluisterde ze onthutst, 'ze heeft ontdekt dat ik niet meer in de voorraadkelder ben. Ik moet snel terug.' Ze rende op haar tenen naar de deur.

'Een schaar!' siste Berndt haar toe. 'Een schaar of een mes, vandaag nog!'

'Dan wordt oma boos,' siste Svenja met een angstige trilling in haar stem. Ze sloot de deur en draaide de sleutel om.

Berndt hief zijn vrije vuist en sloeg er hard mee op de grond. Tranen van frustratie spoten uit zijn ogen. Volhouden, prentte hij zichzelf in, stug volhouden. Ze komt terug met een schaar, vandaag of morgen, dan ben je vrij en kun je naar huis, naar Jannike en de meisjes. Doorbijten, Müller, tanden op elkaar en volhouden.

35

Een half uur te vroeg parkeerde Karst Bork de Skoda Fabia van Gertrude op de besneeuwde Hornsgatan in het zuidelijk deel van de stad. Op de stoel naast hem stond een compacte zwarte sporttas volledig gevuld met gebundelde pakketten van honderd kronen. Het grootste deel van de dertig miljoen kwam uit de kluis uit zijn eigen landgoed, waarvoor hij gisteren teruggevlogen was, het resterende deel had hij van zijn spaarrekening opgenomen bij een bankkantoor in Göteborg. Doorgaans hechtte hij weinig waarde aan zijn rijkdom; hij had er niet mee kunnen voorkomen dat zijn vrouw bij hem was weggegaan en dat Jannike hem amper aankeek, maar in dit bijzondere geval leverde zijn naam en bijbehorend vermogen hem het voordeel van een snelle service zonder vragen op.

Vanuit zijn positie langs het trottoir van de brede laan had hij vrij zicht op de gietijzeren afvalbak op de hoek met de Götaplatsen. Hij keek op zijn horloge. Over vijfentwintig minuten zou hij uitstappen, de weg oversteken, de stoep volgen en de tas naast de afvalbak plaatsen. Inspecteur Korhonen had hem bevolen niet te blijven staan, maar direct om te keren naar zijn auto en weg te rijden. Politieagenten in burger, hoeveel wilde Korhonen niet zeggen, zouden op straat en in auto's aanwezig zijn om in te grijpen als dat nodig was. Die wetenschap stelde hem gerust, maar maakte hem tegelijkertijd nerveus. Dat hij zijn geld straks kwijt was, deed hem niets. Het ging hem om Jannike; eindelijk kreeg hij een kans om dichterbij te komen en die mocht hij niet verpesten. Als hij deze taak volbracht en Berndt kwam terug, dan zou hij alles op alles zetten om het hernieuwde contact nooit meer uit zijn vingers te laten glippen. Al had hij zijn hele vermogen moeten inzetten, hij zou het doen als het betekende dat hij er Jannike en zijn kleindochters mee terugkreeg. Hij bolde zijn wangen en liet langzaam wat lucht ontsnappen. Het kogelvrije vest knelde om zijn borst en maakte het lastig diep in en uit te ademen.

Het zweet brak hem uit toen een passerende auto plots afremde en vlak voor hem inparkeerde. Met zijn handen om het stuur geklemd zag hij hoe een struise vrouw met pluizige krullen uitstapte, een sjaal om haar hals sloeg en wegliep. Hij volgde haar in zijn spiegel en zag dat ze een eind achter hem naast een andere vrouw bleef staan. Ze leken te wachten en ineens herkende hij hun pose uit een ver verleden. Zelf had hij zelden aan het schoolplein gestaan om Jannike op te halen, dat was een van Christines taken geweest, maar een paar keer was hijzelf gegaan om Jannike te verrassen. Met spijt in zijn hart herinnerde hij zich haar opgetogen snoetje als ze hem zag in plaats van haar moeder en hij kon met geen mogelijkheid bedenken waarom hij dat niet vaker had gedaan.

Acht minuten voor hij uit moest stappen, kregen de zenuwen de overhand. Zijn handen trilden op zijn knieën en van het vest, dat met de seconde meer leek te knellen, kreeg hij het zo benauwd dat hij overwoog het af te doen. Om zichzelf daarvan te weerhouden en om niet steeds naar zijn secondewijzer te staren, die zich tergend langzaam voortbewoog, keek hij in zijn spiegel naar de tientallen moeders en de enkele vader op de stoep naast het schoolplein, dat door een spijlenhek en wat stevige eiken deels aan het zicht onttrokken was. In korte tijd was het druk geworden in de straat; langs de stoep van de gehele rechterzijde van de Hornsgatan stonden nu auto's geparkeerd en zelfs aan de overzijde, waar parkeren verboden was, wachtten ouders ongeduldig op hun kroost. Bij sommigen stond een houten slee aan hun voeten, waarin zoon- of dochterlief zo meteen naar huis zou worden getrokken. Met een bevende hand draaide Karst de spiegel opzij. Hij wilde het niet zien. Ieder moment kon de school uitgaan en zou het hier krioelen van de kinderen. De timing kon niet slechter, al was het voor de ontvoerders waarschijnlijk een bewuste keuze geweest. De politie zou niet snel tot een risicovolle actie overgaan als ze daarmee een horde schoolkinderen in gevaar bracht. Slim, dacht hij, maar minstens zo verwerpelijk.

Opeens kon hij niet langer wachten. Deze vreselijke toestand had lang genoeg geduurd, het werd tijd om er een einde aan te maken. Hij zwaaide zijn portier open en stapte uit. De afstand tot de afvalbak op de hoek van de straat schatte hij op honderd meter. Zijn hart ging als een razende tekeer, maar hij was vastbesloten; met de tas onder zijn arm geklemd stapte hij recht op zijn doel af.

36

Door een verrekijker zag Rasmus hoe een man die hij nooit eerder had gezien een zwarte tas in de sneeuw op de afgesproken plek neerzette. Vijf minuten eerder had Tore de bus op het parkeerterrein op de Götaplatsen geparkeerd en vanaf dat moment had Rasmus onafgebroken naar de afvalbak gestaard. 'Hij is te vroeg,' zei hij en hij schrok van zijn eigen hese stemgeluid. Hij kuchte en keek naar Tore, die in de stoel naast hem een sigaret rookte, ogenschijnlijk rustig.

Tore haalde zijn schouders op, bijna nonchalant. Hij had de hele weg van de garage tot het plein amper een woord gesproken en ook zijn gewoonlijke gejaagdheid was ver te zoeken. Ondanks de pilotenbril met spiegelglazen die zijn dichtgeslagen oog bedekte, zag hij er monsterlijk uit. Zijn neus en lippen waren opgezwollen, de huid op zijn jukbeenderen kleurde blauwgroen en het litteken bij zijn mondhoek trok een donkerrood spoor tot zijn oor. Rasmus vermoedde dat Tore meer had ingenomen dan wat standaardpijnstillers, maar wilde er niet naar vragen.

'Beter te vroeg dan te laat,' sprak Tore met lijzige stem, terwijl hij het raampje naast hem opendraaide en de nog brandende peuk naar buiten wierp. Daarna startte hij de bus en draaide hij langzaam het parkeerterrein af.

Rasmus klopte op het tussenschot achter hem en direct gaf Mikkel een roffel terug: ook hij was er klaar voor. Bij de bushalte, op zestig meter voor de afvalbak, zou Tore kort stoppen zodat

Rasmus uit de bus kon springen om naar de tas te rennen. Tore zou hem volgen terwijl Mikkel de zijdeur van de bus openschoof om Rasmus met de tas weer binnen te halen. De actie duurde nog geen halve minuut en daarna was het een kwestie van in de gaten houden of ze niet gevolgd werden, totdat ze aan de rand van de stad konden overstappen in de Volkswagen met vals kenteken die Tore had geregeld.

Zodra Tore een stukje voor de bushalte begon af te remmen om Rasmus te laten springen, zag hij echter dat het anders zou lopen. Vanuit het niets verschenen twee mannen in beeld, die vanuit de tegenovergelegen richting over de stoep op de tas af renden. Hij herkende ze onmiddellijk als de knechten van zijn schuldeisers en begreep dat die niet wilden afwachten tot hij hen vanavond zijn deel kwam brengen; ze gingen voor de hele buit.

'Fuck!' brulde hij, terwijl hij met zijn voet het gaspedaal indrukte.

Achterin rolde Mikkel over de vloer van de bus en ook Rasmus, die op het punt had gestaan zijn portier te openen, viel terug in zijn stoel. Hij keek geschrokken opzij. 'Wat doe je?' schreeuwde hij schor.

'Kapers op de kust! Ze moeten ons vanaf de garage al gevolgd zijn. Als ik nu stop, pakken zij die tas. Snel!' Tore scheurde de bushalte voorbij en stampte vlak voor de afvalbak boven op zijn rem. Een van de rennende mannen bleef staan, trok een revolver uit zijn jack en schoot op de bus. De andere man versnelde zijn pas en was bijna bij de tas aanbeland.

Rasmus' blik vernauwde zich. In de verte hoorde hij Tore en Mikkel schreeuwen, maar wat ze zeiden drong niet tot hem door. Het enige wat hij zag waren de twee vreemde gasten die de tas wilde pakken, zíjn tas, zijn toekomst, die hem al eerder was ontnomen. Dat liet hij niet nog een keer gebeuren. Het was alsof er een waas voor zijn ogen dreef toen hij de bivakmuts over zijn hoofd trok en het portier openduwde. Met het pistool in zijn gestrekte arm liep hij recht op de mannen af en als vanzelfsprekend opende hij het vuur. De voorste man viel direct neer en greep kermend zijn schouder vast. De tweede man schoot terug en dook achter een boom. Rasmus pakte de tas met zijn linkerhand op, vuurde nogmaals in de richting van de tweede man en wilde de bus in duiken, maar dat was geen optie. Het rechtervoorwiel was aan flarden geschoten en de bus stond scheefgezakt tegen de stoeprand. Achter een gapend gat in de voorruit hing Tore bewegingloos over het stuur en van Mikkel was geen spoor te bekennen. Een volgende kogel suisde rakelings langs zijn oor en met een grote sprong landde Rasmus achter de bus. Hij draaide zich om en richtte op de eerste man, die ondanks zijn schouderwond de achtervolging had ingezet. Rasmus schoot twee keer en raakte hem in zijn been, waardoor de man opnieuw neerviel. De tweede man liet zich niet meer zien en Rasmus zag zijn kans schoon. Zo hard hij kon rende hij de straat over, de Hornsgatan op, de tas met geld stevig in zijn linkerhand. Hij hoorde vrouwen gillen en keek achterom, maar hij werd niet gevolgd. Pas toen hij een vrouw met een kind in haar armen achter een auto zag wegduiken, begreep hij dat hij het was die de paniek veroorzaakte.

'Staan blijven, politie!' De kreet kwam van opzij. Rennend bewoog hij zijn arm in de richting van het geluid en schoot. Meer gegil en opeens waren er kinderen. Ze stoven uiteen, struikelden over elkaar en doken huilend weg. Hij sprong over ze heen, viel zelf bijna en rende door een openstaand spijlenhek, het schoolplein op van de Antares Grundskola.

'Politie!' klonk het opnieuw. Hij keek om, zag dat er drie mannen in burgerkleding, zwaaiend met politiebadges, op hem afkwamen, en viel. Het jochie voor zijn voeten kon niet ouder zijn dan een jaar of vier en zat ineengedoken op het schoolplein, de ogen stijf dicht. Zijn muts was afgevallen en er lag sneeuw op zijn vlassige blonde haar. Rasmus tilde hem op en onmiddellijk klemde het ventje zich aan hem vast. De twee klamme handjes in zijn nek brachten op slag een herinnering terug uit lang vervlogen jaren. Ooit had hij zich als klein kind net zo vastgeklemd aan de borst van een man die hij als vader beschouwde. Een man die met leugens en valse beloften zijn jeugd had verknald en die ook zijn leven als volwassen vent overschaduwde.

Hij stond op en nam een moment om op adem te komen. Die tijd was er; de politie zou niets doen zolang hij gewapend was en het jochie in zijn armen droeg, daarvan was hij overtuigd. De politie wachtte af, hij had de regie en dat voelde even goed als vanzelfsprekend. Tore had gemeend de regie te moeten overnemen en hij had dat laten gebeuren, maar nu was hij zelf de baas en zo had het van begin af aan moeten zijn. Het was een vergissing geweest te twijfelen aan zijn eigen kunnen; hij had de moed, het improvisatievermogen en de ballen om zijn plan te laten slagen. Gedurende de paar tellen, schijnbaar bevroren in de tijd, dat hij op het besneeuwde schoolplein stond, met het ventje in zijn armen, zag hij het helder: het ging om hem. Het ophalen van het geld liep volledig anders dan gepland; Tore was uitgeschakeld en ook Mikkel kon of durfde zich niet meer te laten zien, maar zelf stond hij er, met in zijn hand het geld waarnaar hij zijn hele leven al verlangde en waar hij recht op had. Anderen waren niet nodig, het was met hem begonnen en zo moest hij ook verdergaan, alleen.

Hij sloeg zijn arm met de tas om het jochie heen en klopte hem zachtjes op zijn rug. ‘Rustig maar, mannetje, ik breng je naar je mama toe.’

Beheerst draaide Rasmus zich om naar de politie. Volgens Tore telde het pistool acht patronen en hij had al zeven schoten gelost.

Als het moest zou hij schieten, maar hij rekende erop dat de politie het risico niet zou nemen. Dat klopte: de mannen hieven hun armen in de lucht en staakten hun achtervolging. Twee van hen liepen voorzichtig achteruit. De voorste zette een stap in zijn richting en keek hem indringend aan.

'Laat die jongen gaan,' gebood hij dwingend, 'zet hem neer en geef je over.'

Rasmus schudde zijn hoofd en stapte achteruit, zijn pistool op de politieman gericht. Achter de agenten loodsten een paar volwassenen ondertussen zo veel mogelijk kinderen de poort uit. Het gegil was verstomd en een beklemmende stilte daalde over het schoolplein neer. Rasmus bleef achteruitlopen tot hij het schoolgebouw bereikte en naar binnen ging. Hij sloot de deur achter zich, liep door tot hij zeker wist dat hij door het raam in de deur niet meer te zien was en zette het jochie neer. 'Blijf hier maar wachten, je mama komt zo, oké?' fluisterde hij.

Voor het eerst opende het jongetje zijn ogen en meteen zette hij het op een brullen. Rasmus duwde het pistool achter in zijn broek en trok met een ruk de bivakmuts van zijn hoofd. 'Niet huilen,' suste hij. 'Kijk, het is maar een gekke muts.' Hij grijnsde en probeerde een knipoog, maar toen het huilen niet ophield, duwde hij het jochie een leeg klaslokaal in. Daarna zette hij de muts weer op en rende hij door de aula naar de achterkant van de school. Als hij hier zonder kleerscheuren uit wilde komen, was haast geboden.

37

Hedvig stond in de woonkamer door een kiertje tussen de gordijnen naar de horde fotografen te kijken, die nu al vijf dagen voor hun huis bivakkeerde. De politie had dranghekken geplaatst, zodat de voordeur vrij bleef, al was er behalve Jacob, inspecteur Korhonen en de huisarts van haar moeder niemand die van de hoofdentree gebruikmaakte. Gertrude en de bezorgers met wie zij zakendeed namen de achterdeur en verder ging er niemand de deur uit. Sinds haar vader was verdwenen, was het huis in een gevangenis veranderd. Vóór de ellende begon waren er best dagen geweest dat ze in haar kamer hing en geen enkele behoefte voelde daar verandering in te brengen, maar nu het niet kon, verlangde ze er meer dan ooit naar om naar buiten te gaan. Al moest ze door een haag paparazzi, het kon haar niets schelen, hierbinnen werd ze stapelgek. Toen haar opa een paar dagen geleden arriveerde ging het beter, er gebeurde tenminste iets, iemand nam het heft in handen en regelde de boel. Dat kon ze van haar moeder en zus niet zeggen. Zuchtend checkte ze het klokje op haar telefoon; het wees tien over half twee en opa was nog steeds niet terug. Hij had beloofd direct na de overdracht naar huis te komen. Zou er iets zijn misgegaan? De spanning in haar buik maakte haar misselijk en ze overwoog net naar de wc te lopen om het kaneelbroodje dat ze als lunch had gegeten uit te spugen toen Gertrude met rood aangelopen wangen en een oude transistorradio in haar handen de kamer binnenkwam.

'Nieuws!' riep ze.

Daarvan schrok Jannike halfwakker. Pijnstillers en slaaptabletten hielden haar zo suf dat Hedvig haar al dagen niet meer echt wakker had meegemaakt. Met een mengeling van afkeer en medelijden zag ze hoe Helle, die ook had zitten dutten, hun moeder overeind hielp en een kussen achter haar rug propte.

'Wat is er?' vroeg ze aan Gertrude, die de radio, haar eigen bezit en de enige in het huis, midden op de salontafel plantte.

De vrouw legde haar vinger tegen haar lippen en dwong Hedvig met grote ogen vol ongeloof te luisteren naar een extra nieuwsbericht.

'*... er meer nieuws is, melden wij ons direct. Verslaggevers van Radio Göteborg zijn ter plaatse en zullen live verslag uitbrengen in de uitzending. Tot die tijd herhalen wij de berichtgeving zoals die is bevestigd door de politie. Op dit moment is er een gijzeling gaande in de Antares Grundskola aan de Hornsgatan in Göteborg. Ooggetuigen zagen hoe een gewapende man na een schietincident op de Götaplatsen de nabijgelegen school in vluchtte en daarbij een leerling meenam. Naam en leeftijd van de gijzelnemer en het kind zijn vooralsnog onbekend. Beiden bevinden zich op dit moment in de school. De politie is ter plekke en de omgeving is afgezet.*

De gijzeling ontstond tijdens de middagpauze, waardoor veel kinderen zich op het schoolplein bevonden. De meesten van hen zijn inmiddels in veiligheid gebracht. Mogelijk bevinden zich nog leerlingen en onderwijzend personeel in het gebouw. De schoolleiding was vooralsnog niet bereikbaar voor commentaar.

Over de aanleiding voor het schietincident voorafgaand aan de gijzeling wil de politie geen uitspraken doen. Wel wordt bevestigd dat bij het incident drie personen zwaargewond zijn geraakt. Zij zijn per ambulance afgevoerd. Over de identiteit van deze personen is nog geen officiële uitspraak gedaan, al melden ooggetuigen dat het om meerderjarige mannen zou gaan, die alle drie direct bij de schietpartij betrokken waren.

Ooggetuigen vertelden onze verslaggevers ook dat zij na het schietincident een man over de Götaplatsen hebben zien vluchten in de richting van het Centraal Station. De politie is op zoek naar deze man en waarschuwt het publiek op afstand te blijven; mogelijk is hij vuurwapengevaarlijk.'

Al tijdens het bericht begon Helle zacht te jammeren. Gertrude ging naast haar zitten en probeerde haar te sussen, maar de angst in haar ogen en een puffende ademhaling maakten Helle alleen maar angstiger. 'Opa is daar,' fluisterde ze, terwijl ze haar moeders hand greep. Die leek dat amper te merken. Met mistige blik staarde Jannike voor zich uit; het radiobericht en de commotie in de woonkamer leken volledig langs haar heen te gaan. Hedvig voelde zich daarentegen klaarwakker. Terwijl ze met een half oor naar het bericht luisterde dat aanhoudend werd herhaald, checkte ze op Twitter en de krantensites in haar telefoon of er al meer bekend was. Doorgaans sloeg ze het harde nieuws in de kranten over en ging haar interesse uit naar de societypagina's, maar nu lagen de zaken anders. Toen ze niets nieuws vond en het radiobericht aan een vijfde herhaling toe was, opende ze in haar berichtenbox op Twitter het gesprekje dat ze gisteren met Jens Gulden van Radio Göteborg gevoerd had. Ze typte het eerste wat in haar opkwam:

Ben jij bij de school? Heb jij de gewonden gezien? Was er een oudere grijze man bij?

Nog geen minuut later verraadde een oplichtend vinkje dat de verslaggever haar bericht gelezen had, maar een antwoord bleef uit. Ongeduldig staarde ze naar het scherm, tot ze niet meer kon wachten.

Geef antwoord! Ik denk dat dit met mijn vader te maken heeft!

Er verscheen opnieuw een vinkje en dit keer kwam er snel reactie: *Waarom denk je dat?*

Omdat vandaag het losgeld betaald moest worden, op een plek vlak bij de school! Ik wil weten of mijn opa veilig is.

Heeft je opa het losgeld afgeleverd? Is het de vader van je moeder, KR Bork?

Ja! Heb je die gezien?

Waar moest hij het losgeld afleveren? En hoeveel was het?

Op de kruising voor het plein. Geef antwoord op mijn vraag!

De laatste antwoorden waren steeds in een mum van tijd verschenen, maar nu duurde het langer. Net toen Hedvig de vraag opnieuw wilde stellen, verschenen er twee woorden in beeld: *niet gezien.*

Gefrustreerd las ze het gesprekje nogmaals door. Ze kon niet bedenken welke andere bron ze aan moest boren om uit te vinden of haar opa veilig was. Aan de drie vrouwen op de bank had ze ook niets, die zaten als zombies naar de radio te luisteren. Als ze niet zo'n medelijden met haar moeder had gevoeld, zou ze het liefste keihard gillen. Een nieuwe stem op de radio weerhield haar daarvan.

'Dames en heren, wij vragen uw aandacht voor onze verslaggever Jens Gulden, die nieuws heeft aangaande de gijzeling op de basisschool, die op dit moment gaande is in zuid. Jens, waar ben je precies?'

'Ja, goedemiddag, ik sta op de Hornsgatan, tegenover de hoofdingang van de Antares Grundskola.'

'Wat kun je ons vertellen? Zijn de gijzelnemer en het kind nog in de school?'

'Het lijkt er inderdaad op dat beiden nog in de school zijn. Overigens is duidelijk dat er meer mensen binnen zijn; in ieder geval twee klassen achter in het gebouw, die tijdens de middagpauze niet naar

buiten zijn gegaan. Er wordt geschat dat in totaal zo'n veertig leerlingen en ten minste twee leerkrachten zich in de school schuilhouden. De ouders van alle leerlingen van deze school worden op dit moment op de hoogte gesteld van de situatie.'

'Is bekend welke leerling gegijzeld wordt? Heb je een naam en een leeftijd?'

'Het gaat om een klein jongetje, zo laten ooggetuigen weten, maar zijn naam en leeftijd zijn nog niet gemeld. Wat ik wel kan zeggen is dat de gijzeling en het schietincident dat daaraan voorafging nauw samenhangen met de vermissing van onze stadsgenoot Berndt Müller. Een betrouwbare bron heeft zojuist, exclusief aan Radio Göteborg, gemeld dat Berndt Müller ontvoerd is, zoals door sommigen al werd vermoed, en dat vandaag het geëiste losgeld betaald moest worden. De betaling van dat losgeld zou hebben plaatsgevonden op de kruising van de Götaplatsen met de Hornsgatan en zoals je weet bevindt die kruising zich op nog geen honderd meter van de school. Die betaling is vermoedelijk misgegaan, naar de reden daarvan kunnen we slechts gissen, maar duidelijk is wel dat een van de betrokkenen de school is in gevlucht en daarbij een kind in gijzeling heeft genomen.'

'Dat is groot nieuws, Jens. Kan de politie deze informatie bevestigen?'

'Op dit moment niet. De informatie komt echter van een bron uit de binnenste kringen rondom Berndt Müller en daarom kunnen we ervan uitgaan dat dit nieuws klopt. Maar dat is nog niet alles: mijn bron laat verder weten dat het geëiste losgeld voor Berndt Müller betaald is door zijn schoonvader, de vader van zijn echtgenote Jannike Müller-Bork. Niemand minder dan de steenrijke Karst Roman Bork, gepensioneerd hoofd van het Bork-vastgoedimperium, heeft het losgeld hier vanmiddag persoonlijk afgeleverd. Ik begrijp dat hij na de overdracht niet meer gezien is. Hij lijkt spoorloos en dat moet uitermate pijnlijk zijn voor de familie, die al zo veel dagen in spanning

verkeert. Of Karst Roman Bork tot een van de gewonden behoort die eerder per ambulance zijn afgevoerd is een mogelijkheid waarmee we helaas rekening moeten houden.'

Het gejammer van Helle was gedurende de berichtgeving aangezwollen tot een luide huilbui en bij de laatste zin over haar opa kon ze zich helemaal niet meer beheersen. Ze sprong op en stortte zich op haar zus, die de aanval niet zag aankomen en op de grond viel. Helle klauwde de telefoon uit Hedvigs handen en smeet hem de kamer door. Met een krakend geluid knalde het toestel tegen een radiator, waarna het in stukken uiteenviel. 'Het is allemaal jouw schuld!' Helle krijste en sloeg haar zus in het gezicht. 'Als jij niet zo'n vreselijk serpent was, was papa nooit zo lang weggegaan!'

'Dat is niet waar!' schreeuwde Hedvig terug, terwijl ze Helle, die een kop groter was, van zich af probeerde te duwen. 'Papa is niet weggegaan, hij is ontvoerd, of was dat nog niet duidelijk?'

'We hadden bij de juwelier moeten zijn!' gilde Helle, nu volkomen hysterisch. Alle opgekropte spanning van de afgelopen dagen kwam er in één keer uit. 'Hij wilde zijn massage afzeggen om met ons naar Saksen te gaan, maar omdat jij in Sjöbaren zo nodig de diva uit moest hangen, ging hij toch naar de sauna en daar is hij meegenomen! Het is verdomme jouw schuld!' Helle hijgde van woede, uit haar mondhoeken dropen spoortjes spuug. Ze veegde een lok haar uit haar bezwete gezicht en wees naar de restanten van de telefoon. 'En dan ga je ook nog aan de grote klok hangen hoe wij de zaak proberen op te lossen. Dat opa erbij is gehaald. Hoe haal je het in je domme harses? Niet praten met de pers, heeft de politie gezegd! Wat daarvan begrijp je niet? Je brengt hem en papa in gevaar en over een uur staat hier niet alleen de Göteborgse, maar de hele Zweedse pers voor de deur! Achterlijk ben je, volkomen gestoord!'

‘Genoeg!’ De barse stem uit de deuropening maakte een einde aan Helles tirade. In het tumult had geen van de vrouwen hem horen binnenkomen, maar nu hij er stond, kon je een speld horen vallen. Verbijsterd staarden ze naar de man in de kamer: opa was terug.

38

Van achter het gebarsten venster op de eerste verdieping aan de achterzijde van het hotel aanschouwde Ilva Andersson haar kleindochter. Svenja speelde graag op het veld tegen de bosrand, dat in korte tijd een metamorfose had ondergaan; gras en heide waren bedekt onder een eerste laag sneeuw die de komende maanden alleen maar dikker zou worden. Naast twee uit de kluiten gewassen sneeuwpoppen, voorzien van takken voor de armen en dennenappels als ogen, was Svenja bezig aan een derde, kleinere pop. Aan de rode blos op haar wangen en de ernstige blik op haar gezichtje zag Ilva dat ze haar best deed. Zo had ze ook gekeken tijdens de schrijfles die ze net achter de rug hadden. Haar kleindochter was een harde werker, net als zijzelf. Haar hele volwassen leven had ze zich kapot gesjouwd, met chronische rugpijn tot gevolg. Jarenlang kon ze de pijn verbijten, maar de laatste maanden merkte ze dat ze steeds eerder moe werd en dat de kracht in haar spieren schrikbarend snel achteruitging. Als Svenja er niet was om haar te helpen, zou het leven op dit eiland misschien niet lang meer mogelijk zijn. Ze wilde er niet aan denken; dit eiland was haar thuis. Eindelijk had ze haar geluk gevonden en dat wilde ze voor geen goud kwijt. Teruggaan naar het vasteland was ondenkbaar. Dat ze hier zou sterven leek een uitgemaakte zaak. Alleen Svenja baarde haar zorgen. Wat moest er van het meisje worden als zij er niet meer was?

Met een bruusk gebaar keerde Ilva zich van het raam af. In de met houtsnijwerk omlijste passpiegel nam ze zichzelf op. De strenge oogopslag was precies die van haar eigen moeder en de rechte neus en zuinige mond had ze van haar vader. Lange tijd had ze spiegels geschuwd, er was vaak genoeg gezegd dat ze het aankijken niet waard was, maar toen ze op het eiland kwam en dit pronkstuk aanspoelde, wonderlijk genoeg bijna intact, had ze zich gedwongen af en toe naar zichzelf te kijken. Hier werd ze niet nagewezen of uitgescholden en lukte het, na jaren, voorzichtig te geloven dat ze misschien niet zo afzichtelijk was als haar was ingeprent. Een keer, toen ze haar haren in de tobbe had gewassen en met gemengde gevoelens naakt voor de spiegel stond, had Svenja haar betrapt en was ze naast haar gaan staan. Verrukt had ze op Ilva's lange grijze lokken gewezen, die ze steevast in een vlecht droeg, maar die nu over haar gebogen schouders en borsten vielen. 'Oma,' had het meisje uitgeroepen, 'je lijkt wel een prinses!' Sindsdien droeg Ilva haar haren los en lukte het beter de stemmen in haar hoofd te bezweren, al lieten die haar nooit volledig vrij.

Ze kon zich geen exacte datum herinneren, maar het moest ergens in haar kinderjaren zijn geweest dat er een stem in haar hoofd begon te praten. Eerst kalm, als een commentator op de dingen die ze meemaakte, maar later dwingender. De stem gaf haar opdrachten – gooi je melkbeker om, knip je staart af, maak ruzie met je zus – en als ze niet gehoorzaamde mocht ze voor straf niet eten. Pas toen ze zelf moeder werd begreep ze dat haar gedrag een schreeuw om aandacht was geweest. Zonder veel effect: na een kleine berisping ging haar moeder over tot de orde van de dag en dat werd van de kinderen ook verwacht. Op één keer na, één desastreuze dag lang kreeg Ilva alle aandacht van haar beide ouders, en dat was meteen de laatste keer. Twintig jaar was ze toen de huisarts haar vertelde dat ze zwanger was. De eenmalige vrijpartij met Ole Brännick, de zoon van de boswachter, luidde een nieuwe fase van haar leven in. Ole schrok zich lens en hield bij hoog en laag vol dat hij haar met geen vinger had aangeraakt. Haar ouders trokken lijkbleek weg en regelden binnen een paar uur een plek in een klooster bij de grens met Noorwegen, waar ongehuwde moeders door nonnen werden opgevangen. Moeder pakte een koffer in, vader zette haar op de trein, tegen familie en vrienden werd verteld dat Ilva als kindermeisje aan de slag ging bij een bevriende barones in Denemarken, en dat was dat.

De abrupte overgang van hun chique herenhuis naar het spartaans ingerichte klooster kon niet groter zijn, maar de warmte die ze van de nonnen ontving, maakte veel goed. De stem in haar hoofd verstomde en de bevalling van Metta verliep zonder al te veel problemen. Van de voorzichtig geopperde mogelijkheden tot adoptie wilde ze niets horen. Tijdens haar zwangerschap had ze genoeg tijd gehad om na te denken en ze wist twee dingen zeker: terug naar haar ouders, die haar zo moeiteloos hadden weggedaan, wilde ze niet. Samen met haar kind zou ze een nieuw leven opbouwen, met meer liefde dan ze zelf ooit had gekend. Met de nonnen en de andere bewoonsters en hun kinderen maakte Ilva een rustige periode door. Het liefste had ze nog jaren in het klooster willen blijven, maar dat was niet toegestaan. Metta's derde verjaardag markeerde het vertrek van Ilva en haar kind en samen namen ze hun intrek in een christelijke instelling nabij Karlstad, die vaker vrouwen uit het klooster huisvestte. Om de kost en inwoning voor haarzelf en Metta te verdienen, kreeg ze een betrekking in de plaatselijke stomerij, waar ze zich van vroeg tot laat in het zweet werkte. Haar baas was een norse man en met de andere medewerksters vond ze geen aansluiting. Ze sloot zich af, werkte hard en verlangde naar de avonduren waarin ze Metta een bad gaf en voorlas in bed. Het was in deze stomerij dat de stem zich weer liet horen en het duurde niet lang voor er stemmen bij kwamen. Tijdens de lange werkdagen hielden ze hele gesprekken in haar hoofd en discussieerden ze over de opdrachten die Ilva moest uitvoeren. Het putte haar uit en het gebeurde niet zelden dat ze tijdens het voorlezen naast Metta in slaap viel.

Door het raam zag ze hoe haar kleindochter voldaan de sneeuw van haar wanten klopte. Met haar handen in de zij bekeek ze het resultaat van haar bouwkunsten. Op het hoofd van de kleinste pop plantte ze haar eigen muts. Ilva kon een glimlach niet onderdrukken. Svenja had de enige mensen die zij ooit gekend had, haar familie, in sneeuw nagemaakt: oma, mama en haarzelf. *Zo'n lief kind is het anders niet. Je hebt het toch gezien? Ze doet stiekem, houdt iets achter. Let maar op, straks verdwijnt ze weer. Waar gaat ze naartoe? Wat mag jij niet weten?* Ilva's glimlach bevroor op haar gezicht. Ze beende resoluut de kamer uit en nam de trap naar beneden, in de hoop dat het daar ophield, maar dat bleek tevergeefs. *Dat trio in de sneeuw slaat nergens op. Je moet wel een harteloos monster zijn als je een klein meisje zo lang in de waan laat. Wachten op mama die boodschappen doet... Leugenaar! Het wordt tijd dat je dat kind vertelt waar haar moeder is gebleven.*

39

Rasmus wist dat hij geen tijd te verliezen had. Het zou niet lang duren voor de school volledig omsingeld was. Hij zweette flink en moest zich inhouden om de muts niet van zijn hoofd te trekken. Nog even geduld, wist hij, dan was hij uit het zicht verdwenen en kon niemand hem nog zien. Nu kwam het erop aan; de maanden voorbereiding die hij in de ontvoering van de Bedrieger had gestoken, moesten zich gaan terugbetalen. Op het moment dat Tore en de bus werden uitgeschakeld, was plan A mislukt en trad plan B in werking. Tore en Mikkel hadden er nooit op doorgevraagd, maar zijn keuze voor de Hornsgatan om het losgeld te laten afleveren had drie specifieke redenen: de kruising met het plein was overzichtelijk en per auto goed bereikbaar, er waren meerdere vluchtroutes mogelijk en de Antares Grundskola lag op een steenworp afstand. Dat laatste was veruit het belangrijkste argument.

Hij hevelde de tas over naar zijn rechterhand en strekte een beginnende kramp uit zijn linkerarm. In gedachten zag hij de plattegrond van de school, waarvan hij elk detail grondig bestudeerd had. De binnenplaats was via twee deuren of zes ramen in klaslokalen te bereiken. De dichtstbijzijnde deur moest zich in de gang rechts van hem bevinden. Op zijn tenen sloop hij ernaartoe. Hoewel nauwelijks hoorbaar, wist hij dat hij niet alleen was in het gebouw. Van de lokalen voor in de school hadden de deuren opengestaan, terwijl die van de twee lokalen achterin gesloten waren en luxaflexen ook de doorkijk naar de gang verhinderden. Toen hij aan kwam rennen had hij gefluister opgevangen. Ergens speet het hem de kinderen angst te moeten aanjagen, maar dat gevoel drukte hij weg. De school stond in een rijke wijk, de leerlingen van deze school kwamen niets tekort. Ze woonden in grote huizen en werden door hun ouders naar voetbal, hockey en ballet gebracht. Ze mochten zich gelukkig prijzen en bovendien, van een beetje angst was nog nooit iemand doodgegaan.

Toch voelde hij opluchting toen hij de deur naar de binnenplaats in het oog kreeg, precies waar hij hem had verwacht. Hij drukte de klink omlaag, voelde de weerstand en vloekte binnensmonds. De binnenplaats was zijn enige mogelijkheid ongezien weg te komen. Om die te bereiken waren de twee deuren zijn beste optie; via de ramen naar buiten kon ook, maar die bevonden zich in de bezette klaslokalen en die wilde hij alleen in als het echt niet anders ging. De tweede deur zat aan de andere kant van de binnenplaats. Snel rende hij terug, om links de hoek om te slaan en een gordijn weg te trekken. Een groot venster bood zicht op een bescheiden vierkante binnentuin waar struiken en twee gekantelde stoelen met afgebroken poten door een laag sneeuw werden bedekt. Zijn hart sloeg over, de vrijheid lag binnen handbereik. Met ingehouden adem plaatste hij zijn hand op de klink. Ook op slot. Hij nam een moment om de opkomende frustratie te laten zakken en greep het pistool uit zijn broek. De verleiding was groot om het slot kapot te schieten, maar dat zou niet verstandig zijn; als er nog een confrontatie volgde zou hij zijn laatste kogel harder nodig hebben. Hij klemde zijn kaken opeen en spurtte naar het afgesloten klaslokaal. Met het pistool in de aanslag rukte hij de deur open en direct steeg er een gejammer op. In de hoek van het lokaal hadden minstens acht leerlingen zich achter het bureau van de leraar geschaard. Ze zaten op handen en knieën en verdrukten elkaar in een wanhopige poging zich te verschuilen. Ook onder de tafels verspreid door het lokaal zaten kinderen verstopt. Rasmus overwoog te zeggen dat ze zich geen zorgen hoefden te maken toen van achter een gordijn een leraar tevoorschijn kwam. Zijn bebaarde gezicht stond strak van de spanning terwijl hij schoorvoetend op Rasmus af liep en zijn armen spreidde, als wilde hij daarmee zijn klas beschermen. 'Niet schieten,' stootte hij uit, 'alsjeblieft...'

Rasmus schudde zijn hoofd, maar liet zijn pistool niet zakken. Hij gebaarde de man dat hij moest blijven staan en liep langzaam in de richting van het raam dat uitkeek op de binnenplaats. Met de tas in zijn ene en het pistool in de andere hand bleef hij staan. 'Openmaken,' gebood hij, met een hoofdbeweging naar het venster.

De leraar volgde zijn bewegingen nauwgezet, maar maakte geen aanstalten in beweging te komen. 'Doe eerst dat... dat pistool weg.' Zijn stem droop van angst en bij zijn oog trilde een zenuw. Van onder een van de tafels begon een meisje te snikken.

Rasmus twijfelde. Als hij zijn tas op de grond zette of het pistool in zijn broek stak, kon hij het raam zelf openen, maar hij kon niet inschatten hoe heldhaftig de leraar zich wilde gedragen. Opeens klonk elders in het gebouw een harde knal; de politie moest de school zijn binnengekomen. Diverse leerlingen hapten naar adem en de leraar stak in paniek zijn handen omhoog.

'Maak open, nu!' Rasmus stapte naar voren en richtte het pistool op het hoofd van de man. Die wist niet hoe snel hij naar het raam moest komen. Hij opende het en zakte daarna meteen door zijn knieën, de trillende handen beschermend over zijn hoofd. Zonder nog naar hem om te kijken, gooide Rasmus de tas naar buiten en klom er zelf achteraan. Door de sneeuw was het putdeksel aan het zicht onttrokken en toch vond hij het meteen, iets uit het midden van de binnenplaats, precies zoals de kaarten hadden aangegeven. Het oude metrostelsel, waarmee hij acht jaar eerder in het kamp bij de brug kennis had gemaakt, was een uitgebreid complex van gangen onder een groot deel van Göteborg. Op tientallen plaatsen in de stad bevonden zich nog toegangen die vroeger door technisch personeel gebruikt werden voor onderhoudswerk aan de gangen of de rails. De hedendaagse metro maakte al jaren geen gebruik meer van het oude stelsel en ook de toegangen hadden geen functie meer, maar de meeste waren nooit verwijderd. De toegang in de binnenplaats van de Antares Grundskola zat er nog en leidde naar een plek die Rasmus goed kende. Met zijn voeten veegde hij de sneeuw van het deksel, waarna hij zijn vingers in de gaten aan weerszijden klemde. Het was zwaar, maar het lukte hem het deksel voldoende opzij te schuiven om zichzelf in de buis te laten zakken.

Toen de leraar eindelijk de moed bijeen had geraapt om over het kozijn naar buiten te spieken, rende Rasmus ondergronds zijn vrijheid tegemoet.

40

Voor het eerst sinds de vermissing van haar man zat Jannike die avond met haar dochters aan tafel. Haar vader had gezegd dat het voor iedereen beter was de 'normale' gang van zaken weer op te pakken. Als vanzelfsprekend zat hij op Berndts stoel, aan het hoofd van de tafel, en op zijn uitnodiging was ook Gertrude aangeschoven. Zij schepte de gehaktballetjes in groentesaus royaal op de borden en verbrak als eerste de gespannen stilte die in de kamer hing.

'Dus de inspecteur denkt dat het losgeld bij de juiste personen terecht is gekomen?'

'Jazeker,' antwoordde Karst. Hij knikte hevig om zijn tafelgenoten nogmaals gerust te stellen. Niet lang na zijn terugkomst had inspecteur Korhonen hun een bezoek gebracht om verslag te doen van de gebeurtenissen van die middag. Karst had niets gemerkt van de commotie die ontstaan was nadat hij de tas had neergezet. Hij was in Gertrudes auto gestapt en via een omweg teruggereden. De eenzame kilometers waren nodig om de opgebouwde stress uit zijn lijf te jagen en zijn hartslag te reguleren. De herwonnen rust werd echter meteen tenietgedaan toen hij vlak voor thuiskomst de autoradio aanzette en het nieuws over de schietpartij en gijzeling hoorde. Zonder de laatste informatie lukte het hem niet de vragen van zijn wanhopige dochter en kleindochters te beantwoorden, en hij wist niet wat hij gedaan zou hebben als Korhonen niet had aangebeld. In een ingetogen gesprek met Karst en Jannike had de inspecteur uit de doeken gedaan dat twee leden van een bij de politie bekende Russische bende waren aangehouden. Hoewel de ene man door zijn verwondingen nog niet in staat was een verklaring af te leggen en de andere daartoe niet bereid leek, bestond toch het vermoeden dat het niet deze mannen waren die achter de ontvoering zaten. Camerabeelden toonden aan dat zij de plaats delict te voet hadden betreden – hun auto werd later twee straten verderop aangetroffen –, terwijl de man met de bivakmuts, die er uiteindelijk met het geld vandoor was gegaan, uit een zwarte bestelwagen kwam. De chauffeur van deze bus, ook al geen onbekende van de politie, raakte zwaargewond en werd momenteel in het ziekenhuis in coma gehouden om van zijn wonden te herstellen. Een derde man uit de bus wist over het plein te ontkomen en was daarna niet meer gezien.

'Korhonen was ervan overtuigd dat de drie mannen in de zwarte bus de ontvoerders van Berndt waren. Zij eisten het losgeld en hebben dat gekregen. Die twee Russen hadden kennelijk lucht gekregen van de zaak en probeerden de buit te stelen, maar dat is godzijdank mislukt.'

'Maar dan moeten ze papa nu toch vrijlaten?' Hedvigs stem klonk timide. Van haar branie van eerder die dag was weinig over. De opmerking van haar zus dat het haar schuld was geweest dat Berndt naar de sauna was gegaan en daar kon worden meegenomen, had haar geraakt. Nerveus prikte ze een gehaktballetje aan haar vork, dat ze tussen de bonen en erwten op haar bord liet slalommen.

'Natuurlijk,' zei Karst, opnieuw ferm, 'of ze laten hem zelf vrij, of ze laten weten waar hij zit, zodat de politie hem kan gaan halen. Wij hebben ons aan de afspraak gehouden, er is geen reden om aan te nemen dat zij dat niet zullen doen.'

'Dan kan hij er zo zijn?' Hoopvol keek Hedvig naar de deur van de hal, alsof Berndt die ieder moment zou openen.

Karst reikte over tafel en legde zijn hand op haar ijskoude onderarm. 'Zo snel zal het niet gaan, kind. Ik denk dat we dadelijk allemaal moeten proberen te slapen. Het is een intensieve dag geweest en de slaap zal ons goed doen.' Hij wreef over Hedvigs arm. 'Je hebt het veel te koud, eet wat, daar word je warm van. Een gezond maal en een warm bed zijn nu alles wat je nodig hebt. Juist in moeilijke tijden moet je goed voor jezelf zorgen. Denk ook aan je vader, je wilt toch niet dat Berndt hier straks drie vaatdoekjes aantreft?' Zijn knipoog werd niet beantwoord, maar zijn aansporingen leidden er wel toe dat Hedvig ging eten. Naast haar doopte Helle een stuk ovenvers brood in de saus op haar bord.

Over tafel zag Karst Gertrudes bezorgde blik. Nauwelijks merkbaar haalde hij zijn schouders op. Ze herhaalde zijn beweging en staarde zwijgend voor zich uit. Natuurlijk had hij geen idee of hij de waarheid sprak. Maar wat moest hij dan? De twijfels herhalen die de inspecteur tegen hem had geuit? Dat het incident met de Russen een goede afloop in de weg zou kunnen staan, omdat de ontvoerders zich in het nauw gedreven konden voelen? Dat het niet ondenkbaar was dat zij er met de buit vandoor waren en Berndt aan zijn lot overlieten? Hij moest er niet aan denken; Jannike was nu al de wanhoop nabij en kon geen greintje extra spanning verdragen. De moraal hooghouden was het enige wat hij kon doen. Hij keek naar zijn dochter, die met een vork een muizenhapje in haar mond stak, en hoopte vurig dat zijn bijdrage voldoende zou zijn. Hoewel de omstandigheden enorme spanningen teweegbrachten, was hij gelukkiger dan hij jarenlang geweest was. Hij wist wel beter dan het nu uit te spreken, maar in dit huis, te midden van de familie die hem vanwege een domme, ondoordachte actie had buitengesloten, voelde hij zich nuttig. Hij kon iets betekenen voor een ander, en belangrijker nog, hij kon weer liefhebben; een emotie die hij te lang had weggeduwd.

Al in twee dagen na het weerzien met zijn dochter was één ding hem duidelijk geworden: terug naar zijn geïsoleerde bestaan op het veel te grote landgoed wilde hij nooit meer.

41

De hele dag had Svenja de sissend uitgesproken vraag om een schaar of een mes in haar hoofd gehoord, maar lukte het niet een graai in de bestekla te doen. Oma hield haar in de gaten, misschien wel meer dan anders. Alsof ze doorhad dat Svenja van plan was de regels te overtreden. Nu was het tijd om naar bed te gaan en zat een bezoekje aan Berndt er niet meer in. Dat maakte haar verdrietig, want hij had erge honger en dorst, dat had hij zelf gezegd. En dan was het ook nog eens heel koud in de oude keuken en kon hij niet naar buiten om te poepen en te plassen. Terwijl ze in bed stapte en de slaapmuts over haar oren trok, kwam Ilva in niets meer dan een mouwloze nachtjapon de kamer binnen. Svenja zag meteen dat ze de rare blik weer in haar ogen had. Oma's ogen werden dan groter en lichter en het leek alsof ze dwars door Svenja heen kon kijken. Het maakte Svenja bang. Mama had uitgelegd dat oma af en toe een beetje ziek was en dat ze dan lief voor haar moesten zijn. Maar dat hielp niet – hoe lief Svenja ook was, oma deed toch rare dingen. Haar moeder dacht misschien dat Svenja het nooit gezien had, maar ze wist best dat oma 's avonds sterkedrank dronk. Een keer was Svenja uit bed geslopen en op haar buik in het gangetje bij de trap gaan liggen. Tussen de traptreden door had ze Ilva zien dansen, met haar armen voor zich uit, alsof ze iemand vasthield. Eerst was dat leuk, maar opeens werd het dansen wilder, totdat het eruitzag als vechten. Ze vloekte heel hard, sloeg en trapte om zich heen en trok haar eigen haren uit haar hoofd.

Svenja had gegild dat ze moest stoppen, maar dat deed oma niet. Omdat ze niet wist wat ze anders kon doen, was ze huilend teruggegaan naar bed. De volgende dag sliep Ilva lang uit en daarna deed ze weer normaal. Toen Svenja begon te vertellen wat ze gezien had, wilde oma niet luisteren en stuurde ze haar naar het meer om water te halen. Daarna werd er niet meer over gepraat.

Ilva ging op de rand van Svenja's bed zitten, sloeg haar armen over elkaar en drukte haar nagels in het vel van haar blote armen. Met angstige ogen keek Svenja naar de rimpelige huid, die zo ver indeukte dat het niet lang kon duren voor er bloed uitkwam. Haar keel werd droog, maar om water vragen durfde ze niet. Stil wachtte ze op wat komen ging.

'Er is iets wat je moet weten,' klonk na een paar minuten oma's stem, die anders klonk dan normaal, alsof ze heel erg haar best moest doen om te kunnen praten. 'Ik had liever langer gewacht, maar je bent al een grote meid en... Je doet veel klusjes, misschien kun je er binnenkort meer gaan doen. Er is nog vis, jam en appelmoes, maar het meel en de melk raken op. Over een paar weken zijn er boodschappen nodig en ik kan niet naar het vasteland, dat moet jij doen. Als ik je uitleg hoe het werkt, moet dat kunnen. Je bent slim, hopelijk slimmer dan ik...' In gedachten had ze haar ogen door de ruimte laten zweven, maar nu rustten ze op Svenja.

Svenja had de deken opgetrokken tot aan haar neus en staarde naar de gekke ogen van haar oma, die ineens samenknepen in een geïrriteerde grimas. Oma stond op, sloeg de handen voor haar oren en begon rondjes door de kamer te lopen.

'Ik doe het, wacht nou... Dit is moeilijk, ik weet dat het moet... stil! Hou op!'

Angstig keek Svenja naar haar oma. Het was niet de eerste keer dat ze haar zo tegen niemand zag praten, maar wennen deed het nooit. Als oma tegen niemand praatte, was ze boos en verdrietig en

Svenja kon haar dan niet helpen. Toch wilde ze dat proberen; alles beter dan toekijken zonder iets te doen. Voorzichtig duwde ze de deken van zich af en klom ze uit bed. Ze liep naar haar oma toe en legde zachtjes een hand op haar arm. Oma zakte zo snel door haar knieën dat Svenja van schrik achteruitsprong.

'Je moeder komt niet terug,' zei oma met luide stem, en toen nog een keer: 'Je moeder komt niet terug. Nooit meer, nooit meer terug, nooit meer terug...' Ze bleef het herhalen en toch snapte Svenja haar niet. Natuurlijk kwam mama wel terug, dat had oma al die tijd gezegd. En nu zou het opeens anders zijn? Hoe kon dat dan? Ze begon te huilen.

'Oma!' riep ze, terwijl ze haar bij haar schouders greep. 'Oma, stop! Mama komt wel terug, dat heb je beloofd! En ik hoef geen boodschappen te doen, want dat doet mama al!'

Ilva schudde woest haar hoofd. 'Nee, niet terug, ze komt niet meer, Metta is weg, voor altijd weg, voor altijd weg...' Ze sloeg haar handen opnieuw voor haar oren en kneep ook haar ogen stijf dicht. Jammerend zakte ze voorover, tot haar voorhoofd de grond raakte. Toen liet ze zich op haar zij vallen en trok ze haar benen tegen haar borst. Zo bleef ze liggen, volkomen onbereikbaar voor Svenja, die steeds harder was gaan roepen, tot haar tranen dat onmogelijk maakten. Omdat ze niet wist wat ze moest doen bleef ze een paar tellen bij haar oma staan voor ze de kamer uit stormde. Toen stampte ze de trap af, door de woonkamer en de gang naar de lobby, draaide daar de deur van het slot en rende verder, de verboden gang in, nog een sleutel en de deur schoot open. Dat haar slaapmuts was afgevallen had ze niet eens gemerkt. Met haar armen voor zich uit stapte ze naar de plek waarvan ze wist dat hij er zat. Ze voelde zijn hand tegen de hare en snikte het uit. Volledig overstuur liet ze zich op schoot trekken. Berndt sloeg zijn vrije arm stevig om haar heen en ze voelde dat ze veilig was.

42

Zijn rustige ademhaling en sussende woorden boden Svenja de troost die ze nodig had. Haar brullen ging over in snikken en langzaam voelde ze de grootste paniek wegtrekken.

'Oma zegt dat mama niet meer terugkomt, maar dat is helemaal niet waar,' snikte ze, even bang als ongelovig.

Berndt had nog niets gevraagd. De rennende voetstappen en het draaien van de sleutel in het slot hadden Svenja's komst aangekondigd, maar wat er volgde, verraste hem volledig. Zijn eigen ellende, voornamelijk veroorzaakt door angst, dorst en onderkoeling, schoven op slag naar een tweede plek toen het kleine meisje zich op zijn schoot stortte. De plotse emotie overweldigde hem zo dat zijn keel werd dichtgeknepen. Vragen stellen was geen optie, meer dan wat onverstaanbaar sussen lukte hem niet. Nu Svenja rustiger werd en begon te praten, kwam ook hij weer bij zinnen. 'Wat vreemd,' fluisterde hij, 'waarom zegt ze dat? Begon ze er zomaar over, of is er iets gebeurd?'

'Weet ik niet...'

Berndt sloot zijn ogen en als vanzelf verschenen Helle en Hedvig voor hem. Het leek eeuwen geleden dat zij klein waren geweest, maar zo lang was het helemaal niet. Hoe vaak was hij niet boos geworden als ze vervelend of ondeugend waren? Hij zuchtte diep en trok het meisje nog wat dichter tegen zijn borst. 'Maak je er maar niet te druk om. Soms doen of zeggen grote mensen dingen die ze eigenlijk niet menen. Dan hebben ze het te druk en zijn ze snel boos. Had je misschien iets stouts gedaan? Of iets gezegd waar je oma kwaad om werd? Ik weet zeker dat ze er nu al spijt van heeft.'

Svenja ging even verzitten, maar haalde haar hoofd niet van zijn borst. 'Nee, ik had echt niks gedaan. Oma had de rare ogen weer, dan is ze een beetje ziek en praat ze tegen niemand. Dat ziet er heel gek uit. Ze kwam mijn kamer binnen en zei dat ze iets wilde vertellen. Het meel was bijna op en ik moest boodschappen gaan doen. Maar dat doet mama al.' Ze kromp ineen toen ze de scène herbeleefde. 'Oma zei: "Metta blijft voor altijd weg", en toen nog een keer en nog een keer. Ik snapte er niks van. Misschien was ze gewoon in de war en is ze het morgen weer vergeten, dat was vorige keer ook zo.'

Berndt luisterde aandachtig en probeerde zich een beeld te vormen van de vrouw die Svenja beschreef. Dat ze op zijn minst bijzonder was had hij al begrepen toen Svenja vertelde dat oma met een geweer in de aanslag naar voorbijgangers loerde, maar nu begon hij zich echt zorgen te maken. Deze vrouw had duidelijk psychische bijstand nodig en was niet in staat een kind op te voeden. Zijn hart stroomde over van medelijden voor Svenja, die zich als een bang vogeltje aan hem vastklampte. Haar lichaamswarmte deed zijn verkleumde lichaam meer dan goed. Het liefste nam hij haar mee het eiland af, naar een warm en veilig nest, ver weg van haar verknipte oma, maar kennelijk had het kind haar hoop nog op haar moeder gevestigd. 'Weet je misschien hoe lang je moeder al weg is?' vroeg hij voorzichtig.

Svenja dacht na. 'Eigenlijk heb ik haar niet weg zien gaan. Op een dag werd ik wakker en was ze er niet meer. Oma zei dat mama naar de winkel moest, met de boot. Ze zou lang wegblijven, want bijna alles was op. Ik vond het niet leuk; mama had al heel vaak beloofd dat ik ook een keer mee mocht.'

‘Hoeveel dagen en nachten is dat geleden?’ drong Berndt aan.

Svenja haalde haar schouders op. ‘Honderd nachtjes? Het sneeuwde nog niet. Mama’s winterjas hangt hier in de kast. Denk je dat ze het koud heeft? Net zo koud als jij?’

Berndt gaf geen antwoord. Hij streek het meisje over haar haren en dacht na. Met hulp van Svenja zou hij los kunnen komen, maar daarmee was hij nog niet thuis. Hoe kwam hij in godsnaam van dit eiland af? Opeens schoot hem iets te binnen en trok een siddering door zijn lijf. ‘Zei je niet dat je oma was gaan vissen? Toen de mannen mij hier neerzetten en jij toekeek vanuit je boomhut?’

‘Ja?’ zei Svenja vragend.

‘Dus je oma heeft een bootje?’

‘Ja.’

Berndt kon er niets aan doen, de opluchting was zo groot dat hij begon te lachen. Zijn buik schudde ervan en Svenja schudde lachend mee. Ze had geen idee waarom, maar het voelde beter dan de angst die haar oma haar had aangejaagd en die ze zo snel mogelijk wilde vergeten. Nieuwsgierig richtte ze zich op. ‘Wil je met de boot? Ga je naar het vasteland?’ Haar stem klonk gretig.

‘Kun je me uitleggen waar de boot ligt?’

Svenja knikte enthousiast. ‘Ja, maar ik kan je er ook naartoe brengen en dan ga ik mee om mama te zoeken. Mag dat? Alsjeblieft?’

Haar stemmetje deed hem bijna wankelen, maar zijn antwoord klonk resoluut. In zijn eentje was een vluchtpoging al riskant genoeg. ‘Nee, dat gaat niet. Maar ik beloof je dat ik haar zal zoeken en dat ik haar naar jou toestuur. Goed?’

Het meisje zweeg beteuterd. Ze schoof opzij en veegde met de mouw van haar nachtpon haar gezicht droog. Het idee om haar moeder te gaan zoeken was zo aantrekkelijk dat ze het moeilijk los kon laten.

'Geloof mij,' troostte Berndt, 'als ik iets beloof, doe ik het ook. Ik zal ervoor zorgen dat je moeder zo snel mogelijk terugkomt. Daarvoor moeten een paar dingen gebeuren en daar heb ik jouw hulp hard bij nodig.' In het donker zocht hij haar hand en toen hij die vond, kneep hij er zacht in. 'Wil je me helpen?'

43

Pas toen de schemering had plaatsgemaakt voor een dieper duister durfde Rasmus zijn ondergrondse schuilplaats te verlaten. Hij klom door de opening naar boven en stapte gebukt onder de stalen constructie van de brug vandaan. Zijn rug deed pijn van de ineengedoken houding waarin hij uren had zitten wachten tot het donker werd, gespitst op elk geluid dat op een mogelijke achtervolging door de politie, of zelfs door politiehonden, zou kunnen duiden. Maar het was stil gebleven in de gangen; kennelijk hadden ze het niet aangedurfd in de deels ingestorte doolhof naar hem op zoek te gaan. Als hij vooraf de route niet dubbel had gecheckt, zou hij het zelf ook niet gewaagd hebben. Toen hij er acht jaar geleden wegwijs werd gemaakt door de kleine Joachim, het jochie uit het zwerverskamp, was het door instortingsgevaar al riskant en dat kon er daarna niet beter op geworden zijn. Het gangenstelsel was de gemeente weliswaar al langer een doorn in het oog, maar tot concrete stappen om de situatie te verbeteren had dat nooit geleid. Voorafgaand aan de gemeenteraadsverkiezingen van de afgelopen jaren stond het gangenstelsel steeds hoog op de agenda: de ene partij maakte zich sterk voor renovatie en dacht aan commercieel uitgebate rondleidingen voor toeristen, terwijl de andere partij de gangen wilde volstorten met beton. Zodra de verkiezingen voorbij waren verdween het agendapunt echter van de horizon, met als gevolg dat het verval elk jaar verder intrad en de onveiligheid steeds groter werd. Verbodsborden en rood-wit gestreepte linten moesten mensen erop wijzen geen gebruik te maken van de gangen, en daar was het bij gebleven.

Rasmus voer er wel bij. Zijn plan B had hem gered; hij was niet gesnapt en had het losgeld in zijn handen. Nu hij buiten stond, onder de brug waar acht jaar geleden zijn zwerversbestaan begon, zonk het besef pas echt in. Hij strekte zijn rug, boog achterover en keek omhoog naar de reling, waar hij zo vaak op had gestaan om de stad te overzien. De verleiding was groot om ernaartoe te rennen en uit te schreeuwen dat hij het geflikt had, maar hij moest zich beheersen. Ten eerste wilde hij zich gedeisd houden tot het geld veilig was opgeborgen en ten tweede moest hij haast maken om op tijd te zijn voor zijn afspraak met Mikkel. Hoewel alles anders was gelopen dan gepland en Mikkel zich, sinds hijzelf de bus uit was gesprongen, niet meer had laten zien, wilde hij ervan uitgaan dat zijn vriend de afspraak na zou komen en dat ze de zaak samen af zouden ronden. Hij controleerde of de tas nog goed dichtzat, voelde aan het pistool in de band van zijn broek en zette er de pas in.

Zijn telefoon was leeg, maar over een paar kilometer had hij zicht op een kerkklok en kon hij zien hoe laat het was. Tussen tien en elf zouden ze elkaar ontmoeten achter het laatste perron van het Centraal Station. Een deel van het rangeerterrein daar was niet meer in gebruik en diende enkel als opslagplaats voor defecte treinstellen die er stonden te verroesten. Rasmus had ooit de nacht in zo'n treinstel doorgebracht, maar hield het voor gezien toen bleek dat het ook het thuis was van een kolonie zwerfkatten. Even was hij bevangen door het waanidee dat de katten uit zijn jeugd hem eeuwig zouden blijven achtervolgen en hij zwoer er nooit meer terug te komen. Voor de verdeling van de buit leek het echter de beste plek. Er kwam geen mens en op een vreemde manier maakte het de cirkel rond. Met de verdeling sloot hij een fase van zijn leven af en het leek logisch dat op deze plek te doen.

De kerkklok wees kwart voor tien toen hij het rangeerterrein bereikte en tussen de rails door naar het laatste treinstel liep. Het maanlicht gaf de leegstaande treinstellen een naargeestige uitstraling en een kat, die vanuit het niets voor hem langs schoot, joeg hem de stuipen op het lijf. Vastberaden stapte hij door tot hij bij het laatste treinstel aankwam en Mikkel hem de schrik van zijn leven bezorgde door onverwacht naar buiten te springen.

'Godver! Wat doe je, man? Ik schrik me de tyfus!' Rasmus kon maar net voorkomen dat hij achteroverviel en keek zijn vriend verschrikt aan.

Mikkel, die normaal zijn woordje wel klaar had, bleef staan en zei niets. Zelfs in het flauwe maanlicht was zichtbaar dat hij zichzelf niet was. Hij staarde met holle ogen voor zich uit en stond te tollen op zijn benen.

Van de eerste schrik bekomen greep Rasmus Mikkel bij zijn schouders. Hij duwde hem voorzichtig achterwaarts, tot hij recht voor de opening van de coupé stond, waar de deur uit was gesloopt. 'Ga zitten,' beval hij zachtjes.

Mikkel gehoorzaamde en liet zich zakken. Hij vouwde zijn handen in zijn schoot en zag hoe Rasmus voor hem neerknielde.

'Je bent in shock,' zei Rasmus langzaam. 'Dat is niet gek als je bedenkt wat er vanmiddag allemaal gebeurd is. Het was niet de bedoeling dat er schoten zouden vallen, maar dat kon niet anders. Heb je het gezien? Er waren twee gasten die de tas wilden pakken; het waren vast die lui die achter Tore aan zaten. Ik moest wel schieten om ze tegen te houden. Volgens mij heb ik er een in zijn schouder geraakt, de andere stond achter een boom.' Hij keek snel om zich heen om te controleren dat er niemand meeluisterde. Daarna wendde hij zich weer tot Mikkel, die zijn tanden in zijn onderlip had gezet. Een frons tussen zijn wenkbrauwen gaf zijn vertrouwde babyface een ernstige uitdrukking.

'Dat is allemaal voorbij,' vervolgde Rasmus. 'En het is goed afgelopen, want kijk eens...' Hij tilde de tas op en hield die tussen hen in. 'We hebben het geld.' Hij grijnsde breeduit en zag ook Mikkels uitdrukking veranderen. De holle blik werd langzaam scherper en de frons verdween. Rasmus ritste de tas open, pakte er een bundeltje bankbiljetten uit en stak het tussen Mikkels gevouwen handen. Dat had effect: Mikkel boog zijn hoofd om het geld beter te kunnen zien. Toen hij terug omhoogkwam, grijnsde ook hij. Rasmus sloeg hem op zijn schouder. 'Ja, ben je daar weer? Het is gelukt, Mikkel, we hebben het gered!'

Mikkel stond op en boog zich over de tas, die Rasmus naast zich op de grond had gezet. Hij trok de rits verder open en keek naar de bankbiljetten, meer dan hij er ooit bij elkaar had gezien, gebundeld en in rijen gerangschikt. Hij slikte. 'Ik heb die gasten helemaal niet gezien,' zei hij toen met trillende stem. 'Ik weet niet wat er gebeurde, maar toen er werd geschoten leek het wel of ik... bevroor. Ik lag op de vloer en het enige wat ik wilde was weg. Toen ik geen schoten meer hoorde... ben ik achter uit de bus gesprongen en heb ik gerend tot ik niet meer kon... Ik zag niet eens waar ik heen ging en opeens stond ik bij de oude rechtbank, helemaal kapot. Toen ben ik hierheen gelopen en heb ik op jou gewacht.' In gedachten streek hij met zijn handen over de biljetten in de tas. 'Je zult me wel een lafbek vinden, maar ik weet ook niet wat me overkwam.' Hij keek op naar Rasmus. 'Sorry, man.'

'Het maakt niet meer uit,' antwoordde Rasmus, en hij meende het. Hij voelde zich sterker dan ooit. 'Kom, we gaan naar binnen, dan krijg je jouw deel.'

Mikkel stond op en keek om zich heen, ineens verbaasd. 'Moeten we niet op Tore wachten?'

Rasmus pakte de tas op en klom het treinstel in. Meteen schoten een paar katten aan de achterkant naar buiten. Het beeld van Tore, hangend over het stuur van de bus, schudde hij van zich af. 'Doet jouw telefoon het nog?' vroeg hij. 'We kunnen wel een lichtje gebruiken.' Bij het licht uit Mikkels telefoon kiepte hij de inhoud van de tas op de vloer van de coupé. Beide mannen glunderden bij het zien van de berg geld.

'Tore kan niet komen, hij krijgt zijn deel nog wel,' zei Rasmus, maar Mikkel hoorde het niet meer. Die stootte een oerkreet uit, spreidde zijn armen en liet zich voorover in het geld vallen.

44

De urenlange ruzie in haar hoofd had haar zo uitgeput dat zelfs de harde houten vloer niet kon voorkomen dat Ilva Andersson in een diepe slaap was beland. Naast het lege bed van Svenja lieten de stemmen haar eindelijk met rust en kreeg haar geest de kans zich te herstellen.

Svenja wist niets van de stemmen. Ilva had het haar nooit willen vertellen, ze gunde haar kleindochter zo lang mogelijk een onbekommerde jeugd in de vrije natuur, weg van alles en iedereen die haar kwaad zou kunnen doen. Een jeugd zoals ze die ook Metta had willen geven, maar waarin ze jammerlijk was gefaald. Haar dochter was uit ander hout gesneden: haar hang naar materieel bezit en sociale status had te vaak tot vervelende ruzies geleid. Als kind al zeurde Metta om duur speelgoed en nieuwe kleding, terwijl ze wist dat Ilva dat niet kon betalen. Haar brutale mond bracht haar op school regelmatig in de problemen en bij de bakker waar ze na schooltijd een baantje had, werd ze na een greep uit de kas op staande voet ontslagen. Toen ze op haar achttiende uit huis ging en trouwde met een man die haar gouden bergen beloofde, wist Ilva dat het huwelijk geen stand zou houden. Zes jaar later kreeg ze gelijk: gedesillusioneerd stond Metta op straat, met de kleren om haar lijf als enig bezit.

Ilva nam haar terug in huis, maar algauw liep het mis. De ruzies ontspoorden zodanig dat buren de politie belden en Metta in een vrouwenopvang terechtkwam, waar ze verliefd werd op de maatschappelijk werker die haar begeleidde. Ze trok bij hem in en de eerste jaren ging het redelijk. Ook het contact tussen Ilva en Metta werd in deze periode nieuw leven ingeblazen. Zolang het bij een wekelijks bezoek bleef dat niet te lang duurde, slaagden ze erin venijnige opmerkingen achterwege te laten en elkaar op een fatsoenlijke manier te bejegenen.

Over de reden van hun botsende karakters had Ilva vaak nagedacht en ze wist dat haarzelf veel te verwijten viel. Metta's hang naar status herinnerde Ilva aan haar eigen jonge jaren in Uppsala, waarin het ophouden van schone schijn als groot goed werd beschouwd. Met haar ouders, broers en zus bewoonde ze een statig herenhuis en leidde ze een rijk leven. Aan spullen geen gebrek, maar aan liefde des te meer. Haar vader, notaris van beroep, was zelden thuis en haar moeder zorgde weliswaar voor eten, schone kleding en een warm bed, maar op een aai over hun bol of een luisterend oor hoefden de kinderen niet te rekenen. Er werd thuis ook nooit gelachen. Buiten wel, op de feesten, diners en recepties, die haar ouders maar al te graag bezochten; daar presenteerden ze zich als een gelukkig en hecht gezin en werd trots verteld dat de kinderen het zo goed deden op school en hoe geweldig de vakanties naar Gotland en Kristianstad waren geweest. Ilva walgde ervan en nam zich heilig voor haar eigen dochter anders op te voeden. Ze zou Metta leren eerlijk te zijn en mensen te waarderen voor wie ze waren, niet voor hoeveel geld ze hadden. Toen duidelijk werd dat Metta ook een eigen wil had en wel degelijk gesteld was op bezit, voelde Ilva dat ze gefaald had. Daar lag de basis van de conflicten die hun relatie te vaak op scherp had gezet.

Pas op latere leeftijd leerde Ilva het karakter van haar dochter waarderen. Metta mocht dan brutaal zijn, geldbelust en lui, ze had ook een gevoelige kant. Zo was niemand liever voor de kinderen in de vrouwenopvang, Metta las voor uit sprookjesboeken, maakte tekeningen en met Santa Lucia naaide ze witte jurkjes voor de meisjes en leerde ze hun met haar zuivere zangstem de prachtigste liederen. Toen al waren kinderen dol op haar, net als Svenja dat nu was. Svenja, het meisje dat er nooit had mogen zijn, maar dat zo veel vreugde bracht.

Veertig jaar was Metta, de relatie met de maatschappelijk werker was inmiddels gesneuveld en voor de tweede keer was ze bij haar moeder ingetrokken, toen ze op de nieuwjaarsreceptie van haar werkgever werd verkracht. Ilva vond haar de volgende ochtend onder de douche, waar ze niet onderuit wilde komen. Na lang aandringen kreeg Ilva de waarheid boven tafel. Ze ontplofte van machteloze woede en als Metta haar niet gesmeekt had het niet verder te vertellen, had ze direct aangifte gedaan. In plaats daarvan stapte ze op hoge poten naar de man die zich aan haar dochter had vergrepen. Hij schrok zich wild en claimde dat Metta maar al te graag had meegedaan, maar werd toch nerveus toen Ilva dreigde zijn echtgenote in te lichten. Hij betaalde een grote som geld voor haar stilzwijgen en maakte daarmee Ilva's langgekoesterde wens mogelijk om weg te gaan en teruggetrokken te leven. Ze zei haar huur op, raapte haar zwangere dochter en wat kleding bij elkaar en nam de trein, eerst naar Stockholm en daarna door naar Göteborg.

Uit haar tijd in het nonnenklooster wist Ilva dat de Scherenkust een prachtig gebied moest zijn, dat bestond uit tientallen eilanden, waarvan slechts een deel bewoond werd. Zowel de nonnen als een paar bewoonsters hadden zich lovend uitgelaten over het natuurschoon en de rust van de eilanden en dat had haar altijd aangesproken. Nu ze de kans kreeg een nieuw leven te starten, hoefde ze over een locatie niet lang na te denken. Vanuit een goedkoop pension in Göteborg maakte ze de overtocht en speurde ze de eilanden af naar een geschikt onderkomen. Zodra ze het vervallen hotel op Vargö in het oog kreeg, wist ze dat ze beethad. Het eiland was onbewoond en werd alleen in de zomermaanden bezocht door een handjevol toeristen. Bovendien lag het hotel ver genoeg verwijderd van het strand en de wandelpaden om ongezien te blijven. Door het ingestorte dak en de gesneuvelde ruiten was het pand deels onbewoonbaar, maar van een paar kamers aan de achterzijde viel best wat te maken. Er was niets meer dat hen tegenhield: Ilva en Metta namen hun intrek in twee kamers aan de achterzijde van de rechtervleugel van het hotel. Het vervallen linkerdeel lieten ze voor wat het was, de raamloze kozijnen in het rechterdeel spijkerden ze dicht met houten platen en een nieuwe serie sloten op de deuren moest nieuwsgierige wandelaars buitenhouden.

Metta kon aanvankelijk moeilijk wennen, maar Ilva had haar draai heel snel gevonden. Met hernieuwde energie creëerde ze een thuis voor haarzelf, haar dochter en de baby op komst. Ze vulde de voorraadkelder met lang houdbaar voedsel, sprokkelde hout voor de haard en de kachel in de keuken en repareerde een oude sloep om op zee te kunnen vissen. Na Svenja's geboorte wilde ook Metta niet meer weg. In harmonie met de natuur leidden de drie vrouwen een overzichtelijk en gelukkig bestaan, tot het noodlot opnieuw toesloeg en aan de idylle een einde kwam.

45

'Helpen? Hoe dan?'

Berndt hoorde de terughoudendheid in Svenja's stem en begreep dat ze teleurgesteld was. Maar het ging echt niet, ze kon niet mee. In zijn verzwakte toestand zou het voor hem alleen al een hele uitdaging zijn om ongezien de boot te vinden en naar de overkant te varen; daar kon hij geen klein kind bij gebruiken. Eenmaal thuis zou hij de politie inlichten, dan was Svenja hier ook weg en kon er een betere plek voor haar gevonden worden. Dat kwam later... eerst was hij voor een eventuele ontsnapping volkomen afhankelijk van het meisje en dus moest hij haar te vriend houden. In een poging haar wat milder te stemmen, greep hij terug op een onderwerp dat haar eerder enthousiast had gemaakt. 'Ik heb nog eens nagedacht over wat je over je moeder zei,' begon hij aarzelend, 'dat ze veel boodschappen moest doen en lang weg zou blijven...'

'Ja?' klonk het alert. Van de terughoudendheid was niets meer te merken.

'Als ik me goed herinner hoorde ik je moeder zeggen dat ze nog één laatste winkel wilde bezoeken voor ze terug naar huis zou gaan.'

'Echt waar? Heb je dat gehoord?'

Haar enthousiasme sneed hem door zijn ziel, maar nu moest hij doorgaan. Hij balde zijn vuisten en probeerde zijn knagende geweten te negeren. 'Jazeker, een heel bijzondere winkel nog wel: een speelgoedwinkel. Ze was van plan een verrassing voor je mee te nemen. Denk je dat ze het vervelend vindt als ik er al een beetje van verklap?'

'Nee, nee, een beetje mag best, dat vindt ze niet erg, hoor, dat weet ik zeker!' Svenja stuiterde van blijdschap en greep Berndts hand beet. 'Vertel maar, wat is het?'

'Een pop,' gokte Berndt. Hij had geen idee of Svenja er blij mee zou zijn, maar andere ideeën kwamen zo snel niet in zijn hoofd op. 'Een grote pop die kan praten,' verzon hij, 'met kleertjes en een eigen bedje.'

'Ooo... die wil ik al zo lang...' Opeens sprong Svenja op en liep weg. 'Denk je dat het nog lang duurt?'

Berndt schrok en tastte met zijn arm door het duister, maar voelde haar niet meer. 'Niet weggaan!' riep hij haastig. 'Je zou me toch helpen?'

Een paar tellen bleef het stil en Berndt vreesde dat het meisje al was vertrokken zonder de deur te sluiten. Toen ze sprak hoorde hij dat ze nog in de keuken was. 'Wat moet ik dan doen?'

Berndt zuchtte opgelucht en woog zijn woorden zorgvuldig. 'Hoe eerder ik hier weg ben, hoe sneller ik je moeder kan gaan zoeken. Als ze weet dat jij op haar wacht, komt ze vast nog sneller thuis, met jouw pop. Begrijp je dat?'

Svenja humde instemmend.

'Je moet me straks vertellen hoe ik jullie boot kan vinden, maar eerst heb ik een schaar nodig om mezelf los te maken. En water, want ik verga van de dorst. Kan je dat gaan halen? Zonder dat je oma het merkt?'

'Als oma het hoort, wordt ze vast heel boos,' zei Svenja twijfelend, 'misschien krijgt ze dan weer die rare ogen... dan durf ik het niet.'

'Daarom moet je nu meteen gaan,' drong Berndt aan, 'je oma

slaapt; als je zachtjes doet, hoort ze er niets van. En als ik klaar ben, leg je de schaar gewoon weer terug, dan mist ze hem ook niet als ze morgenvroeg wakker wordt. Goed?'

Svenja's voetstappen bewogen zich in de richting van de deur. De deur piepte zacht toen ze hem opentrok en Berndt moest op zijn tanden bijten om het niet uit te schreeuwen.

'Goed.' Het was niet meer dan een gefluisterd woord, maar voor Berndt was het genoeg om stuk te gaan. Hij legde zijn hoofd op zijn knieën en begon te bidden. Alles hing nu van Svenja af.

46

In huize Müller kon niemand de slaap vatten. Op advies van haar dokter was Jannike in bad gaan zitten. De lavendelolie zou haar moeten helpen ontspannen, maar daar merkte ze niets van. Gertrude, die met een tijdschrift op een stoel naast het bad zat om te voorkomen dat Jannike in slaap viel en verdronk, hoorde haar bazin voortdurend zuchten en stelde ten einde raad een glas whisky voor, wat Jannike dankbaar accepteerde.

In de gastenkamer lag Karst aangekleed op bed. Hoewel hij tijdens het eten had gesteld dat het onwaarschijnlijk leek dat Berndt vanavond al terug zou keren en dat ze tot morgen moesten wachten, wilde hij er klaar voor zijn als zijn schoonzoon toch eerder voor de deur stond. In gedachten beleefde hij het moment waarop hij de tas met geld afleverde steeds opnieuw en stelde hij zich voor wat hij gedaan zou hebben als hij in de schietpartij was beland. De criminelen, zowel de ontvoerders als de Russen, moesten gewacht hebben tot hij de kruising had verlaten. Als ze iets eerder gas hadden gegeven, zou hij letterlijk tussen twee vuren hebben gestaan. Hoe was het dan met hem afgelopen? En zou het geld dan ook bij de juiste partij terechtgekomen zijn? Hij wilde er niet over nadenken, maar kon niet anders. Tot Berndt terugkwam zou de ontvoering het enige onderwerp zijn dat zijn leven, en dat van zijn dochter en kleindochters, beheerste.

Op haar beurt probeerde Helle haar gedachten te verzetten door een nieuw record te zwemmen. De afgelopen dagen was haar dagelijkse routine danig in de war geschopt en dat zat haar niet lekker. Ze herinnerde het zich van haar viooluitvoeringen en rijexamens: juist in tijden van stress en onzekerheid bood een gestructureerde dagindeling houvast. Na het avondmaal had ze zich voorgenomen de draad morgenvroeg weer op te pakken en de dag te starten met een duik in het zwembad, maar eenmaal in bed kon ze niet langer wachten en was ze stiekem naar beneden geslopen. Ze had geen trek in Gertrudes bemoeienis en de getormenteerde blik van haar moeder verdroeg ze ook niet langer. Daarom liet ze het grote licht uit en zwom ze haar baantjes bij het licht van een enkel wandlampje. Na dertig baantjes op recordtempo hing ze hijgend aan de kant. Met deze snelheid zou ze haar record zeker verbreken, alleen hield ze het niet nog twintig baantjes vol.

'Ga je lekker?'

Helle liet van schrik de kant los en viel spartelend achterover. Proestend kwam ze boven om in het schuldbewuste gezicht van haar zus te kijken.

'Wat doe jij hier?' vroeg ze verontwaardigd. Het zwembad beschouwde ze als haar domein, geen van haar familieleden kwam er zo graag als zij. Het was een fijne plek om zich af te zonderen en dat wilde ze graag zo houden.

'Ik kwam sorry zeggen,' antwoordde Hedvig serieus. Ze ging op de rand van het zwembad zitten. Dat haar pyjamabroek nat werd, scheen haar niet te deren. 'Wat je tijdens het eten zei, dat het mijn schuld is dat papa is meegenomen... daar heb je gelijk in. Als ik mee was gegaan naar de juwelier...' Ze sloeg haar handen voor haar gezicht en begon te huilen.

Helle trok zich op de kant en sloeg een arm om haar zus heen. 'Dat heb ik wel gezegd, maar dat is waarschijnlijk niet waar,' verzuchtte ze, 'die ontvoerders hadden papa heus al langer in het vizier. Als ze mis hadden gegrepen, waren ze de volgende dag teruggekomen, of de dag daarna. Daar kun jij niets aan doen.' Ze klopte Hedvig onbeholpen op haar schouder. 'Dat had ik niet mogen zeggen, oké? Ik ben het die sorry moet zeggen.'

Hedvig knikte en staarde naar het water waarin de door Helle veroorzaakte golfjes langzaam vervaagden. 'Maar het is wel mijn schuld dat die journalist zo veel wist,' zei ze somber. 'Hij had me al eerder vragen over papa gesteld, dus ik wist dat hij ermee bezig was. Toen opa niet terugkwam en we het nieuws van de gijzeling hoorden, dacht ik dat hij iets gezien had. Ik was zo bang dat opa ook...' Ze slikte en zweeg.

'Dat snap ik,' suste Helle, 'ik was ook bang toen ze op de radio zeiden dat opa misschien naar het ziekenhuis was afgevoerd. Dat hebben ze gewoon verzonnen, hoe laag is dat? Ze jagen ons doodsangst aan om maar een scoop te scoren, zelfs als ze ervoor moeten liegen.' Ze stond op, droogde zich af en trok haar badjas aan.

'Wil je niet meer zwemmen?' vroeg Hedvig.

Helle schudde haar hoofd. 'Geen zin meer. Zullen we warme chocolademelk maken?'

Hedvig toonde haar de telefoon in haar hand, een oudje dat goed van pas kwam nu Helle haar toestel kapot had gegooid. 'Ik had een ander idee. Opa kan wel zeggen dat papa morgen thuis is en het liefste wil ik hem natuurlijk geloven... maar misschien kunnen wij ervoor zorgen dat het allemaal wat sneller gaat.'

'Hoe dan?' Helle keek haar zus even angstig als verbaasd aan.

'Die journalist heeft ons de stuipen op het lijf gejaagd en ik ga hem een kans geven dat goed te maken. Het is een sukkel, maar wel een met een groot bereik. Ik heb een idee waardoor papa eerder thuis kan komen. Of het lukt, weet ik niet, maar het is een poging waard en we hebben in ieder geval even wat te doen.'

47

Svenja sloop op haar tenen door de verboden gang. Ze was niet vaak bang, maar nu rilde ze van angst. Naar de keuken gaan om een schaar te halen durfde ze helemaal niet. Het was tegen de regels om 's nachts door het huis te spoken en als oma haar zou betrappen op het stelen van een schaar, zou ze Svenja dwingen te vertellen waarvoor die nodig was. Over wat er zou gebeuren als ze oma over Berndt vertelde, wilde ze niet nadenken. Het allerliefste ging ze zo snel mogelijk in bed liggen met haar hoofd onder het kussen, maar ook dat durfde ze niet, want oma was in de slaapkamer. Berndt zei dat ze sliep, maar hoe kon hij dat weten? Misschien zat ze op bed te wachten tot Svenja terugkwam om haar opnieuw te vertellen dat mama voor altijd wegbleef. Svenja schudde haar hoofd; dat geloofde ze niet en oma mocht het ook niet meer zeggen.

In de lobby bleef ze aarzelend staan. Ze dacht aan Berndt, die zo graag naar zijn familie wilde. Dat snapte ze wel, ze wilde zelf ook naar haar moeder. Als Berndt zichzelf los kon maken, zou hij haar gaan zoeken. Maar wat als hij haar niet vond? Nee, niet aan denken, sprak ze zichzelf toe. Ze nam een hap lucht, liet de trap naar boven links liggen en sloop door naar de keuken, waar het lekker warm was door een smeulend vuurtje. Op de kachel stond nog de pan melk die oma gebruikt had om pannenkoeken mee te bakken. Berndt wilde water, maar melk was vast ook goed. En een deken, of een trui, daar had hij eerder ook al om gevraagd. Blij met de afleiding, die haar deed vergeten dat ze bang was, ging Svenja aan het werk. Ze sneed een stuk van het brood op de plank. Het voelde oud aan, maar als je het in de melk sopte, werd het zacht en smaakte het best. Ze goot de melk uit de pan in een mok en veegde de gemorste druppels met een doek van de vloer. Nu iets warms om aan te trekken. De dekens lagen boven, maar oma bewaarde een paar zelfgebreide capes in de schoonmaakkast. Ze opende de deur, vond een cape aan een haakje en gooide die over haar schouders. Het kledingstuk was veel te groot, maar op deze manier kon ze haar spullen het beste vasthouden. Ze stak het stuk brood in een zak van de cape en tilde de mok op. Hij zat te vol, de melk klotste bijna over de rand, maar dat was met een paar slokken snel verholpen. Nu alleen nog de schaar en dan kon ze terug. Wat zou hij blij zijn, bedacht ze, en ze keek ernaar uit Berndt terug te zien. Voorzichtig trok ze de bestekla open. Tot nu toe had ze alles op de tast gedaan, het smeulende vuurtje gaf weinig licht, maar het was net genoeg geweest om de spullen te verzamelen. Het licht reikte echter niet tot in de la, waardoor ze haar hand over het bestek moest laten glijden. De keukenschaar lag altijd in het grote rechtervak naast de vorken, maar hoe ze ook voelde, de schaar vond ze niet. Geërgerd boog ze voorover om de inhoud van de la van dichtbij te bekijken. Oma kon er slecht tegen als haar spullen niet op de juiste plek lagen en mama had Svenja al vroeg geleerd daar rekening mee te houden. Maar soms gebeurde het toch, vooral op dagen dat oma de rare ogen had. Dan was ze zo in de war dat ze haar eigen regels vergat en gingen de dingen anders dan anders.

Opeens had Svenja beet. Haar hart maakte een sprongetje toen ze, in het vakje van de lepels, de langwerpige punt van de schaar voelde. Ze pakte hem beet, duwde de la voorzichtig dicht en wilde teruglopen toen ze de schrik van haar leven kreeg. In de deuropening van de keuken stond oma in haar nachtjapon. Haar lange haren hingen in slierten over haar schouders en de gekke blik in haar ogen leek verdwenen. Argwanend staarde ze naar haar kleindochter, die de schaar achter haar rug probeerde te verbergen. In een paar stappen was Ilva bij haar. Met een ferme ruk aan haar schouder draaide ze het meisje om. Svenja gilde en liet in paniek de mok vallen. De melk spatte over haar blote voeten en tegen de keukenkastjes omhoog, maar dat was niet het ergste. Oma greep haar bij haar pols en trok de schaar uit haar hand. Nu was Svenja er gloeiend bij, en zij niet alleen.

48

'Wat ben jij aan het doen?' Ilva's stem klonk streng, maar niet meer zo warrig als eerder. Ze had de olielamp op de keukentafel aangestoken en Svenja op de stoel ernaast gezet. Nu observeerde ze haar kleindochter, die hevig snikkend met haar hoofd op haar armen leunde. Ilva moest zich beheersen om niet naast haar neer te knielen om haar te troosten. Dat kwam straks, eerst wilde ze weten wat er aan de hand was. De stemmen hadden gelijk gehad, Svenja gedroeg zich stiekem en daar wilde ze het fijne van weten. Een stekende hoofdpijn had haar wakker gemaakt, zoals meestal gebeurde nadat de stemmen te sterk waren geworden en de controle van haar overnamen, en ze was naar beneden gekomen voor haar medicijnen. Die slikte ze niet zomaar, want haar voorraad was de afgelopen maanden flink geslonken en ze was uiterst zuinig op haar laatste strip. Ook dat was een reden om Svenja naar het vasteland te sturen. Op de trap had ze het gestommel van haar kleindochter in de keuken al gehoord en ze was net op tijd beneden om haar de bestekla te zien doorzoeken.

Toen Svenja geen antwoord gaf, liep Ilva zuchtend naar de pan melk. Ze vulde twee mokken tot de helft, pakte haar medicijnen uit een kastje en ging aan tafel zitten. Met een slok melk spoelde ze een ovaalvormige tablet door haar keel en daarna gaf ze Svenja haar beker. 'Drink maar wat, daar word je rustig van,' spoorde ze het kind aan.

Svenja tilde haar hoofd op en veegde haar mouwen langs haar

wangen en neus. Als een bang vogeltje keek ze naar haar oma, die een stuk rustiger leek dan de laatste keer dat ze haar zag. Dat stelde haar een beetje gerust en ze dronk de beker in één keer leeg.

'Had je zo'n dorst dat je midden in de nacht naar de keuken bent gegaan?'

De ironie in Ilva's stem ontging Svenja. Dankbaar voor de verklaring die ze nu zelf niet meer hoefde te verzinnen, knikte ze. Daarna haalde ze het stuk brood uit haar zak. 'Ik had ook honger.'

Ilva trok haar wenkbrauwen op en wees naar de cape. 'En koud was het ook nog?'

Svenja probeerde onschuldig te kijken, maar voelde aan dat ze iets moest verzinnen als ze haar geheim wilde bewaren. 'Misschien kwam het door wat je zei...' begon ze voorzichtig, terwijl ze de ogen van haar oma scherp in de gaten hield. De strenge blik was vervelend, maar niet eng. Zolang oma de rare ogen niet liet zien, durfde ze best met haar te praten.

'Wat bedoel je? Wat zei ik dan?' vroeg Ilva, opnieuw wantrouwend.

'Dat mama... nooit meer terugkomt,' fluisterde Svenja. Ze had het Berndt al verteld, maar het bleef naar om de woorden uit te spreken.

Ilva sloot haar ogen en ademde diep in door haar neus. Ze kon zich niet herinneren dat ze over Metta had gesproken, maar wist wel dat de stemmen haar daartoe al langer hadden aangespoord. Kennelijk was ze eindelijk onder de druk bezweken en had ze Svenja ingelicht. Maar hoeveel had ze gezegd? Met trillende handen greep ze de tafelrand beet. Ze sloeg haar ogen op en forceerde een glimlach. 'Kun je herhalen wat ik heb gezegd? Ik weet het niet zo goed meer.'

Svenja fronste nadenkend haar wenkbrauwen. 'Dat mama voor altijd weg is,' klonk het zachtjes. En daarna feller: 'Maar dat klopt toch niet, oma? Ze is toch boodschappen doen en komt weer terug?'

Ilva zuchtte nog eens diep en veegde met de rug van haar hand de opkomende tranen uit haar ogen. Ze stond op, knielde naast haar kleinkind neer en streek haar zacht over haar haren. 'Natuurlijk zien we haar terug, lieverd. Alleen weet ik niet hoe lang dat duurt. Voorlopig zullen we het met zijn tweeën moeten stellen, jij en ik samen. Vind je dat goed?'

Een golf van opluchting spoelde over Svenja heen. De laatste woorden van haar oma hoorde ze niet meer. Dat ze mama terug zou zien, was alles wat ze wilde weten. Ze sloeg haar armen om Ilva's nek en drukte zich tegen haar aan. 'Ik wist het wel,' snikte ze hartstochtelijk, 'ze doet gewoon de boodschappen en straks is ze er weer, met een pop voor mij.'

'Met een pop?' herhaalde Ilva. 'Heb ik dat ook gezegd?'

Svenja schoot overeind. 'Ja!' zei ze, harder dan nodig. Ze beet haar tanden op elkaar en keek naar haar oma, die was opgestaan en iets uit een kastje leek te pakken.

Ilva ging zitten, plaatste een doosje op tafel en schoof het naar Svenja toe. 'Maak maar open,' zei ze en opeens klonk er verdriet door in haar stem.

Nieuwsgierig trok Svenja het dekseltje omhoog. Op een bedje van donkerblauw fluweel lag een ragfijn zilveren armbandje met een hanger in de vorm van een driehoek. Ze draaide het doosje een slag om het opschrift te kunnen lezen en staarde toen verrukt naar haar oma.

Ilva schonk haar een warme blik. 'Mooi? Het is van je moeder geweest. Ik gaf het haar vlak na jouw geboorte. Nu is het voor jou.'

'Echt? Mag ik het hebben?' Voorzichtig viste Svenja het sieraad uit het doosje. Met haar wijsvinger wreef ze over de inscriptie op de hanger. 'Denk je dat mama dat goedvindt?'

Ilva knikte en besloot haar vragen over de schaar te bewaren tot later. Het was al erg genoeg dat ze het kind zo veel schrik had aangejaagd, ze gunde haar de blijdschap die de armband haar overduidelijk schonk. 'Lees maar voor wat erop staat,' fluisterde ze met verstikte stem en ze zag hoe Svenja straalde toen die las: 'Ilva – Metta – Svenja Andersson.'

49

Hoewel de stationshal aangenaam warm aanvoelde, durfde Rasmus er de volgende ochtend niet te blijven rondhangen. Na een laatste blik op kluisje 568, waar de sporttas precies in paste, slenterde hij zogenaamd nonchalant naar buiten. De nachtrust had hem goedgedaan. Niet lang na zijn afscheid van Mikkel, die de nacht bij zijn vader zou doorbrengen, werd hij op straat aangesproken door een vrijwilliger van de soepbus, een omgebouwde camper die op extra koude nachten door het centrum reed om daklozen een kom hete soep aan te bieden. De uitnodiging kwam als geroepen: na alle commotie van de afgelopen dag voelde Rasmus pas wat een honger hij had. Met de sporttas op schoot genoot hij van twee kommen bonensoep, waarna hij uitgeput in slaap viel op een van de banken van de verwarmde bus. Dat was niet gebruikelijk. Rasmus was de camper in voorgaande winters ook tegengekomen, maar steeds werd dan de soep buiten uitgeserveerd. Binnenkomen was niet toegestaan, vooral ter bescherming van de medewerkers die een plek moesten hebben om zich terug te trekken als dat nodig was. Bij drukte kon de verdeling van de maaltijd tot onrust leiden onder de klanten, die niet zelden onder invloed van alcohol of drugs verkeerden. Maar deze avond was het rustig, kennelijk hadden de meeste zwervers hun weg naar de opvangcentra gevonden. Met Rasmus als enige klant voorzag de kok van de avond, een vrome vijftiger met een kruisje voor op zijn versleten mantel, geen problemen. Hij nodigde Rasmus uit binnen te komen en gunde hem zijn rust toen die na de soep in slaap viel. Pas de volgende ochtend vertrok de bus. Rasmus bleef dankbaar achter, een beker sterke koffie in zijn hand.

De soep, de slaap en de vriendelijkheid van de vreemdeling hadden een verkwikkend effect op Rasmus. Nadat hij de tas in het kluisje had opgeborgen en zich in de toiletten van de stationsrestauratie wat had opgefrist zette hij koers naar de Kungsportsavenyn, een van de drukste winkelstraten van de stad, die zich langs tal van winkeltjes, restaurants en clubs uitstrekte van Kungsportsplatsen naar Götaplatsen. In de zomermaanden was de Avenyn een gewilde trekpleister voor toeristen, maar op deze winterse vrijdagochtend werd de straat voornamelijk bevolkt door jachtige leveranciers en groepjes spijbelende scholieren. Ondanks de feestelijk ingerichte etalages en de snoeren met kerstverlichting tussen de gevels gaf het grijze ochtendlicht de straat een kille uitstraling. Het deerde Rasmus niet. Met zijn handen in zijn zakken en zijn hoofd voorovergebogen tegen de snijdende wind liep hij recht op zijn doel af: het kantoor van Magnus Erikson, de grootste pandjesbaas van Göteborg, met huur- en koopwoningen in bijna elke prijsklasse. Maar wat vaak had hij voor de etalageruit de foto's bestudeerd van knusse kamers en droompaleizen, die hij stuk voor stuk niet kon betalen. Nu het tij gekeerd was kon hij niet wachten een eigen stek te bemachtigen. Een plek voor hem alleen, die hij na acht jaar op straat eindelijk zijn 'thuis' kon noemen.

Een half uur later verliet hij het kantoor met de adressen van twee te bezichtigen appartementen in zijn binnenzak. Beide bevonden zich aan de rand van de stad, waren klein en slechts één ervan had een balkon, maar Rasmus was er blij mee. Het komende half jaar zou het volstaan; met een vast verblijfadres moest het lukken betaald werk te vinden en kon hij zich inschrijven voor de opleiding civiele techniek aan de technische hogeschool. Bruggen bouwen, dat leek hem fantastisch. Het verwonderde hem dat het idee niet eerder in hem opgekomen was. De Älvsborgbrug fascineerde en inspireerde hem al jaren, maar nooit had hij gedacht dat bruggen bouwen iets voor hem zou zijn. Pas toen de ontvoering van de Bedrieger dichterbij kwam en hij nadacht over wat hij concreet met zijn kapitaal wilde doen, doemde het beeld van de brug in hem op. Hoe fantastisch zou het zijn om bruggen te ontwerpen en de wereld over te reizen om ze te bouwen? Om gebieden met elkaar te verbinden, mensen bijeen te brengen en van a tot z bij zo'n project betrokken te zijn? De informatie op de website van de *Tekniska Högskolan* kende hij inmiddels uit zijn hoofd. In september startte een nieuwe opleiding, maar op bepaalde voorwaarden was instromen per februari ook mogelijk. Het leek een droom: geld, een huis, werk en een opleiding; opeens lag alles binnen handbereik en kon hij zijn geluk niet op. Een groter huis met 'gouden kranen', zoals hij het zich lang geleden had voorgesteld, kwam later wel. Langzaam opbouwen was verreweg het verstandigst, ook omdat hij zo de minste aandacht trok.

In gedachten liep hij naar het dichtstbijzijnde overdekte winkelcentrum. De weldadige warmte van de soepbus en de koffie had zijn lichaam weer verlaten en de sneeuw op zijn haren en in zijn nek bezorgde hem kippenvel. Sinds hij zijn wollen muts bij de Bedrieger had achtergelaten, miste hij een hoofddeksel en hij bedacht dat hij zich nog voor de middag moest inschrijven voor een overnachting in het opvangcentrum, waar hij vast een nieuwe muts kon scoren. De opvang zou zijn volgende stop zijn, eerst moest de kou uit zijn lijf. Zodra hij de automatische schuifdeuren passeerde en een warme luchtstroom de sneeuwvlokken op zijn hoofd en schouders deed smelten, klonk er een bekend geluid. Verbaasd keek hij de gang door, waar Mikkel, op het verbrede stuk tussen de bakker en de dierenspeciaalzaak, stond te zingen dat het een lieve lust was. Hij begeleidde zichzelf op zijn gitaar en had rode konen van inspanning. Hij richtte zich tot drie tienermeisjes, die giechelend naar hem stonden te luisteren, en zag daardoor Rasmus niet aankomen. Rasmus daarentegen zag zijn vriend maar al te goed, inclusief de gloednieuwe gevoerde winterjas met capuchon die naast Mikkel op de grond lag, het grote sporthorloge aan zijn pols en de opvallende Nikes Air Max aan zijn voeten. Woede vlamde in Rasmus op en hij moest zich inhouden om de gitaar niet uit zijn handen te trekken. Vol ongeduld wachtte hij tot het liedje ten einde kwam, waarna hij direct een applaus inzette. De meisjes klapten aarzelend mee en dropen teleurgesteld af toen de leuke zanger met zijn knappe krullen zijn optreden staakte om zijn vriend te begroeten.

'Hé, jij hier?' vroeg hij uitgelaten, terwijl hij Rasmus op zijn schouder sloeg. 'Ook zo goed geslapen? Ik als een roosje. En opeens had ik zo'n ontzettende zin om te spelen dat ik hierheen ben gekomen.' Hij knipoogde. 'Nu het niet meer per se moet, vind ik het veel leuker. Wie had dat ooit gedacht?' Lachend zwaaide hij naar de meisjes, die op een afstandje naar hem bleven kijken, in de hoop dat er nog een nummer kwam.

Rasmus keek hem dreigend aan. 'Mooie jas,' zei hij nors. 'Schoenen, horloge. Heb je nog meer gekocht? Ik dacht dat we hadden afgesproken dat we daarmee zouden wachten?'

Mikkels lach verdween van zijn gezicht en schichtig keek hij om zich heen. Toen stapte hij wat dichter naar Rasmus en fluisterde hij: 'Ja... je hebt gelijk, maar ik kon het niet laten... en ik heb me ingehouden, hoor. Een jas en schoenen moet iedereen hebben, vooral met dit weer. Die vallen heus niet op. Alleen dat horloge, dat was misschien wat overdreven.' Hij wreef liefdevol over de wijzerplaat. 'Wil je dat ik het terugbreng?'

'Doe niet zo infantiel en denk na.' Rasmus moest zijn uiterste best doen om zijn woede te beheersen. 'Natuurlijk breng je het niet terug, dan trek je juist de aandacht. We zouden het geld niet in Zweden uitgeven, omdat we niet zeker weten of het traceerbaar is. Het moet eerst gewisseld worden, dat snap je toch?'

Mikkel knikte beteuterd. 'Het is alleen... Ik heb nog nooit zo veel geld gehad. Erbovenop zitten en het niet uitgeven is moeilijker dan ik ooit had kunnen denken. Niet iedereen heeft zichzelf zo onder controle als jij.' Hij stak een wijsvinger in de lucht. 'Ik wed dat Tore ook meteen iets voor zichzelf koopt, hopelijk pas nadat hij zijn schuld heeft afbetaald. Ik probeerde hem vanochtend al te bellen, maar kreeg hem niet te pakken. Heb jij hem nog gesproken?'

Rasmus schudde zijn hoofd en boog zich licht voorover. 'Tore ligt in het ziekenhuis,' fluisterde hij, en hij zag dat Mikkel schrok. 'Hij wordt in coma gehouden om te herstellen van de wond die hij gisteren heeft opgelopen. Hij moet door een of meer kogels geraakt zijn, dat weet ik niet precies, maar dit is wat de site van Radio Göteborg vermeldt. Daar staat ook dat er twee mannen zijn opgepakt, dat moeten die gasten zijn die onze tas wilden jatten.'

Mikkel floot zacht tussen zijn tanden. 'Shit, ik heb echt een hoop gemist... in coma, man, dat is vreselijk. Daar kun je jaren in blijven hangen, toch?'

Rasmus haalde zijn schouders op. 'Misschien. Volgens mij duurt het meestal niet zo lang. We moeten afwachten. Maar ga in de tussentijd niet naar zijn huis toe, het kan best zijn dat de politie de boel daar in de gaten houdt. En bel hem ook niet meer, oké?' Om zijn woorden kracht bij te zetten, wilde hij Mikkels pols beetpakken, maar die werd volledig omsloten door het nieuwe uurwerk. Hij zag hoe laat het was en schrok. 'Moet jij niet werken? Je had toch dagdienst vandaag? De brief!' Volgens de planning zou Mikkel er deze ochtend voor zorgen dat de anonieme brief met de vindplaats van Berndt naar Jannike werd gestuurd.

Mikkel stapte nerveus achteruit. Hij trok zijn arm los en schudde langzaam zijn hoofd.

Rasmus staarde hem ontzet aan. ‘Zeg me dat die brief gepost is, zoals we hadden afgesproken. Zeg me dat je dat in ieder geval goed hebt gedaan.’

Mikkel slikte en stamelde: ‘Die is nog niet weg. Ik had een ander idee…’

50

Met de gitaarkoffer op zijn rug en de nieuwe jas in zijn armen stond Mikkel niet veel later tegenover Rasmus, onder de warmteblazers bij de entree van het winkelcentrum. Het lawaai van de blazers maakte het mogelijk een gesprek te voeren dat niet voor de oren van voorbijgangers bedoeld was. Het duurde een paar tellen voor Mikkel de moed bijeen had geraapt om zijn idee aan Rasmus uit de doeken te doen, vooral omdat die oogde als een briesende stier die elk moment tot de aanval kon overgaan.

'Luister,' begon Mikkel, in een poging rationeel over te komen, 'ik heb het er eerder met Tore over gehad... Hij begon en ik moet hem gelijk geven... denk je ook niet dat... vooral nu we weten hoe soepel het allemaal verlopen is... nou ja, op een paar ongelukjes na, ik bedoel, jij moest door die school en nu ligt Tore ook nog in coma in het ziekenhuis... dat is natuurlijk verschrikkelijk, maar al met al... dat we die grote som geld eigenlijk best makkelijk hebben binnengehaald? En dat het misschien jammer zou zijn om er nu mee te stoppen?'

Van onder zijn wenkbrauwen loerde Rasmus naar Mikkel. Het feit dat Mikkel en Tore alweer buiten hem om overlegd hadden, voedde zijn razernij tot ongekende hoogte. Zwijgend wachtte hij tot Mikkel was uitgepraat. Hij wilde per se het hele verhaal horen, voor hij opnieuw voor verrassingen geplaatst werd.

'Deze kans krijgen we nooit meer,' benadrukte Mikkel, 'die lui hadden het bedrag zo rap bij elkaar dat het helemaal geen rare gedachte is om meer geld te eisen. Tore zei dat hij te snel had toegehapt. Hij kan zijn schuld aan die Russen afbetalen, maar houdt daarna bijna niets over. We hadden meteen al meer moeten vragen.' Hij hief zijn handen in verdediging. 'Denk niet dat ik je iets verwijt. Jij hebt de zaak vooraf berekend en daar was ik het mee eens. Maar dit is voortschrijdend inzicht; we kunnen meer krijgen, en wat let ons om dat te vragen? Die vent zit daar goed. Gewoon nog een tas, een laatste en dan laten we hem vrij. Waarom niet, Rasmus? Denk aan het geld, denk aan de mogelijkheden. Het is nu of nooit... Wat jij?'

Rasmus dacht aan de adressen van de appartementen in zijn binnenzak en de toekomst die hij voor zichzelf had uitgestippeld. Het was rond, hij had het voor elkaar, meer was niet nodig. Hij zou tevreden moeten zijn, maar toch... Mikkel had een punt: hoewel ze hadden moeten improviseren, was de buit binnen. En hij moest toegeven dat hij zichzelf verrast had met zijn koelbloedige optreden, zowel tijdens de schietpartij als in het schoolgebouw. Zou een tweede ophaalactie haalbaar zijn? Het bleef hoe dan ook riskant.

Mikkel zag zijn vriend twijfelen. 'Kijk, die brief met de vindplaats is zo op de post gedaan. Als je wilt, regel ik het vandaag nog, dan zijn we klaar en is alles voorbij. Maar we moeten onszelf niet in de vingers snijden, daar krijgen we eeuwig spijt van.'

'En Tore dan?' vroeg Rasmus. 'Hij ligt in coma, maar de politie staat naast zijn bed. Hoe weten we zeker dat hij ons niet verraadt zodra hij wakker wordt?'

Mikkel zette grote ogen op. 'Dat is juist een reden om het nog een keer te doen!' Geschrokken van zijn eigen volume keek hij om zich heen, maar niemand lette op hen. 'Waarom zou hij ons in godsnaam verraden als hij weet dat er meer geld aankomt? Via dat vrouwtje van hem kunnen we hem informeren zodra hij bij kennis is. Wij knappen het dit keer met zijn tweeën op, we weten nu hoe het moet, en als hij wakker wordt, deelt hij in de winst. Daar hoeft hij helemaal niks voor te doen! Goed, hij is gesnapt en zal een paar jaar de bak in draaien, dat is zo'n beetje zijn tweede thuis. Maar zodra hij daaruit komt, wacht hem een gouden toekomst.' Hij trok een grimas. 'Het zou toch mooi zijn als we hem die kunnen bieden? Ik bedoel, hij heeft een flinke tol betaald...'

Rasmus snoof. 'En als hij blijft slapen, of erger?'

'Dan is alles voor ons. Zo simpel ligt het.'

'Waarom had hij die schuld eigenlijk?' vroeg Rasmus, meer om tijd te winnen om na te denken dan dat hij het echt wilde weten. Gevoelens van woede, vertwijfeling en begeerte raasden door hem heen en maakten het moeilijk zijn gedachten op een rij te zetten. Mikkels verhaal klonk bijna te verleidelijk. Een deel van hem wilde maar wat graag doorgaan om meer geld te pakken, maar een ander, kleiner deel zag nog beren op de weg.

Mikkel haalde zijn schouders op. 'Een tijd geleden zou hij een partij pillen voor die Russen verkopen, maar als ik het goed begrijp heeft hij de winst verspeeld in een casino.' Toen Rasmus bleef zwijgen, trok hij hem aan zijn arm door de schuifdeuren naar buiten. 'Kom, dan lopen we naar Utopia om je in te schrijven voor vannacht. Buiten kun je beter nadenken, frisse lucht doet altijd goed.' Hij waagde een schalkse blik. 'Ik zie dat je twijfelt, maar geloof me, dit moeten we doen, en vóór we bij de opvang zijn, ben jij het daarmee eens.'

51

In voorgaande jaren was het huis van de Müllers begin december al volledig in gereedheid gebracht voor het naderende Luciafeest en Kerstmis. Met drie rijkversierde sparren in de woon- en eetkamer, zilveren engelen op de dressoirs, kandelaars vol brandende kaarsen voor de ramen en stemmige muziek door de speakers kon het bewoners en bezoekers niet ontgaan dat Lucia en kerst in aantocht waren, Jannikes favoriete feesten. Dit jaar liep het anders. Behalve Gertrude had niemand eraan gedacht de decoraties van zolder te halen en Gertrude wist wel beter dan dit onderwerp aan te snijden. Zolang Berndt wegbleef, was er geen reden voor feest. De vrijdagochtend was voorbijgegleden zonder teken van leven van de heer des huizes en op de bel waarmee Karst aankondigde dat de lunch op tafel stond, reageerde geen mens. Gedesillusioneerd zat hij alleen aan tafel, de spinazieomelet op zijn bord onaangeroerd. Hij merkte pas dat zijn dochter de kamer binnenkwam toen ze met moeite een zware eettafelstoel achteruit probeerde te schuiven. Hij haastte zich omhoog om haar te helpen, maar met een handgebaar maakte ze duidelijk dat ze het zelf afkon. Ze ging zitten en zette een glas water aan haar lippen. Haar handen trilden, maar haar ogen stonden minder flets dan de vorige avond.

'Hoe voel je je?' vroeg Karst bezorgd.

'Het gaat. De gedachte dat Berndt vandaag terug kan komen, geeft moed,' zei ze zacht. 'En jij?'

'Maak je om mij geen zorgen, dat is nergens voor nodig. Natuurlijk voel ik ook de spanning van de situatie, maar tegelijkertijd vind ik het fijn hier bij jullie te zijn.' Zodra hij was uitgesproken, wist hij dat hij een vergissing had begaan. Er flitste iets door Jannikes ogen wat hem aan haar moeder deed denken, Christine, de vrouw die hem weliswaar verlaten had, maar officieel nog steeds zijn echtgenote was.

Jannikes reactie klonk afgemeten. Het was alsof ze de woorden had ingestudeerd en haar kans eindelijk schoon zag hem zijn plaats te wijzen. 'Toen de losgeldeis binnenkwam, heb ik Gertrude gevraagd je te bellen omdat er snel een groot bedrag nodig was. Uiteraard heb ik dat zelf ook, maar de situatie had me zo van streek gemaakt dat ik me niet bij machte voelde de zaken snel te regelen.' Ze had in dagen niet zo veel woorden gesproken en moest ervan op adem komen.

Karst hoorde de verontwaardiging in haar stem en betreurde zijn uitspraak, maar wist dat hij die niet meer terug kon nemen. Er zat niets anders op dan te wachten tot ze haar zegje had gedaan. Misschien luchtte het haar op.

'Ik ben dankbaar dat je ons geholpen hebt,' vervolgde ze, 'en je bent welkom om te blijven totdat Berndt is teruggekeerd. Denk alleen niet dat hiermee alles is vergeven. Ik zal nooit vergeten wat je mama hebt aangedaan.' Bij die laatste woorden sloeg ze haar ogen neer, de verbetenheid in haar stem was niet mis te verstaan. Er klonk meer verbittering in door dan Karst na het verstrijken van de jaren had verwacht.

De stilte hing haast tastbaar in de kamer, totdat Karst het woord nam. 'Als ik de tijd kon terugdraaien...' begon hij.

Maar Jannike kapte hem abrupt af. 'Dat kan nu eenmaal niet, hoe jammer dat ook is.'

'Jammer is het woord niet,' verbeterde Karst haar. Tot zijn verbazing voelde hij dat hij boos werd. 'Die ene fout heeft niet alleen jouw leven en dat van mama voorgoed veranderd, maar ook dat van mij. Heb je daar wel eens bij stilgestaan?'

Jannike keek hem verbijsterd aan. Ze zette haar handen tegen de tafelrand, klaar om op te staan en weg te lopen, maar dat stond haar vader niet toe. Hij duwde zijn hand op de hare en dwong haar te blijven zitten.

'Het mag dan een cliché zijn dat fouten maken menselijk is, maar dat is precies wat het is. Ik ben ook maar een mens en ik heb een fout gemaakt. Op een feest, met te veel drank op, heb ik de avances van een medewerkster blijkbaar verkeerd geïnterpreteerd. Naar mijn mening was er sprake van wederzijdse instemming, maar daar dacht zij de volgende dag opeens anders over. Natuurlijk had ik het nooit moeten doen, ik was gelukkig getrouwd. Wat dat betreft zat ik absoluut fout, maar van een verkrachting is verdomme nooit sprake geweest. Nooit!' Hij sloeg met zijn vuist op tafel en stond op. Jannike hoorde hem aan met tranen in haar ogen, niet in staat iets uit te brengen. Geen van beiden zag dat Hedvig in de deuropening stond mee te luisteren.

'Al weken was ze met me aan het flirten en op dat feest waren we opeens samen, in een kamer, alleen... Haar moeder stond de volgende dag aan de deur en dreigde het verhaal aan de grote klok te hangen, Christine in te lichten, de pers, en weet ik wie nog meer. Dat was absoluut het laatste wat ik wilde en daarom heb ik die vrouw betaald om haar mond te houden. Dat was mijn tweede fout, daarmee maakte ik mezelf verdacht en leek het juist alsof ik iets te verbergen had. Ik had het dezelfde dag nog moeten opbiechten, maar ik durfde niet. Ik zweeg uit angst alles kwijt te raken wat ik liefhad, en precies dat is wat er gebeurde. Er bleken foto's te zijn gemaakt, kennelijk waren we toch niet alleen in de kamer. In een mum van tijd wist het hele kantoor wat er gebeurd was en natuurlijk kwam het nieuws ook bij mama terecht.'

Voor het eerst in zijn verhaal keek hij Jannike recht aan. 'Je weet hoe ze was, ze aarzelde niet en verdween zonder een woord. Als jij nog thuis had gewoond, was het misschien anders gelopen, maar nu was er niets meer wat haar tegenhield. Ik heb nooit meer iets van haar vernomen. Via via hoorde ik dat ze in Afrika zit, maar zeker weten doe ik niets.' Hij zuchtte diep en verhief toen zijn stem: 'Met één stomme vergissing heb ik onze levens voorgoed veranderd en dat spijt me, meer dan ik kan zeggen, maar is het niet genoeg geweest? Moet ik de rest van mijn leven in eenzaamheid slijten? Dat wil ik niet, dat ben ik zo vreselijk beu.' Hij zakte weer in zijn stoel en streek met een vermoeid gebaar over zijn gezicht, dat tot zijn verbazing nat was van de tranen. Hij pakte een zakdoek uit zijn broekzak en droogde zijn wangen.

Jannike zag lijkbleek en liet haar schouders hangen. Ze huilde niet, maar in haar ogen lag een wereld van verdriet. Toen ze begon te praten, klonk ze gebroken. 'Mama is naar Caïro vertrokken. Ze deelt er een huis met een paar vrouwen en werkt in de bibliotheek. De eerste jaren na haar vertrek mailden en belden we nog regelmatig en ik heb haar een keer opgezocht, maar inmiddels is het contact sterk verwaterd. Ze stuurt de meisjes nog een kaartje als ze jarig zijn...' Ze keek op naar haar vader. 'Misschien heb je gelijk en heb ik er te weinig bij stilgestaan dat ook jouw leven is veranderd. Ik heb jou altijd de schuld gegeven... misschien was dat verkeerd... ik weet het niet, ik weet niets meer sinds Berndt weg is...' Ze begon te trillen en zeeg achterover in haar stoel.

Meteen sprong Karst op. Hij tilde Jannike moeiteloos uit de stoel en droeg haar naar de woonkamer, waar hij haar op de bank legde en het dekbed liefdevol over haar heen trok. Afwezig knikte hij naar Hedvig, die met lede ogen toekeek hoe haar moeder zich als een klein kind opkrulde.

En alweer greep de machteloosheid Hedvig bij de strot. Ze tikte haar telefoon aan, zocht het filmpje op dat ze de vorige avond met Helle gemaakt had en stuurde het zonder tekst of uitleg naar Jens Gulden van Radio Göteborg. Daarna liep ze naar de keuken en zakte ze naast Gertrudes radio op een stoel neer. Als de verslaggever net zo snel was als de vorige keer, zou het niet lang duren voor de familie Müller opnieuw zorgde voor een extra nieuwsuitzending.

52

Toen Ilva na het middageten in de keuken haar naaimand tevoorschijn haalde om de gaten te verstellen in schorten, blouses en maillots, zag Svenja haar kans schoon. Na haar nachtelijke avontuur had oma haar laten uitslapen en mocht ze haar ochtendklusjes overslaan, maar nu moest ze een schrijfoefening uit haar werkboek maken en gelukkig mocht dat in de boomhut. Oma zou er niets van merken dat ze ergens anders was. Als ze opschoot, bleef er vast genoeg tijd over om de oefening af te krijgen voordat oma klaar was met naaien.

De schaar lag niet meer in de bestekla. Misschien had oma hem nog in haar zak, maar Berndt had gezegd dat een mes ook goed was en die lagen er genoeg. Toen oma naar boven liep om kleding te verzamelen, stak Svenja snel een aardappelschilmesje in de borstzak van haar spijkerjasje en sloop ermee naar de verboden gang. Zo snel ze kon tripte ze er op haar tenen doorheen. Het was spannend en leuk tegelijk, want Berndt zou vast heel blij zijn met het mes. Zo kon hij ontsnappen en naar mama op zoek gaan en oma zou niet eens weten dat hij ooit in huis was geweest. Ze voelde zich zo opgewonden dat het even duurde voor ze de deur open kreeg, maar toen rende ze naar binnen.

'Ik heb het mes,' fluisterde ze enthousiast, 'je kunt jezelf losmaken.'

Er kwam geen antwoord. Ze boog zich over de zwarte schaduw op de grond en deinsde ineens vol walging achteruit. Terwijl ze haar neus dichtkneep en haar andere hand voor haar mond sloeg, zag ze dat Berndt bewoog. De openstaande deur wierp net voldoende licht de kamer in om te zien dat hij probeerde zichzelf omhoog te duwen, maar dat het niet lukte. Bevend zakte hij door zijn arm en met zijn hoofd op de vloer begon hij te kuchen. Berndt hoestte heel anders dan zij deed als ze verkouden was; het klonk bijna piepend.

'Ben je ziek?' vroeg ze van achter haar hand.

Nu kwam er wel een antwoord, maar ze kon het niet verstaan. Berndt zuchtte meer dan dat hij sprak.

'Wat zeg je?' Met haar neus dichtgeknepen durfde ze het aan wat dichterbij te komen.

'Buikkrampen,' bracht Berndt hijgend uit, 'ik heb diarree... water, je moet water halen...'

Svenja begreep het. Ze legde het mesje bij Berndt op de vloer en rende de kamer uit, de deur liet ze open. Vlak voordat ze de lobby bereikte, stond ze plotseling stil. Waar moest ze naartoe? In de keuken stonden kannen gekookt water, maar daar zat oma, dus daar kon ze niet heen. En de plastic flessen in de kelder kon ze ook niet bereiken zonder dat oma haar zou horen, want de ingang naar de keldertrap zat vlak naast de keukendeur. Wat nu? Naar boven, om de beker naast haar bed te halen? Daar zat nog wel een beetje in, maar zou dat genoeg zijn? Berndt klonk heel naar, hij wilde vast meer hebben dan een paar slokjes. Besluiteloos draaide ze rondjes tot haar een idee te binnen schoot. Ze rende terug de gang in, naar de kamer waar ze net vandaan kwam. Omdat ze de deur had opengelaten, kwam de stank haar aan het einde van de gang al tegemoet. Het was zo erg dat ze moest kokhalzen. Snel kneep ze haar neus dicht. Berndt kreunde toen ze langs hem liep, maar dit keer antwoordde ze niet. Ze stak de kamer door en niet veel later stond ze buiten in de sneeuw en vormde haar adem wolkjes in de lucht.

Zonder haar winterjas aan mocht ze eigenlijk niet naar buiten, oma zou heel boos worden als ze dat zag, maar daar wilde ze nu niet aan denken. Zo snel ze kon ploegde ze in haar laarsjes door de sneeuw, de hoek om, naar de voorkant van het hotel, waar twee houten regentonnen het smeltwater uit de kapotte dakgoot opvingen. Het deksel van de eerste ton stond er op zijn kant naast. Ze schrok. Dat was niet de bedoeling; de deksels moesten na het water halen altijd teruggelegd worden. Zou ze dat de laatste keer vergeten zijn? Of had oma het zelf fout gedaan? Die was de laatste tijd wel vaker in de war. Gespannen klopte ze op de ijslaag boven in de ton. Die voelde zo hard dat haar knokkels er pijn van deden. Zo lukte het nooit om snel aan water te komen. Dadelijk was oma klaar met naaien en kwam ze haar zoeken. Zenuwachtig stapte ze naar de tweede ton. Hier lag het deksel wel goed. Ze duwde het opzij en zuchtte opgelucht toen ze het water zacht hoorde klotsen. Over een tijdje, als het buiten lang genoeg koud was geweest, zou het water in de tonnen helemaal bevroren zijn, ook al lagen de deksels erop. Dan moesten ze wachten tot de lente voordat ze het weer konden gebruiken. Nu was de winter er pas net en was het water in de ton nog niet bevroren, anders had ze niet geweten waar ze snel aan drinkwater kon komen zonder dat oma het zag.

Uit de stapel emmers naast de tonnen liet ze de kleinste in het water zakken, ze vulde hem tot de helft, meer kon ze niet tillen. Als het te weinig was, moest ze misschien nog een keer terug. Met moeite schoof ze het zware deksel op zijn plek en tilde de emmer met twee handen op. Ze kreeg het er warm van, maar uitrusten kon niet, dat zou te lang duren. Ze haastte zich door de vogelkamer naar Berndt en zette de emmer voor hem neer. Er golfde water over de rand. Daarna rende ze terug om de deur dicht te doen. Net voordat de deur het licht buitensloot en het donker werd viel het buitenlicht een paar tellen de kamer in en hapte ze naar adem.

Berndt was veranderd in een monster en ze wist niet wat ze enger vond, de donkere kringen om zijn holle oogkassen, de gigantische neus met korsten rondom, de opgezwollen paarsige hand aan de buis of de poepvlekken in de broek die de enorme stank verspreidden. Te bang om te bewegen bleef ze als bevroren staan en luisterde ze hoe Berndt dronk. Als een dier slobberde hij het water naar binnen, en af en toe kreunde hij. Buikkramp deed veel pijn, dat wist ze heel goed. Gelukkig was ze niet vaak ziek, maar diarree kon iedereen krijgen, mama en oma hadden het ook wel eens gehad. Er waren pilletjes voor, die lagen in de rode koffer in de keuken en daar kon ze nu niet bij.

Terwijl ze luisterde en nadacht, zakte de schrik langzaam uit haar lichaam. Berndt was geen monster, hij was heel aardig en zou mama gaan zoeken. Dat wilde zij zelf heel graag en daarom was het belangrijk dat hij naar buiten ging. In een opwelling opende ze de deur op een kier, zodat ze weer wat meer kon zien. Het mesje lag nu naast de emmer op de grond, Berndt had het nog niet ontdekt. Ze liep ernaartoe en pakte het op.

'Hier,' zei ze, 'een mes, maak jezelf los.'

Berndt hijgde en boerde binnensmonds. Het leek alsof het drinken hem had uitgeput. 'Bedankt... voor het water...' Hij sloeg zijn ogen naar haar op en glimlachte. Het maakte zijn gezicht iets minder eng. Hij nam het mesje aan en keek over zijn schouder naar de vastgebonden hand, die eruitzag als een half opgeblazen ballon. Nu was het zijn beurt om te schrikken; hij had wel gevoeld dat zijn hand er niet best aan toe was, maar dit was de eerste keer dat hij hem ook kon zien. Hij drukte zich verder overeind, schoof zijn rug tegen de muur en draaide zijn vrije hand naar de tiewrap aan de buis. Met moeite lukte het de punt van het mesje tussen het plastic en zijn opgezwollen pols te wringen, die meteen begon te bloeden. 'Kijk maar niet,' waarschuwde hij.

Svenja sloeg haar handen voor haar ogen.

Na twee diepe grommen hoorde ze een knappend geluid en durfde ze weer te kijken. 'Ja!' riep ze, harder dan goed was, maar het ging vanzelf. Berndts hand was los en lag nu op zijn been. Hij wreef het bloed van de pols en sprenkelde er water uit de emmer overheen.

'Doet het zeer?' vroeg ze bezorgd.

Berndt schudde zijn hoofd. 'Er zit geen gevoel meer in,' mompelde hij, meer in zichzelf dan tegen Svenja. 'Dat komt wel weer terug. Mijn buik en darmen doen het meeste pijn. Hopelijk helpt het water.' Hij boog zich voorover, kantelde de emmer en nam nog een paar flinke slokken.

Svenja wachtte ongeduldig tot hij klaar was. 'Ga je nu weg? Mama zoeken? Ik wil je de boot laten zien, maar eerst moet ik naar oma. Ik ben al heel lang weg en de schrijfoefening is nog niet af. Dadelijk komt ze me nog zoeken en dan...'

'Vertel maar...' onderbrak Berndt haar, 'zeg me waar de boot ligt. Dan vind ik hem zelf wel.'

Zo goed als ze kon legde Svenja uit hoe Berndt moest lopen. Dat was lastig, want Berndt kende de omgeving niet en wist niet wat ze met het kreupelbosje, de klimboom en het bessenveldje bedoelde. Bovendien waren de herkenningspunten in de sneeuw veel moeilijker te vinden. Ze was bijna klaar met haar verhaal toen Berndt haar met een abrupt handgebaar het zwijgen oplegde. Zelf had ze de voetstappen niet gehoord, maar in de plotse stilte waren ze niet te missen: er liep iemand door de verboden gang naar hen toe. Svenja sperde haar ogen wijd open van schrik. Een fractie van een seconde twijfelde ze, maar toen rende ze zo hard ze kon naar de vogelkamer en smeet de deur achter zich dicht.

In het donker duwde Berndt zich tegen de muur overeind. Na zes dagen zitten voelden zijn benen als pap en zodra hij gewicht op zijn voeten zette schoten er felle pijnscheuten door zijn likdoorns, maar het lukte hem te blijven staan. De adrenaline die direct na de bevrijding van de buis door zijn lijf was gaan razen, leek de pijn te temperen. Met het mesje in zijn hand wachtte hij de komst van Svenja's oma af. Als het moest viel hij haar aan, al was zijn wapen nog zo klein. Om thuis te komen, moest hij nu alles op alles zetten, daar twijfelde hij niet aan. Waarom zou hij het afleggen tegen een oude vrouw, ongeacht hoe krankzinnig ze mocht zijn? Hij moest en zou naar huis en nu hij los was, liet hij zich niet langer tegenhouden. Hij bleef zichzelf oppeppen tot de voetstappen ophielden. Lichamelijk slapper dan een vaatdoek, maar mentaal volledig op scherp, zag hij de deur opengaan.

In het zwakke schijnsel van de gang stond Ilva, haar grijze haren over haar schouders. Haar ogen dwaalden kort door de duistere kamer en landden toen op hem. Door de schaduwwerking kon hij haar ogen niet zien, maar het doorladen van het geweer hoorde hij luid en duidelijk.

'Meekomen,' beval ze met donkere stem.

Berndt stak zijn hand met het mesje in zijn broekzak.

'Handen omhoog en meekomen, ik vraag het niet nog een keer.'

Dit keer gehoorzaamde hij. Met zijn armen in de lucht wankelde hij naar de deur. Hij hield zijn adem in toen hij op Ilva afliep. Pas toen hij vlak voor haar stond en de loop van het geweer zijn borst op een haar na raakte, kon hij haar blik vangen. Zijn nekharen sprongen overeind en hij begreep op slag waar Svenja op doelde als ze zei dat oma Ilva 'de rare ogen' had.

53

In de warme hal van opvangcentrum Utopia was het dringen geblazen. De daklozen die zich aan het loket al hadden ingeschreven, bleven er zo lang mogelijk dralen, de zin om de kou in te gaan was bij geen van hen groot. Bovendien was er in de hal, een ruim voorportaal van het opvangcentrum, kans op een kop koffie. Officieel moesten de gasten na de inschrijving meteen weer naar buiten; pas om vijf uur 's middags gingen de deuren open en werden de eerste maaltijden geserveerd. Desondanks konden de meeste medewerkers het niet over hun hart verkrijgen de zwervers de kou in te sturen en dus knepen ze wat het verblijf in de hal betrof vaak een oogje dicht. Rasmus wurmde zich door de menigte naar voren en wachtte achter een lange man met dreadlocks en een Australisch accent op zijn beurt. Aan de andere kant van de balie, waar een vrouw met haren op haar kin de Australiër zat in te schrijven, stond een monitor op een lage kast. Rasmus liet zijn ogen over het nieuwsbericht glijden, maar de tekst over de komst van een nieuwe supermarktketen in de binnenstad drong niet echt tot hem door. In gedachten was hij nog bij het gesprek van zojuist, waarin Mikkel had geopperd de Bedrieger pas te laten gaan nadat ze een tweede tas geld hadden gevangen. Hij stond nog steeds in tweestrijd; het risico dat het fout ging was nu eenmaal groot, daarentegen had Mikkel gelijk toen hij zei dat deze kans waarschijnlijk nooit meer voorbijkwam. Mijmerend staarde hij naar het scherm, waarop een reeks tekstberichten plaatsmaakte voor een uitzending van de regionale omroep. Toen naast de nieuwslezer een foto van twee jonge vrouwen in beeld kwam, hapte Rasmus naar adem. Hij wrong zichzelf naast de dreadlockman, die zijn wenkbrauwen optrok maar zonder protest opzijstapte, leunde voorover en speurde de balie af naar de afstandsbediening. De medewerkster keek van zijn onthutste gezicht naar de monitor en scheen te begrijpen wat hij wilde. Zonder vragen te stellen, viste ze het apparaat van een plank boven haar en drukte het volume omhoog. De stem van de nieuwslezer overstemde het geroezemoes in de hal direct.

'*... zusjes Helle en Hedvig Müller, dochters van Berndt en Jannike Müller. De clip kwam eerder vandaag binnen op de redactie van onze collega's van Radio Göteborg en is hard op weg viral te gaan. Wij zenden de clip nu integraal uit.*' De nieuwslezer keek serieus in de camera, totdat een filmpje werd ingestart met de gezichten van Helle, links, en Hedvig, rechts, close-up in beeld. Op de achtergrond glinsterde water en het haar van de oudste zus was nat, de ogen van de jongste roodomrand, alsof ze net gehuild had. Hedvig nam als eerste het woord.

'*Dit bericht is voor de ontvoerders van onze vader, Berndt Müller. Voor u betekent hij misschien niet meer dan het bedrag dat u voor hem kunt krijgen. Toen u de ontvoering voorbereidde, hebt u waarschijnlijk gekozen voor de rijkste man in de omgeving. U hebt het losgeld inmiddels gekregen. Dat hoeven wij niet terug. Wij willen wel onze vader terug en... zo snel mogelijk.*' Bij deze laatste woorden brak haar stem en blikte ze schichtig opzij naar haar zus, die het van haar overnam.

'*Onze vader betekent veel voor Göteborg, voor zijn bedrijf en alle medewerkers, maar in de eerste plaats is papa heel belangrijk voor ons en voor onze moeder. Zonder hem staan onze levens stil. We zijn stuk van verdriet en kunnen niet meer slapen. Al vanaf het eerste moment dat hij weg was, verkeren wij in spanning en dat is echt niet langer te verdragen.'* Er welden tranen op in Helles ogen, maar ze bleef strak in de camera kijken. *'Onze vader is geweldig, hij is slim, werkt hard en zorgt goed voor ons. Hij is onze rots in de branding, hij is er altijd voor ons geweest en we houden heel veel van hem. Laat hem terugkomen, alstublieft, laat hem vrij, nu meteen.'*

Een paar tellen staarden de twee huilend de camera in, tot Hedvig haar hand voor de lens duwde en het beeld zwart werd. De nieuwslezer verscheen weer in beeld en met een overdreven bedrukte uitdrukking op zijn gezicht herhaalde hij bijna woordelijk wat er zojuist gezegd was. Rasmus hoorde het niet meer. Tijdens het filmpje had hij zijn adem ingehouden en die blies hij nu in een lange zucht uit.

De baliemedewerkster keek hem vragend aan. 'Wil je je nog inschrijven?'

Hij zag haar lippen bewegen, maar begreep niet wat ze vroeg. Het was alsof iemand het geluid had weggedraaid tot er enkel een monotoon gonzen in zijn oren klonk. De medewerkster stak haar hand naar hem uit, waarom wist hij niet, hij wilde alleen maar weg, weg van de beelden, weg uit de benauwende warmte waarvan zijn keel zo droog werd dat hij niet meer kon slikken. Met zijn armen uitgestrekt naast zich deinsde hij achteruit, botsend tegen lichamen van mensen die verontwaardigd opzijgingen, of stug bleven staan. Hij werd geduwd, voelde een elleboog tegen zijn ribben en opeens stond hij buiten en greep Mikkel zijn schouders beet.

'Wat is er gebeurd?' Mikkel moest het drie keer herhalen voordat hij het idee kreeg dat Rasmus hem überhaupt herkende. Toen hij bleef zwijgen, trok Mikkel zijn vriend met zich mee, weg van de ingang van de opvang, waar zich inmiddels een groepje nieuwsgierigen om hen heen had geschaard. Ze liepen door tot een smetteloos besneeuwd bankje in een van de kleinere parken van het centrum, waar Mikkel het opnieuw probeerde.

De korte wandeling in de kou had de watten uit Rasmus' hoofd verdreven. Het onwerkelijke vacuüm waarin hij terecht was gekomen, vloeide uit zijn lichaam weg en maakte langzaam maar zeker weer plaats voor emotie. 'Rots in de branding…'

Mikkel boog zich naar hem toe om de geprevelde woorden te kunnen verstaan. 'Wat zei je?'

'Hij is onze rots in de branding,' herhaalde Rasmus, nu steviger, 'hij is er altijd voor ons geweest. Dat zeiden ze, ze zeiden het echt.'

Mikkel fronste zijn wenkbrauwen. 'Wie? Wie zeiden dat? Net binnen, in de opvang?'

Rasmus draaide zich om en zette zijn handen in zijn zij. Dat er een pijnlijke plek in zijn rechterribbenkast zat negeerde hij. 'De godvergeten arrogantie, ik kots er gewoon van, gadverdamme!' Hij haalde zijn neus op en spoog in de sneeuw. Daarna schopte hij hard tegen het bankje en opeens schreeuwde hij het uit. Zijn hoofd hing in zijn nek, waarin een opgezwollen ader hevig klopte.

Geschrokken ging Mikkel voor hem staan. 'Wat doe je, man? Wat is er?' Nerveus keek hij om zich heen. Verderop in het park trok een jong stel een kind op een slee voort en op een door coniferen omheind veldje speelden twee honden. Toen er een fluitje klonk, stoven ze weg. Het jonge stel had even opgekeken toen Rasmus schreeuwde, maar schonk verder geen aandacht aan de twee mannen bij het bankje. Schijnbaar had niemand in de gaten hoe overstuur Rasmus was en dat moest vooral zo blijven. Opvallen was wel het laatste wat ze wilden, dat had Rasmus zelf meerdere keren gezegd.

'Zij wel!' Hij sprak met verstikte stem, alsof hij op het punt stond te gaan huilen, maar in zijn ogen won de woede het van het verdriet. 'Waarom wel voor hen en niet voor mij?'

Mikkel probeerde hem opnieuw bij zijn schouders te pakken, maar dat liet Rasmus niet toe. Hij was veel te onrustig om te blijven staan en begon om het bankje heen te ijsberen. Niet wetend wat hij anders moest doen, stapte Mikkel op het bankje, veegde het wit van de leuning en ging zitten. 'Je raaskalt,' zei hij na een tijdje, 'ik snap er geen hout van. Wat is er daarbinnen nou gebeurd?'

In flarden kwam het naar buiten. Rasmus wisselde de uitspraken van de zusjes af met zijn eigen verontwaardiging. Hoewel hij eerder besloten had Mikkel niets te vertellen over zijn gedeelde verleden met Berndt Müller, gooide hij het er allemaal uit. Over diens relatie met zijn moeder in Mölndal, over de breuk tussen die twee en over de gebroken belofte aan een kleine jongen. 'Rots in de branding, zeggen ze dan. Nou, niet voor mij! Voor mij is hij een gore leugenaar. Zijn leugens hebben mijn moeder de vernieling in geholpen en dat alleen al vergeef ik hem nooit. En dankzij hem zwerf ik op straat.'

Wild gebarend stampte Rasmus door de sneeuw. Omdat hij niet meer schreeuwde en er niemand in de buurt was die hen kon horen, liet Mikkel hem begaan. Kennelijk had Rasmus het nodig zijn gal te spuwen en wat hij zei was zacht gezegd verrassend. Mikkel vermoedde al langer dat zijn vriend meer dan financiële redenen had om juist Berndt Müller te ontvoeren, maar dit had hij nooit kunnen raden. Hij spitste zijn oren om niets van de waterval aan woorden te missen.

'En zelf ondertussen wel een luxeleven leiden, een Volvo met chauffeur, dinertjes, vakanties en een kast van een huis met binnenzwembad.' Plots stond hij stil en keek hij naar Mikkel. 'Die dochters van hem hebben dat filmpje naast het zwembad opgenomen. Je zag het water op de achtergrond en het haar van Helle was nat. Dat is voor hen volkomen normaal. Ze denken er niet eens bij na dat ze er anderen de ogen mee uitsteken. Dat voelen ze niet eens!' Hij hief zijn armen in de lucht en lachte schamper. 'Zo arrogant en het zelf niet zien, dat kan alleen als je je hele leven niets anders gewend bent. Rijkdom heeft hen gemaakt tot de snobs die ze nu zijn. En maar huilen in de camera, omdat het even anders loopt dan ze willen. O jee, pappie is weg, wat moeten we nu?' Hij begon opnieuw te ijsberen, maar deed het nu zwijgend, alsof hij nadacht over zijn eigen woorden en probeerde vat op de zaak te krijgen.

Mikkel voelde aan dat er iets komen ging en wachtte af. De secondewijzer van zijn nieuwe horloge was net vier keer rond geweest toen Rasmus zich voor hem posteerde, zijn armen vastbesloten over elkaar.

'Ik ga naar hem toe.'

Wat Mikkel ook verwacht had, dit kwam niet eens in de buurt. Zoekend naar woorden sprong hij van het bankje af.

'Dat was niet de bedoeling,' zei Rasmus snel, 'maar dat geldt voor zo'n beetje alles wat er tot nu toe gebeurd is. Ik dacht eerst dat het genoeg was het geld te pakken. Mijn geld, mijn toekomst, die hij me beloofd had. Ik dacht dat we dan quitte zouden staan, maar dat is niet zo.' Hij schudde zijn hoofd. 'Hij moet het weten.'

'Wat moet hij weten?' vroeg Mikkel zacht.

'Dat ik het ben die hem ontvoerd heeft. Dat ik kom halen waar ik recht op heb en dat ik mijn leven niet langer door hem laat bepalen.' Rasmus' blauwe ogen kleurden bijna zwart. Ze dwaalden af en leken in de sneeuw de man te zien die hij zozeer verachtte. 'Hij moet horen wat voor klootzak hij is en wat hij me heeft aangedaan. Ik wil dat hij begrijpt waarom hij opgesloten zit. En waarom hij nog een tas met geld moet schokken voor ik hem met rust laat.'

'Maar dat kan niet…' Mikkel ging nu liever niet tegen Rasmus in, maar deze laatste gedachtegang kon hij niet volgen. 'Als hij weet dat jij achter de ontvoering zit, stuurt hij de politie op je af zodra hij vrij is. Ik snap wat je wilt, maar dat kan niet, maat. Die bivakmutsen waren niet voor niets, hij mag ons niet zien.'

Rasmus reageerde niet en bleef naar de lege plek in de sneeuw staren.

'Met die tweede tas ben ik het uiteraard wel eens, maar dat wist je al.' Mikkel grijnsde vreugdeloos. Hij zag dat Rasmus in gedachten grotere sprongen maakte dan hij zelf kon bijhouden. 'Verpest het nou niet omdat je kwaad bent,' drong hij aan, 'als je naar hem toe wilt, ga ik met je mee. Scheld hem verrot, geef hem een pak slaag, als dat jou genoegdoening geeft. Maar je gezicht laten zien of zeggen wie je bent, kan niet. Dan pakt hij je terug, of je bent de rest van je leven op de vlucht. Dat wil je toch niet?'

Zonder woorden kwam Rasmus plots in beweging. Met grote passen beende hij het park uit. Mikkel twijfelde of hij hem achterna zou gaan, maar wist dat hij nu geen grip op hem kon krijgen. Verslagen keek hij Rasmus na tot die om de hoek verdween.

54

Met zijn armen in de lucht schuifelde Berndt door de donkere gang. Bij iedere stap schoot er een pijnscheut door de likdoorns in zijn voeten. Zijn hoofd duizelde van de plotse inspanning, de drek in zijn broek droop langs zijn benen omlaag en zijn lichaam wilde niets liever dan ter plekke neerstorten; de energie om te lopen ontbrak hem volledig. Maar die keuze was er niet. Hij twijfelde er niet aan of de oude vrouw zou schieten zodra hij afweek van wat ze hem had opgedragen en een onverwachtse beweging maakte. De blik in haar ogen herkende hij helaas maar al te goed; de herinnering aan een productieassistent die hem in een ver verleden met een briefopener te lijf was gegaan, stond in zijn geheugen gegrift. Die vrouw was een stuk jonger geweest, maar de verwilderde gelaatsuitdrukking was exact dezelfde als die van Svenja's oma nu. Nadat de wonden in zijn arm gehecht waren, verklaarde de arts destijds dat een dagenlange psychose tot de aanval had geleid. Berndt wist niet hoe lang oma het spoor al bijster was, maar als hij de verhalen van Svenja moest geloven, stond hij er niet best voor. De deuren aan weerszijden van de gang zag hij wel, maar ze opendoen in een poging te ontsnappen durfde hij dan ook niet. Ondanks zijn zwakke lichamelijke conditie draaiden zijn hersenen op volle toeren. Hij dacht aan Svenja, die was weggerend zodra ze de voetstappen hoorde naderen, hij dacht aan het mesje in zijn broekzak en aan de loop van het geweer tegen zijn rug. Wat moest hij doen? Hoe kwam hij hieruit? Nog voordat hij bewust de beslissing had genomen, begon hij te praten.

'Ik wil u niet lastigvallen,' stootte hij uit, 'ik weet dat u hier geen pottenkijkers wilt. Als u me laat gaan, ziet u me nooit meer terug en ik zal niemand vertellen dat u hier woont.' Hijgend wachtte hij op antwoord, maar het bleef stil. Hij stopte met schuifelen en hoorde dat de vrouw achter hem ook niet meer liep. Behoedzaam draaide hij zijn hoofd, tot hij uit zijn ooghoeken zag dat ze onbeweeglijk voor een van de deuren aan haar linkerzijde was blijven staan. Het duister vertroebelde zijn gezichtsveld, maar hij zou zweren dat er angst in haar ogen stond. Hij volgde haar blik en zag een zilverkleurig kamernummer 7 op de deur. Als betoverd staarde ze ernaar en langzaam zakten haar armen met het geweer naar beneden.

Ook Berndt liet zijn armen zakken. Hij draaide een halve slag zodat hij over zijn ene schouder de vrouw voor de deur kon zien staan en over zijn andere schouder uitzicht had op de rest van de donkere gang, die meters verderop in een minder duistere hal leek uit te komen. Aan de schaduwwerking op de vloer meende hij te zien dat in de hal het buitenlicht naar binnen scheen. Als het hem lukte de gang uit te komen zonder neergeschoten te worden, maakte hij een kans. Met zijn ogen strak op de vrouw gericht bewoog hij zijn rechterhand naar zijn broekzak en net toen hij de opening bereikt had, vulde oma's donkere stem de ruimte. Berndts hart klopte nu zo snel dat het zeer deed.

'Ik kon het niet... Ik kon het niet opbrengen, ze is nog klein en al zo bang, zo bang...'

Berndt vroeg zich af of hij moest reageren, maar koos ervoor het niet te doen. Hij was er niet zeker van of de vrouw tegen hem sprak. Misschien was het in haar verwarde toestand mogelijk dat ze hem vergat, al was het maar even, en dan moest hij snel zijn. In ieder geval sneller dan dat zij bij haar positieven kon komen, richtte en schoot. Hij kneep zijn ogen samen en observeerde haar lichaamshouding. Er zat een forse kromming in haar rug en de schouders hingen voorover, alsof ze een zware last met zich meezeulde en daar ieder moment aan onderdoor kon gaan. De haren over haar schouders bedekten deels haar gezicht, maar de priemende ogen stonden op scherp en leken zich vast te bijten in het kamernummer aan de deur.

'Ik heb niet gelogen! Dat doe ik nooit. Ooit zijn we weer samen, zoals het hoort.'

Het leek of ze kwaad werd. Berndt zag hoe haar handen het houten handvat van het geweer een voor een loslieten om het vervolgens bij de stalen loop beet te pakken. Waarom deed ze dat? En tegen wie had ze het? Opeens greep ze een sliert van haar eigen haar vast en trok ze zo hard dat haar hoofd plat op haar schouder lag. Ze kermde van pijn en Berndt deinsde achteruit tegen de muur. Vol afschuw keek hij hoe de vrouw zichzelf toetakelde, de loop van het geweer nu losjes in haar linkerhand. Het kreunen ging door merg en been en het liefste had hij geschreeuwd dat ze op moest houden, maar in plaats daarvan beet hij zijn tanden op elkaar. De vrouw ging zo op in haar zelfpijniging dat ze geen oog had voor haar omgeving. Ze leek inderdaad vergeten dat hij er was en die kans moest hij grijpen. Steunend tegen de muur begon hij geruisloos opzij te bewegen. Steeds zette hij zijn rechterbeen een stuk opzij en trok hij het linker bij. Hij was al ruim twee meter opgeschoten toen ze de pluk haar ineens liet schieten en haar vrije hand op de klink van kamerdeur zeven legde. In doodsangst staakte Berndt zijn beweging. Als ze nu omkeek en zag dat hij probeerde weg te komen, was het afgelopen.

Ze keek niet om. Integendeel, ze vouwde haar vingers om de klink, drukte die naar beneden en begon te duwen. De deur gaf niet mee en dus herhaalde ze de beweging, nog eens en nog eens.

'Laat me erin!' Ze duwde haar schouder tegen de deur en toen dat niet hielp, zette ze een stap achteruit en gooide ze haar volle gewicht in de strijd. De deur kraakte maar bleef dicht en ze gilde van frustratie. 'Ik wil naar binnen, ik mag naar binnen, ze is van mij!'

Verstijfd van angst zag Berndt de oude vrouw door het lint gaan. Het was vreselijk om te zien, maar tegelijk probeerde hij zijn kansen in te schatten. Net toen hij besloot het op een rennen te zetten, in de hoop dat hij daartoe in staat was, greep Ilva haar geweer. En terwijl Berndt ineendook en zijn armen in bescherming om zich heen klemde, richtte Ilva het geweer op het slot van de deur en schoot twee keer. De deur sprong open en meteen dook ze de kamer in.

De kruitdampen uit het ouderwetse vuurwapen roken zo intens dat zelfs Berndts gehavende neus ze oppikte. Op zijn handen en knieën kroop hij de gang door, in de richting van de flauw verlichte hal. Na de knallen was het angstzweet hem uitgebroken en zijn hele ziel en zaligheid verlangde naar de vrijheid van de frisse buitenlucht. Op zijn knieën bleek hij sneller te zijn dan op zijn pijnlijke voeten en eerder dan hij gedacht had bereikte hij het licht in de lobby. Hij had het goed gezien: het licht dat tussen de planken in de kozijnen door piepte kwam vanbuiten. Als hij een paar planken loskreeg, was hij vrij, bedacht hij en zijn ogen begonnen spontaan te branden. Doorpakken nu, sprak hij zichzelf toe, je weet niet wanneer dat gestoorde mens die kamer uit komt. Hij ging staan, verbeet de pijn in zijn voeten en wilde naar het dichtstbijzijnde kozijn lopen toen een geluid in de gang zijn aandacht trok. Een blik achterom deed hem ineenkrimpen van schrik. Aan het andere einde van de gang, in de deuropening van de oude keuken waarin hij gevangen had gezeten, verscheen een klein silhouet in een rokje en laarsjes: Svenja! Waarom moest ze in hemelsnaam terugkomen, net nu? In het donker kon hij haar gezicht niet zien, maar aan haar schokkende schoudertjes zag hij dat ze huilde.

Svenja zette een paar stappen de gang in. 'Oma?'

Nee! Wild gebarend probeerde Berndt het meisje duidelijk te maken dat ze stil moest zijn en weg moest gaan. Hij had geen idee of Ilva haar eigen kleinkind kwaad zou doen, maar dit leek niet het moment dat te testen. Weg, ga weg, naar je kamer, of je boomhut, laat je oma met rust, totdat de bui is overgewaaid. Hij beet zijn tong haast af om niet te schreeuwen. Het meisje zag hem gebaren, maar kennelijk begreep ze niet wat hij bedoelde, want omkeren deed ze niet. In plaats daarvan zwaaide ze naar hem en liep ze een stukje verder de gang in. Over een paar meter zou ze kamer zeven bereiken, waar Ilva haar door de openstaande deur kon zien. Of had ze Svenja al horen roepen en hield ze zich schuil in kamer zeven om zo twee vliegen in één klap te slaan? Berndt dacht niet langer na. Hij dook terug op handen en knieën en kroop zo snel hij kon de gang door, naar Svenja toe. Het meisje bleef staan, om na een paar tellen zijn voorbeeld te volgen; ze zakte door haar knieën en begon eveneens te kruipen. Onmiddellijk richtte Berndt zich op. Nu de afstand tussen hen verkleind was, konden ze elkaar beter zien. Ze reageerde direct op zijn stopteken en knikte toen hij nadrukkelijk zijn vinger tegen zijn lippen legde. Terwijl Berndt verder kroop, bleef Svenja wachten.

Door op zijn hand te steunen keerde het gevoel er langzaam in terug. De tinteling begon in zijn vingertoppen en verspreidde zich snel, tot het leek of zijn hele hand in vuur en vlam stond. Toen het onhoudbaar werd, kroop hij op zijn onderarmen voort. Berndt probeerde zo min mogelijk geluid te maken, maar kon niet voorkomen dat de neuzen van zijn schoenen tegen de grond tikten. Ook kreeg hij zijn hijgende ademhaling niet onder controle. Hij wachtte een tel om het zweet uit zijn ogen te wissen en kroop door tot hij minder dan een meter van de openstaande deur van kamer zeven verwijderd was. Na een blik op Svenja, die met een betraand gezichtje en haar knieën tegen haar borst naar hem zat te kijken, liet hij zich plat op de vloer zakken. Stukje bij beetje duwde hij zichzelf vooruit. De inspanning kostte hem veel kracht – kracht die hij hard nodig zou hebben als hij naar de boot wilde komen, maar daar mocht hij niet aan denken. Stap voor stap, eerst dit hotel uit, met Svenja. Het bestond niet dat hij het meisje aan haar lot overliet nu de enige volwassene van wie zij afhankelijk was, gestoord en gevaarlijk bleek te zijn. Haar hier laten, zoals hij eerst bedacht had, was geen optie meer. Hij nam haar mee het eiland af en hoe het daarna verder moest, zouden ze wel zien.

Het was doodstil in kamer zeven en dat beangstigde hem. Ilva had gegild als een speenvarken voordat ze de kamer binnenging en nu maakte ze geen enkel geluid meer. Waarom niet? Was ze gevallen en lag ze bewusteloos op de vloer? Of hield ze zich stil en was ze iets van plan? Er was maar één manier om daarachter te komen. Hij plantte zijn vingers in een kier tussen twee vloerplanken en trok zichzelf centimeter voor centimeter vooruit, tot hij de kamer in kon gluren. Het was er donker, maar ook hier wist het licht vanbuiten zich een weg te banen langs de platen voor de gebarsten ramen. Ilva lag niet bewusteloos op de vloer; ze zat met haar rug naar hem toe op een tweepersoonsbed. Ze wiegde haar bovenlichaam licht van voor naar achter, het leek of ze over iemand heen gebogen zat. Berndt verplaatste zijn vingers, trok een knie omhoog en duwde zich nog iets verder naar voren.

Wat hij toen zag ging zijn voorstellingsvermogen te boven. In afgrijzen drukte hij zijn hoofd tegen de grond, maar hij tilde het meteen weer op om nog een keer te kijken, omdat hij niet kon geloven wat zijn ogen hem vertelden. Door de opening tussen Ilva's linkerarm en rug gaapte het vergane gezicht van een vrouw hem aan. Haar mond hing open, de ogen ontbraken en op een paar dunne plukken na was ze kaal. De looien huid had een vaalbruine kleur, alsof die behandeld was met schoensmeer en in de rechterwang zat een scheur waardoor het jukbeen naar buiten stak. Berndt keek toe hoe Ilva haar hand optilde en teder over de schedel streek. Een golf van misselijkheid trok door zijn maag en hij moest zijn blik afwenden om niet ter plekke over te geven. Vanuit zijn ooghoek zag hij Svenja bewegen en zonder verder na te denken kroop hij naar haar toe en sloeg zijn armen om haar heen. Hij stond op en trok haar met zich mee in de richting van de oude keuken. Hij zou dezelfde weg naar buiten nemen als waarlangs hij naar binnen was gebracht en Svenja zou hem de weg wijzen naar de boot. Ze moesten zo snel mogelijk weg van dit eiland, weg uit dit vervloekte hotel en weg van kamer zeven, waar hij Svenja's moeder, Metta Andersson, zojuist gevonden had.

55

Natuurlijk had het nooit mogen gebeuren; zo was het niet bedoeld. Ze waren samen naar het eiland gekomen, Metta en zij, om te ontsnappen aan de harde wereld waarin ze beiden op teleurstelling na teleurstelling stuitten. Op hun nieuwe plek was er niemand die hun kwaad kon doen, ze hoefden enkel rekening te houden met elkaar. De eerste maanden woonden ze nog met zijn tweeën, na de bevalling met zijn drieën en zo zou het heel lang blijven. Maar blijkbaar mocht het niet zo zijn; alweer liep het leven anders dan Ilva zo graag gewild had.

Het gebeurde drie maanden geleden. Na een zachte nazomerdag viel de schemering in en was het opeens fris geworden; een teken dat de herfst niet lang meer op zich zou laten wachten. Metta had Svenja naar bed gebracht en sneed bij de thee in de keuken een beladen onderwerp aan: ze wilde Svenja meenemen naar het vasteland. Ten minste een paar keer per jaar, om met haar te winkelen, een bibliotheek of een museum te bezoeken, te eten in een restaurant, kortom om haar te laten ervaren dat er meer was dan het eiland waar ze woonden. Ze was er al vaker over begonnen, maar omdat elke discussie steevast op ruzie uitliep, had ze het een tijdje laten rusten. Al bij de eerste woorden sloeg de vlam in de pan.

'Ik wil het niet hebben,' had Ilva geroepen, 'ze heeft tijd genoeg om te ontdekken in wat voor verdorven wereld we leven, dat hoeft ze nog lang niet te weten. Wij hebben hier ons eigen paradijs, hoeveel mensen kunnen dat zeggen? Nee, jullie gaan helemaal nergens heen, we blijven hier.' Ze was naar buiten gegaan voor een lange avondwandeling om te benadrukken dat het onderwerp definitief van tafel was. De frustratie in haar lijf joeg haar het bos door en ze hijgde toen ze het strand aan de noordkant van het eiland bereikte, waar de onstuimige golven haar meestal tot rust brachten. Die rust werd haar dit keer niet gegund. *'Ze wil bij je weg, wacht maar, als je niet oplet, pakt ze het kind op en gaat ze ervandoor.'* Om ze niet te hoeven horen, was ze tot aan de waterrand gelopen, waar het ruisen van de golven het hardst klonk en de wind om haar hoofd bulderde, maar de stemmen lieten zich niet stillen. Integendeel, ze voerden het volume op om boven het lawaai uit te komen. *'Zo zit jouw leven nu eenmaal in elkaar, Ilva Andersson, mensen willen niet bij je in de buurt zijn. Waarom denk je anders dat je ouders je het huis uit hebben gezet? En nu houdt je bloedeigen dochter het ook niet meer bij je uit. Ja, toen ze het moeilijk had, liet Metta zich graag helpen, maar die tijd is voorbij. Let maar op, ze gaat weg en Svenja neemt ze mee. Dan ben je weer alleen.'*

Ze had haar vingers in haar oren gestoken en de longen uit haar lijf gegild, maar de stemmen bleven brullen, tot ze uit pure wanhoop de zee in was gerend en haar hoofd onder water had gehouden. Toen pas werd het stil.

Het was al donker toen ze doorweekt en welhaast bevroren de keuken binnenstapte. Water drupte uit haar kleding en haren op de vloer. Metta zat nog op dezelfde plek aan tafel. Onbewogen had ze haar moeder aangestaard en toen had ze het gezegd: 'Denk maar niet dat ik me door jouw krankzinnige gedrag laat chanteren. Morgenvroeg reis ik met Svenja naar het vasteland en als het ons bevalt, zou het best eens kunnen dat we heel lang wegblijven.'

Het was zwart geworden voor Ilva's ogen en wat er daarna gebeurde kon ze zich niet herinneren, maar ineens lag Metta op de grond voor de kachel en stroomde er bloed uit haar achterhoofd. Ze was zo hard tegen de punt gevallen dat een deel van haar schedel verbrijzeld was. In paniek had Ilva Metta's hoofd in een handdoek gewikkeld, ze had haar op schoot getrokken en het bloed dat door de handdoek vloeide, weggeveegd met haar doorweekte rok. Zo was ze uren blijven zitten tot het licht werd en ze besefte dat Svenja ieder moment wakker kon worden. '*Verstop haar in een kamer in de verboden gang,*' klonk het in haar hoofd, '*daar zal Svenja haar niet vinden.*'

Drie maanden waren voorbijgevlogen. Svenja geloofde zonder meer dat haar moeder voor boodschappen op pad was. Het had Ilva verbaasd hoe het leven doorging, hoe dagen en nachten elkaar afwisselden en hoe vanzelfsprekend Svenja klusjes van Metta overnam, alsof er zich geen ramp in hun leven had voltrokken. En hoewel ze haar dochter vreselijk miste en het vele werk dat ze nu alleen moest doen een zware wissel op haar lichaam trok, begon ze te geloven dat het zo ook best kon. Dat ze haar paradijselijke leven zonder dochter maar met kleindochter voort kon zetten. Heel even had dat mogelijk geleken, tot ook Svenja, de enige die was gebleven en de enige die haar leven nog zin gaf, besloot haar te verraden.

Ilva streek over de haren van haar dochter en luisterde naar de stemmen in haar hoofd. De kracht om ze te negeren had ze verloren en ergens was het prettig dat ze zelf niet meer hoefde na te denken. Waarom zou ze ook? De stemmen hadden gelijk gehad; alles waarvoor ze haar gewaarschuwd hadden, was uitgekomen. Vanaf het moment dat Svenja de schaar uit de keukenla had gestolen, had ze haar kleindochter extra scherp in de gaten gehouden. Ze was verbijsterd toen ze doorkreeg dat Svenja, tegen alle regels in, de verboden gang gebruikte en het sloeg haar volledig uit het veld toen ze de mannenstem in de oude keuken had gehoord. De buitenwereld waarvan ze zich faliekant had afgekeerd, was door haar eigen kleindochter haar huis weer binnengebracht. Het verraad voelde zo overweldigend dat het haar verlamde en ze kwam pas in beweging toen de stemmen haar opdroegen het geweer te halen. Ze volgde de instructies nauwgezet, maar toen ze de man onder schot nam en beval mee te komen, werd het een chaos in haar hoofd. Opeens kreeg ze meerdere opdrachten tegelijk en buitelden de stemmen over elkaar heen, zodat ze niets meer kon verstaan en gek werd van de herrie. Vlak voor kamer zeven sijpelde dwars door de kakofonie aan geluid een iel stemmetje haar hart in. Het liet zich niet vaak horen en werd meestal door een van de anderen overschreeuwd, maar dit keer klonk het luid en duidelijk: *'Ga naar Metta, ik wil niet alleen zijn.'*

De anderen waren het er niet mee eens en schreeuwden dat ze de man moest neerknallen en achter Svenja aan moest gaan, maar ze verzette zich en schoot het slot van de deur om bij Metta te kunnen zijn. Na haar dood had ze het lichaam gewassen en in doeken gewikkeld die ze eerst in zout water had gedrenkt. Het zout was in de huid getrokken en had het proces van ontbinding sterk vertraagd. Zo had ze Metta nog wat langer bij zich kunnen houden, tot het verval niet meer te stoppen was. Twee weken terug was ze voor het laatst gaan kijken en inmiddels zag het lichaam er alweer anders uit, maar het bleef haar dochter en haar nabijheid was precies wat Ilva nodig had. Nu zelfs die lieve kleine Svenja niet te vertrouwen bleek, en de eenzaamheid haar naar de keel vloog, was de behoefte aan iemand die van haar hield, of dat in ieder geval gedaan had, heviger dan ooit. Terwijl ze de schedel streelde en de looien huid onder haar handen voelde, verstilde langzaam maar zeker de chaos in haar hoofd. De strijkende beweging had een kalmerend effect en beetje bij beetje ging ze de dingen weer helder zien. Ze stopte met strelen en boog zich voorover om Metta voorzichtig een kus op haar voorhoofd te geven. Daarna verliet ze de kamer en trok ze in de keuken haar laarzen en wintermantel aan. Ze liep terug de gang in, raapte het geweer van de grond en liep via de oude keuken en de vogelkamer naar buiten. Om de man en Svenja te vinden hoefde ze slechts de verse voetafdrukken in de sneeuw te volgen.

56

Op de vierde verdieping van het Östra Hospital in Göteborg snelde inspecteur Korhonen door de lange ziekenhuisgang. Onderweg naar de korpschef, die geïnformeerd wilde worden over de vorderingen in het onderzoek en Korhonens bezoek ongetwijfeld zou aanwenden om hem genadeloos op zijn lazer te geven omdat er ondanks het betaalde losgeld nog geen spoor was van Berndt Müller, kreeg hij het verlossende telefoontje. Direct had hij rechtsomkeert gemaakt en was hij met loeiende sirene naar het ziekenhuis geracet. Dit zou wel eens de doorbraak kunnen zijn waarnaar hij gesmacht had. Vanaf de eerste minuut, al voordat vaststond dat het überhaupt om een ontvoering ging, hadden de media erbovenop gezeten, vooral dankzij de inspanningen van de familie zelf. Het had de zaak geen goedgedaan; hij was bijna meer tijd kwijt geweest aan het opstellen van persverklaringen dan aan het onderzoek zelf en dat frustreerde hem enorm. De korpschef, die zich anders zelden met zijn werk bemoeide, had de druk danig opgevoerd door dagelijks om updates te vragen – en dat alleen omdat het hier Berndt Müller betrof, in plaats van elke andere inwoner van de stad. Persoonlijk had hij niets met Müller. Hij had hem eens ontmoet tijdens een liefdadigheidsdiner van de gemeente en vond hem een pompeuze vent die zichzelf maar wat graag hoorde praten. Maar een ontvoering was altijd een nare zaak en zoals vele anderen was hij geraakt door het filmpje van Müllers dochters, waarin ze smeekten om zijn terugkeer. Hoe eerder de man naar zijn familie terugkeerde, hoe liever het hem was, alleen al omdat hij dan eindelijk toekwam aan het andere werk dat zich met de dag hoger opstapelde op zijn bureau.

Zijn collega in uniform stond hem voor de laatste deur aan de rechterkant van de gang al ongeduldig op te wachten. De kamer van Tore Langström werd dag en nacht bewaakt. In de eerste plaats vanwege diens veiligheid, vooral nu leden van een Russische bende hun oog op het losgeld hadden laten vallen, en in de tweede plaats vanwege het moment dat nu leek te zijn aangebroken: de patiënt was uit zijn coma ontwaakt.

Zodra Korhonen binnen gehoorsafstand was, begon de agent te praten. 'Hij is een uur geleden bijgekomen, maar ik mocht het van de arts pas melden na een serie tests. Daar zijn ze nu mee bezig, dus we kunnen nog niet naar binnen. En als de tests...' Verbaasd zag de man hoe Korhonen de kamerdeur openzwaaide en naar binnen liep. Ietwat onzeker volgde hij de inspecteur, die zich met zijn badge in zijn hand voorstelde aan de dienstdoende arts.

'Ik hoor dat meneer Langström wakker is. Hoe gaat het met hem?'

De jonge arts was een kop kleiner dan de inspecteur en blikte nerveus van de verpleegster in de hoek naar de twee politiefunctionarissen. 'Eh... ik ben net klaar met de eerste serie tests... voorlopig zijn er geen signalen die wijzen op hersenbeschadiging, maar in dit stadium sluiten we niets uit.'

'Mooi,' zei Korhonen, 'is meneer aanspreekbaar? Dan zou ik hem graag wat vragen stellen. Het is cruciaal dat dit snel gebeurt.' Hij boorde zijn ogen in die van de dokter, die bijna zichtbaar kleiner werd. 'U heeft de zaak van Berndt Müller ongetwijfeld gevolgd?'

'Uiteraard,' knikte de arts en hij liep naar het hoofdeinde van het bed, waarin Tore was vastgekoppeld aan meerdere doorzichtige slangen. Hij tilde de oogleden op en scheen er met een lampje in. 'Ik weet niet of dit nu al zin heeft, maar u kunt het proberen. Drie minuten…' Even leek het alsof hij nog wat wilde zeggen, maar toen liep hij met de verpleegster de kamer uit en posteerde de agent zich bij de deur.

Korhonen trok een stoel bij en ging naast het bed zitten. 'Tore Langström?' Hij tikte tegen zijn arm en herhaalde de naam. Daarop bewoog de patiënt zijn hoofd een beetje en smakte hij met zijn lippen. De inspecteur schoof naar het puntje van zijn stoel en pakte Tores hand beet. 'Mijn naam is Korhonen, politie. U bent in het ziekenhuis en hebt vierentwintig uur in coma gelegen. We weten dat u betrokken bent bij de ontvoering van Berndt Müller. Kunt u mij vertellen waar hij is?'

Tore trok een wenkbrauw op en spiekte door een spleetje van zijn rechteroog. Daarna bewoog hij met de hand die de inspecteur had vastgepakt.

'Als praten moeilijk is, kunnen handgebaren helpen,' sprak hij snel. 'Verstaat u mij goed? Knijp dan één keer in mijn hand.' Bijna meteen voelde hij dat Tore in zijn hand kneep, niet hard, maar duidelijk genoeg.

'Perfect. Nu de volgende vraag: is meneer Müller ergens in Göteborg?' Korhonen keek weer naar de hand, maar dit keer kneep Tore niet. Hij probeerde zijn hand weg te trekken en aarzelend liet de inspecteur zijn greep verslappen. Geconcentreerd volgde hij de hand van Tore die zich langzaam draaide, samenbalde en onverwacht fel een middelvinger opstak. Gefrustreerd stond Korhonen op. De stoel kiepte naar achteren en stuiterde op de vloer.

'Verdomme, Langström, ik heb geen tijd voor spelletjes.' Hij boog zich over het bed heen en liet zijn gezicht voor dat van Tore zakken. 'Weet je hoeveel jaar er op ontvoering staat? En hoeveel meer dat wordt als Berndt Müller niet levend terugkeert? Jij draait de rest van je leven de bak in en daar is het een partij gezellig... want weet je wie er sinds kort ook zitten? Je vrienden uit Rusland, die zullen blij zijn je te zien.'

De reactie op Tores gezicht was nauwelijks zichtbaar en toch meende Korhonen een verandering te bespeuren. Hij besloot er nog een schepje bovenop te doen. 'Eerlijk is het natuurlijk niet, want die maten van je zijn er met de buit vandoor. Gevlucht naar Thailand. Slim, want daar heeft Zweden geen uitleveringsverdrag mee. Het ziet ernaar uit dat jij in je eentje op de blaren moet zitten.'

Nu wist hij zeker dat hij beethad. Tore opende zijn rechteroog opnieuw en knikte langzaam met zijn hoofd. Korhonen merkte dat hij zwaarder was gaan ademen. Uit een van de apparaten naast het bed was te horen dat zijn hartslag snel steeg.

'Wil je praten?' vroeg Korhonen gehaast. Hij vreesde dat elk moment een alarm af kon gaan en dan zou de arts zijn verhoor onderbreken. 'Geen onzin, want dan is je kans verkeken. Als jij zegt waar Müller zit, vraag ik de officier van justitie om strafvermindering. Is dat een deal?'

Dit keer knikte Tore niet, maar zijn antwoord klonk even luid als duidelijk: 'Ja.'

57

Mikkel stopte zijn gloednieuwe Range Rover op hetzelfde verlaten parkeerterreintje als waar Tore zes dagen eerder de Volkswagenbus had neergezet. Hij stapte uit, drukte op het slot in de autosleutel en volgde Rasmus, die een sprintje naar de waterkant trok. Met de handen in zijn zakken keek hij zijn vriend na, die over het besneeuwde strand naar een aangemeerde sloep rende. Het was een sneu gezicht, vond hij, want Rasmus' zelfverkozen missie was kansloos. Al op de ferry van Saltholmen naar Brännö werd omgeroepen dat de meeste andere eilanden niet bereikbaar waren. Een ijsbreker had de vaarroute naar Brännö vrijgemaakt, maar de kleinere pontjes voeren tot nader order niet uit. Het water was slechts deels bevroren; ijsplaten dreven tussen grote open stukken waarin de golven rustig kabbelden, maar het risico op vastlopen was te groot en de rederijen wilden beschadigingen aan hun vaartuigen voorkomen. Rasmus wist het, maar moest koste wat kost proberen naar Vargö te komen. Nu hij het in zijn kop had gehaald Müller nog een keer op te zoeken, liet hij zich niet tegenhouden.

De bekentenis over Rasmus' gedeelde geschiedenis met Berndt Müller had Mikkel aangegrepen. Het beeld van de kleine jongen die jarenlang op zijn 'vader' wachtte, had hem niet losgelaten. Hij begreep de verbittering die tot de ontvoering had geleid en kon zich ook verplaatsen in de wens de 'Bedrieger' nog één goed pak slaag te geven voordat ze hem naar zijn luxeleventje lieten terugkeren. Om zijn vriend naar Brännö te kunnen rijden, en omdat hij er stiekem al heel lang zin in had, kocht hij zijn droomwagen. Rasmus dacht dat de auto van een kennis was en dat had hij zo gelaten. Een nieuw horloge maakte Rasmus al nerveus; als hij wist met welk geld Mikkel de auto had betaald, zou hij volledig door het lint gaan. Verspilde energie, vond Mikkel. De Range Rover was van een vrachtwagen gevallen en de betreffende dealer hield er al jaren een perfect lopende dubbele boekhouding op na, dus er zou geen haan naar kraaien.

Onderweg naar Saltholmen had Rasmus amper een woord gesproken. Hij was diep in gedachten verzonken geweest en Mikkel vroeg zich af of hij iets gehoord had van het verhaal over zijn blinde hospita, die zowaar aangifte van mishandeling had gedaan. 'Tegen mij,' had hij verontwaardigd uitgeroepen, 'terwijl jij haar omduwde en ik haar nota bene van de grond heb geraapt, maar dat heeft ze natuurlijk niet gezien.' Hij schamperde nog een tijdje door en zei te hopen dat hij er met een boete van afkwam, maar kreeg nauwelijks respons van zijn bijrijder. Pas toen hij van onderwerp veranderde en over de voedselvoorraad van hun gast op het eiland begon, keek Rasmus op. 'Hij zit er nu zeven dagen en had acht energierepen. Ik heb één reep per dag gerekend, dat moet voldoende zijn. Alleen het water is waarschijnlijk op; drie flesjes was misschien wat aan de krappe kant.'

Daar had Mikkel over nagedacht. Als ze een tweede tas met losgeld zouden eisen, wat na aanschaf van zijn nieuwe wagen een nog beter idee leek geworden, moest Müller langer zitten dan gepland en had hij water en eten nodig. Dat was een probleem; omdat ijsschotsen de toch al zware overtocht per roeiboot nagenoeg onmogelijk maakte, konden ze hun gast hoogstwaarschijnlijk niet meer bereiken. Zonder water ging Müller dood, maar zolang de familie dat niet wist, was de kans dat Jannike en haar stinkend rijke vader over de brug zouden komen, beslist reëel. Mikkel vroeg zich juist af of hij met de dood van Müller op zijn geweten zou kunnen leven toen Rasmus hem riep.

Het was hem gelukt de sloep door de sneeuw het water in te trekken. Met een knalrood hoofd van inspanning stond hij nu achter de boot. 'Help even,' riep hij, 'er zit een ijsschots in de weg, maar als we die opzij kunnen duwen volgt er een heel stuk open water.'

Tegen beter weten in stapte ook Mikkel het water in. Hij duwde uit alle macht tegen de boot, maar er was geen beweging in te krijgen. Hij kwam omhoog en tuurde over de plas. 'Dit heeft geen zin, Rasmus,' zei hij op serieuze toon. 'Na dat open stuk zie ik alleen maar ijs. Ook al komen we een eind, de overkant halen we nooit.' Hij klapte Rasmus op zijn schouder en trok hem mee. 'Ik snap dat je baalt, maar dit is gekkenwerk. Geloof me, het heeft echt geen zin.'

Met grote passen stapte Rasmus het besneeuwde strand op. Zijn ogen schoten vuur en zijn gebalde vuisten beefden. Opeens greep hij een dikke tak van het strand, draaide zich om en begon zo hard als hij kon op de boot in te hakken. Na zeven keer slaan was de tak doormidden en zaten er flinke scheuren in de achterzijde van de boot, maar hij ging door tot de tak helemaal in stukken lag en er niets meer was om mee te slaan. Pas toen zakte hij gedesillusioneerd door zijn knieën. Al het bloed was uit zijn gezicht weggetrokken en even leek het of hij flauw zou vallen.

'Gaat het?' vroeg Mikkel, die Rasmus ongestoord had laten uitrazen. Hij keek naar zijn vriend, die als een leeggelopen ballon in de sneeuw zat. Met de tak had Rasmus de spanning en frustratie uit zijn lijf gemept, waardoor nu zijn onderliggende verdriet de ruimte kreeg. Mikkel zakte naast hem neer en sloeg een arm om zijn schouders. 'Dus Berndt Müller is je vader?'

'Niet echt... ik bedoel, niet biologisch. Mijn echte vader heb ik nooit gekend. Maar Berndt heb ik jaren als vader gezien, toen ik klein was,' zei Rasmus zacht. 'Hij had het nog steeds kunnen zijn, maar blijkbaar wilde hij me niet, was ik niet goed genoeg, of weet ik veel... Ik paste niet meer in zijn leven.'

'Dat is klote, man. Het spijt me voor je.' Mikkel aaide Rasmus over zijn haar en liet zijn arm zakken. Hij twijfelde of hij zijn gedachten ter sprake moest brengen, maar wist ook dat de tijd begon te dringen. 'We moeten hoe dan ook keuzes maken. Je weet hoe ik erover denk, maar hoe zit jij erin? Gaan we voor het extra geld? Ook als we hem geen water en eten kunnen brengen?'

Rasmus tuurde over het water en dacht na. 'Jij bent bereid hem te laten stikken?' In zijn stem klonk geen verwijt door.

'Dat heeft hij met jou toch ook gedaan?' Mikkel haalde zijn neus op. 'Ik heb geen boodschap aan die vent en ik kan het geld goed gebruiken. Wat mij betreft pakken we de kans.'

Rasmus stond op en klopte de sneeuw van zijn broek. Hij kneep zijn ogen tot spleetjes om een glimp op te kunnen vangen van het eiland in de verte. Nog steeds wilde hij ernaartoe, om de Bedrieger een laatste keer te zien en om hem de waarheid te zeggen, maar het ging niet. De man naar wie hij een groot deel van zijn leven had getaald, bleef onbereikbaar en het werd tijd dat hij dat accepteerde. Müller laten uitdrogen of verhongeren voor een zak centen, zoals Mikkel voorstelde, ging hem echter veel te ver. Ondanks alles weigerde hij zichzelf als crimineel te zien. Deze actie was eenmalig, hij had gekregen wat hem toekwam en over lijken zou hij nooit gaan. Hier moest het stoppen. Hij stak een gebalde vuist de lucht in, haalde een paar keer diep adem en keerde zich toen om. 'Ik ben bevroren,' gromde hij naar Mikkel. 'Kom, we moeten die Rover in om op te warmen.'

Mikkel volgde hem naar het parkeerterrein en opende de auto.

Ze stapten in en warmden hun verkleumde handen aan de verwarmingsroosters.

'Het is afgelopen,' zei Rasmus, doodmoe, maar op een vreemde manier ook opgelucht. Hij verlangde naar een hete douche in het opvangcentrum. 'We rijden terug en jij post de brief op je werk. Morgen is hij vrij.'

58

Zodra Berndt door een van de open kozijnen van de vogelkamer stapte en buiten stond, beet de kou zich in hem vast. Hij was nagenoeg de hele week verkleumd geweest, maar dat bleek niets vergeleken bij de intense vorst die hij nu voelde. Kennelijk waren de muren van het hotel dikker dan hij gedacht had en lag de temperatuur in de oude keuken, ondanks de afwezigheid van een kachel, aanzienlijk hoger dan buiten. Hij knoopte zijn overhemd tot aan de nek toe dicht, zette zijn kraag omhoog, propte zijn spencer in zijn broek en trok de wollen muts, die de ontvoerders hem hadden gegeven, diep over zijn oren. Als ze hem op de heenreis niet in het water hadden laten vallen en zijn lange mantel niet doorweekt was geweest, zou hij die waarschijnlijk nog aan hebben gehad. Dat had alle verschil van de wereld gemaakt, want de mantel was gevoerd met vossenbont en liet geen kou door. Zijn lijf schreeuwde om warmte en eten en zijn hart verlangde meer dan ooit naar de omhelzing van zijn vrouw en kinderen. Dat droombeeld maakte dat hij de bosrand achter het hotel bereikte, ondanks de pijn in zijn voeten en zijn dodelijk vermoeide lichaam. Achter de derde bomenrij waande hij zich even veilig en gunde hij zichzelf een rustpauze. Hij liet zich door zijn knieën vallen, maar de bijtende kou van de bevroren sneeuw deed hem meteen weer opspringen. Onmiddellijk schoten er brandende pijnscheuten door zijn likdoorns. Met een vertrokken gezicht zag hij hoe Svenja, die al een eind voor hem uit gerend was, terugkeerde om te kijken waar hij bleef.

'Kom je?' vroeg ze, terwijl ze tussen de bomen door naar het hotel spiedde. Er stonden rode blosjes op haar wangen. Ook zij liep zonder winterjas en handschoenen, ze had zelfs geen muts op, maar ze leek totaal geen last te hebben van de kou. Aan de zoekende blik in haar ogen te zien maakte ze zich ergens anders zorgen om. 'Denk jij ook dat oma ons komt zoeken? Ze zal wel heel boos zijn. Kom snel.' Ze gaf Berndt een hand en wees het bos in. 'We moeten die kant op.'

Berndt liet zich meevoeren en probeerde zijn gevoel uit te schakelen. Met zijn verstand op nul en zijn ogen op Svenja's rug ploegde hij door de sneeuw, die op sommige plekken in het bos tot aan zijn knieën reikte. De pijpen van zijn ribbroek waren in een mum van tijd doorweekt en al snel had hij geen gevoel meer in zijn voeten, met als voordeel dat de pijn in zijn likdoorns verdween. 'Hoe ver is het nog?' vroeg hij hijgend na een paar minuten die een eeuwigheid schenen.

'Nog een stukje verder door het bos en dan komt de hei. Dat is de kortste weg naar de zee, maar we kunnen ons daar niet verstoppen. Er zijn geen bomen en struiken meer. Als oma ons ziet… misschien is het beter om door het bos naar de zee te lopen? Dat is wel verder…' Ze keek vragend om naar Berndt, die zo kapot was dat hij niet meer scherp kon zien. Twee gezichtjes van Svenja dansten voor zijn ogen.

'We wagen het erop,' stootte hij uit, 'we steken de hei over… ik ben te moe voor de langere weg.' Hij zette zijn rechterhand in zijn zij, waarin aanhoudende steken van vermoeidheid hem teisterden. Zijn gehavende linkerhand had hij steeds schuin tegen zijn borst gehouden, maar zelfs dat kostte hem te veel kracht. De hand bungelde nu naar beneden, blauw en gevoelloos. Svenja vroeg zich af hoe Berndt daarmee wilde roeien, maar durfde het niet te vragen. In plaats daarvan wees ze naar een open plek tussen de bomen.

'Kijk, daar kunnen we het bos uit.' Ze rende een paar meter vooruit, wachtte tot Berndt dichterbij kwam en snelde weer verder. Zo bereikten ze de hei en Berndt meende het ruisen van de zee in de verte al te kunnen horen. Hij bleef staan om beter te kunnen luisteren en kreeg de schrik van zijn leven toen er een luide knal klonk, niet eens zo ver van hen vandaan. Hij liet zich vallen en zag dat Svenja hetzelfde deed. Ze duwde haar handen tegen haar oren en kneep haar ogen stijf dicht. Zonder erbij na te denken kroop hij door de sneeuw naar haar toe en sloeg beschermend een arm om haar heen. Voordat hij kon nagaan wat het geluid veroorzaakt had, klonk er een tweede knal. Toen wist hij het zeker: dit waren schoten. Kennelijk had Ilva afscheid genomen van haar dochter en kwam ze haar kleindochter achterna. Berndt scande de omgeving en schatte zijn kansen in. Ilva moest zich ergens in het bos schuilhouden, want hij kon haar vanuit zijn positie niet zien. Langzaam richtte hij zich op en toen zag hij een bewegende donkergroene vlek hun kant op komen. In haar gewaad zou ze hier in de zomermaanden misschien niet opgevallen zijn, maar tussen de kale bomen was ze goed zichtbaar. Doelgericht volgde ze het spoor dat Berndt en Svenja hadden achtergelaten. Het geweer bungelde nonchalant aan een band over haar schouder. Het zou niet lang duren voor ook zij de bosrand had bereikt.

'Ik ga rennen,' fluisterde Svenja plots in zijn oor. Doordat elke beweging die hij nu maakte hem extra tijd en energie kostte, en het spotten van Ilva in het bos al zijn concentratie vergde, had hij niet gemerkt dat het meisje was opgestaan. Hij keek haar niet-begrijpend aan.

Ze wees naar de open vlakte voor hen. 'Op mij schiet ze niet. Als ik over de hei naar de zee ren, komt ze mij vast achterna. Als ze dat doet, kan ze jou niet zien. Jij moet de bosrand volgen, dan kom je ook bij de zee uit. De boot ligt naast de rotsen, je ziet hem zo.'

Berndt schudde zijn hoofd. 'Dat is te gevaarlijk...' sputterde hij, al had hij zelf geen beter idee. Hij pakte haar hand en voelde hoe koud die was.

'Nee hoor, oma is wel boos, maar ze schiet alleen op vreemde mensen. Niet op mij.' Ze zei het stellig, maar haar ogen verraadden haar angst. 'Jij moet daarheen,' wees ze, 'volg de bosrand, dan kom je er vanzelf. Misschien zien we elkaar bij de boot... en anders moet jij gewoon gaan, dan wacht ik hier.' Er stonden tranen in haar ogen en haar stem brak bij haar laatste woorden: 'Stuur je mama snel terug?' Zonder een antwoord af te wachten, rende ze de sneeuwwitte hei op. Al snel was ze een heel eind weg en zag hij enkel nog haar rode rokje.

59

Dertien miljoen keer was het filmpje bekeken, door mensen in landen over de hele wereld. Naast het origineel was er een tweede versie verschenen, waarin iemand Engelse ondertitels had geplaatst. De smeekbede van de zusjes werd besproken in journaals, dagbladen, actualiteiten- en roddelrubrieken op televisie en internet en toch had het volgens Hedvig 'geen ene flikker' opgeleverd. Reacties genoeg, daar niet van, over hun krokodillentranen, hun rijkeluisleventje, over het merk van Helles badpak en over het feit dat Hedvig de ontvoerders onnodig beleefd met 'u' had aangesproken, over hun kleine problemen vergeleken met de armoede in de wereld, maar geen enkele reactie had hen op het spoor van hun vaders verblijfplaats gezet. Via Gertrude hadden ze vernomen dat de politie zacht gezegd niet blij was met de impulsieve actie, maar daar hadden ze geen boodschap aan. Zolang hun vader niet terug was en hun leven nog op zijn kop stond, hadden ze nergens een boodschap aan. Het enige positieve dat het filmpje hun vooralsnog had opgeleverd was een toenadering tot elkaar. Nu hun moeder op doktersadvies van de huiskamer toch naar haar slaapkamer was verhuisd en de opbeurende teksten van hun opa steeds holler gingen klinken, zochten Helle en Hedvig troost bij elkaar. Samen zaten ze op Hedvigs bed, waar Helle langs de tv-zenders zapte en haar zus naar nieuws zocht op de laptop op haar schoot.

'Wist jij dat van opa?' vroeg Hedvig aan haar zus. Ze waren ieder verzonken in hun eigen bezigheden en de vraag leek uit de lucht te komen vallen.

Zonder haar ogen van het scherm te halen, waar ze alle honderdtweeëndertig zenders nu vier keer was langsgegaan, vroeg Helle wat ze met die vraag bedoelde.

Hedvig scrolde langs haar scherm en las een paar regels voor: 'Nou, hier staat... blablabla... gezien de precaire situatie waarin de vastgoedmagnaat, dat gaat dus over opa, jaren geleden verkeerde... Het is nooit bevestigd, maar de geruchten over zijn vermeende ontrouw zijn hardnekkig. Een affaire zou de reden zijn geweest voor het plotse vertrek van zijn echtgenote, Christine Bork.' Ze keek op. 'Was een affaire de reden voor hun scheiding? Is opa vreemdgegaan? Dat heb ik nooit geweten.'

'Toen was jij ook pas acht,' mompelde Helle, terwijl ze het volume omhoogdrukte om te horen wat een Deense televisiezender over hun vader te vertellen had. Naast de nieuwslezer prijkte een foto van een nors kijkende Berndt Müller in beeld. Hoewel ze eraan gewend was hem op het scherm te zien, sloeg haar hart toch een slag over.

Hedvig keek en luisterde even mee, maar kon het snelle Deens lang niet zo goed volgen als Helle. Ze trok de afstandsbediening uit haar hand en zette de tv uit.

'Wat doe je nou?'

'Daar wordt toch niets nieuws verteld en ik wil weten wat ik gemist heb.'

'Hoezo gemist?'

'Wat ik net voorlees! Dat opa een affaire had. Hoezo weet ik daar niets van en jij wel?'

Geïrriteerd stond Helle op. 'Doe nou niet alsof onze familie jou altijd al geïnteresseerd heeft, want dat is gewoon niet zo.' Ze zag Hedvigs beteuterde blik en bond wat in. 'Ik weet het ook niet precies… Ik geloof dat opa een affaire steeds ontkend heeft, maar er is wel iets gebeurd met een andere vrouw, op zijn werk, dacht ik. Oma C. heeft dat ontdekt en is bij hem weggegaan. Mama wilde hem ook een tijdlang niet meer zien.'

Hedvig zweeg. Ze dacht aan haar opa en aan hoe blij ze was dat hij bij hen logeerde. Nu haar vader er niet was en haar moeder haast letterlijk wegkwijnde, had hij het roer stevig in handen genomen. Opa voerde het overleg met de politie en met haar moeders arts, hij stuurde Gertrude en Jacob aan en, het allerbelangrijkste, hij gaf haar een gevoel van hoop. Wat maakte het uit dat hij in zijn verleden iets stoms had gedaan? Dat deed toch iedereen? En een onenightstand met een ander, tja, de sterren die ze volgde op Twitter en Instagram deden niet anders. Was het niet erg overdreven dat oma C, zoals zij en Helle haar vroeger noemden, om die reden haar koffers had gepakt?

In haar broekzak trilde haar telefoon. Ze viste het toestel tevoorschijn en keek op haar scherm. Er was een bericht: *Hallo lieve Hedvig, je filmpje heeft veel bekijks, top! Fijn dat je het me gestuurd hebt. Hoe gaat het met je? Al nieuws van je vader? Of wil je nog wat tegen de ontvoerders zeggen? Maak gerust nog een vlog, dan verspreid ik het direct. Ik ben er voor je, Jens.*

Ze keek op naar Helle, die de televisie weer had aangezet om haar zoektocht langs de zenders te vervolgen. Het contact met Radio Göteborg had hun niets goeds gebracht. Ze had gehoopt dat het filmpje iets zou hebben losgemaakt. Dat iemand iets verdachts gezien had en zich zou melden, of dat de ontvoerders zenuwachtig werden en fouten gingen maken, of dat ze spijt kregen en haar vader vrijlieten. Het maakte haar niet uit, als er maar iets gebeurde, maar de hoop die haar tijdelijk vervuld had bleek tevergeefs en liet een grote leegte achter. In ieder geval kon ze zichzelf later niet verwijten dat ze het niet geprobeerd had, hield ze zich voor, maar de gedachte bood geen troost. Met een bitter 'fuck you' nam ze afscheid van Jens Gulden. Ze wiste de chat en verwijderde hem uit haar contacten. Ondanks alle aandacht die de media hun gaf en ondanks de vele steunbetuigingen die ze ook ontvingen, stonden ze er alleen voor. Ze waren overgeleverd aan de beslissingen van een stel criminelen en niemand kon hen helpen. Voor het eerst overviel haar het besef dat ze haar vader misschien nooit meer terug zou zien.

60

Als een dronkenman met ontwenningsverschijnselen zwalkte Berndt door de besneeuwde bosrand. Zijn lichaam beefde nu onophoudelijk en de gevoelloosheid in zijn linkerhand maakte het onmogelijk de arm nog te gebruiken. Met zijn rechterhand steunde hij tegen de boomstammen en duwde hij zichzelf voort, al greep hij door zijn troebele blik geregeld mis en was hij al een paar keer languit in de sneeuw beland. Steeds vond hij de kracht om op te staan en verder te zwoegen. Er scheen immers licht aan het eind van de tunnel. Ergens voor hem lag de boot die hem naar de vrijheid bracht. Hij mocht niet opgeven voordat hij die boot bereikt had, niet nadenken, niet omkijken, doorgaan. Elke stap die hij zette was er een dichter naar de finish.

Svenja was al snel uit zijn zicht verdwenen. Waar hij zijn zware benen met moeite door de sneeuw moest slepen, leek zij er als een hertje overheen te springen. Ook Ilva had hij niet meer gezien of gehoord. Svenja's voorspelling dat oma haar over de open vlakte zou volgen, leek niet uit te komen. Misschien was ze teruggegaan naar het hotel? Of volgde ze hem door de bosrand en was het een kwestie van tijd voor ze een kogel door zijn rug joeg? Hij wist het niet en weigerde erover na te denken. Zijn allerlaatste restje energie mocht maar één doel dienen: doorgaan tot hij thuis was. Thuis, waar Jannike en zijn dochters op hem wachtten, in zijn heerlijke warme huis waarin de kerstbomen vast al waren opgetuigd en Gertrude de tafel vanwege zijn terugkeer zou overladen met haar fameuze zalmquiche, lamsbout in bessensaus, truffelpuree, griesmeelpudding, gekonfijte frambozen. Hij kwijlde bij de gedachte, die hem een paar minuten afleidde van zijn barre tocht. Alles deed nu zeer, zelfs het wit van de sneeuw deed zijn ogen branden, al was de schemering al ingetreden en liet het donker niet lang meer op zich wachten. Hoe groot was dit verdomde eiland eigenlijk? Hoe ver moest hij nog lopen voor er een einde aan het bos kwam en hij de zee kon zien? De boot moest naast de rotsen liggen, 'je ziet hem zo', klonk Svenja's stemmetje in zijn oren. En zo zou het ook zijn, sprak hij zichzelf toe, ik loop door, ik pak de boot en vaar naar Brännö. Daar ken ik het, daar wonen mensen, normale, fatsoenlijke lui die me zullen helpen. Volhouden, Müller, volhouden. Met zijn rechterhand reikte hij naar een dunne boomstam; hij moest even leunen om uit te hijgen en bij te komen, een paar tellen zou genoeg zijn, maar hij greep centimeters naast de boom en viel voor de zoveelste keer voorover in de sneeuw. Dit keer stond hij niet direct op, hij miste er simpelweg de kracht voor. Ergens voelde het zalig om zijn spieren te laten rusten en geen inspanning te moeten leveren. Alleen maar liggen en niets doen, zijn ogen gesloten.

Het schot raakte hem niet, maar het geluid ervan ging door merg en been. Hij kreunde luid, rolde op zijn zij en zocht instinctief bescherming achter de dunne stam. Tussen de bomen door zag hij haar staan: Ilva had het geweer op hem gericht en loerde naar hem door de loop, haar vinger om de trekker. Verstijfd van angst bleef hij liggen.

'Weg!' Haar gil was die van een waanzinnige; de kreet klonk schril, eindeloos fel en ongecontroleerd, alsof het niet Ilva was die hem uitte, maar een hysterisch monster dat bezit van haar had genomen.

Berndt kon haar ogen niet goed zien, maar herinnerde zich de blik die ze hem binnen had geschonken. Trillend stak hij zijn rechterarm de lucht in, de linker kreeg hij niet omhoog.

Kennelijk was dat onvoldoende, want Ilva schoot opnieuw en dit keer voelde hij de kogel langs zijn oren suizen. 'Opstaan!' krijste ze. 'Je moet weg, oprotten!'

Hij begon in het wilde weg te kruipen, gevoel voor richting had hij niet meer. Naar adem happend duwde hij zichzelf door de sneeuw, tot hij tegen een boom opbotste waaraan hij zich omhoog kon trekken. Hij liep en viel, merkte niet dat zijn muts afgleed, stond op en strompelde verder.

Ilva volgde hem op een afstand. Haar voetstappen hoorde hij niet, maar af en toe klonk er een 'ksssst', alsof hij een kat was die de tuin uit werd gejaagd. Zonder achterom te kijken zwoegde hij voort, tot er opeens geen bomen meer waren en hij op een strand stond. Op vijftig meter strekte de zee zich dreigend voor hem uit. In een troosteloos ritme rolden trage golven het strand op om zich na een weifelende pauze weer terug te trekken in de watermassa. De ijskoude wind had hier vrij spel en woei moeiteloos door zijn kleding heen. Zijn nu onbedekte oren bevroren op slag. Doodsbang zocht hij naar dekking, maar die was er niet. De rotsen aan de kustlijn lagen te ver om naartoe te rennen, en rennen hoefde hij niet eens te proberen. Hij speurde naarstig naar een boot en schrok toen hij opeens iets anders zag. Het duurde niet langer dan een halve tel, maar hij zou zweren dat achter de rotsen een rood vlekje opdook, om meteen weer te verdwijnen. Hij knipperde het waas voor zijn ogen weg, maar de rotsen hadden het rood weer opgeslokt. Met een arm in de lucht en de andere gevoelloos naast zijn lichaam draaide hij zich om.

Ilva stond tussen twee bomen naar hem te kijken. Het geweer had ze stevig vast, de loop op zijn borst gericht. Hij staarde naar de kleine cirkel aan het einde ervan en nam een hap lucht.

'Ik ga weg, zoals je wilt,' riep hij. 'Ik vaar de zee op en kom nooit meer terug, zodat je het eiland weer voor jezelf hebt.'

De vrouw liet het geweer iets zakken, maar bleef staan waar ze stond. Ze leek zijn woorden te wegen en had niet direct een weerwoord. Daar maakte Berndt gebruik van. 'Ik heb je kleindochter ontmoet, een bijzonder meisje. Svenja heeft me geholpen weg te komen en dat moet je haar niet kwalijk nemen. Het is een lief kind en ze is weer terug naar het hotel.'

Hij zag dat die laatste woorden een reactie in de oude vrouw teweegbrachten. Ze zette wat stappen opzij en weer terug, niet wetend wat te doen.

'Misschien is het beter dat ze niet ziet wat je daar verborgen houdt,' riep hij, 'het zou zo'n klein meisje ondraaglijk veel verdriet doen. Is dat wat je wil?'

Die was raak. Ilva deinsde ontzet achteruit en liet het geweer uit haar handen vallen. Jammerend raapte ze het op en rende vervolgens met grote passen het bos in, terug naar het hotel.

Berndt bleef kijken tot hij haar wapperende haren niet meer zag en draaide zich toen om. Hij zette koers naar de kustlijn en zag meteen dat zijn ogen hem ondanks alles niet bedrogen hadden. Voor de rotsen stond Svenja in haar rode rokje. Ze zwaaide naar hem en wees opgetogen naar het touw in haar handen.

61

Vanuit de lucht overzag inspecteur Korhonen de stad. Duizenden lichtjes schoten door het duister omhoog, alsof ze hem wilden verleiden boven Göteborg te blijven en niet verder te vliegen naar de Scherenkust. Korhonen peinsde er niet over; nu Tore Langström verteld had waar Berndt Müller werd vastgehouden, moest hij er zo snel mogelijk heen. Zelf was hij nog nooit op Vargö geweest, maar de helikopterpiloot van de Zweedse reddingsbrigade kende de eilandengroep voor de kust op zijn duimpje. Door het portier naast hem, dat bijna volledig uit hardglas bestond, zag hij de haven en de karakteristieke Älvsborgbrug onder hem door glijden. In gedachten hoorde hij weer de stem van Langström, lijzig door de medicatie in zijn bloed. Als zijn verhaal klopte, wat nog lang niet zeker was, want vooralsnog ontbrak hiervoor elk bewijs, had Tore slechts een bijrol gespeeld. Door zijn werk bij een garage had hij de bus kunnen regelen waarin Müller na diens saunabezoek was ontvoerd. Voor die bijdrage zou hij tien procent van de winst opstrijken, een schijntje vergeleken bij de som die het brein achter de operatie verdiende. Deze 'Rasmus', die hij sinds kort kende, zijn achternaam kon hij niet noemen, had het hele plan uitgedacht en Langström er in een laat stadium bij gevraagd. Dat laatste gold ook voor een derde kracht: Mikkel Kjaer, die verantwoordelijk zou zijn geweest voor het vinden van een geschikte locatie om Müller vast te houden.

Korhonen volgde met zijn blik de snelwegen door de stad en

probeerde de straat te vinden die Langström genoemd had. Een adres van Kjaer had hij niet, maar hij wist diens vader wel te wonen. Kjaer senior kon nog deze avond bezoek verwachten van Korhonens collega's en met een beetje geluk zat Mikkel Kjaer binnen een paar uur in voorarrest. Als die kon vertellen waar Rasmus uithing, hadden ze de drie ontvoerders te pakken. Op zich geen slechte prestatie, maar reden om te juichen was er dan nog niet. Als Müller niet gevonden werd, of als hij niet meer leefde, kreeg dit dossier een gitzwart randje en ging het als 'mislukt' de boeken in. Het succes van de zaak hing volledig af van de staat waarin de ontvoerde verkeerde. Volgens Langström was er water en eten bij hem achtergelaten, maar hoeveel kon hij niet meer zeggen, omdat de arts het verhoor afkapte. Pas morgenvroeg mocht het worden voortgezet, maar dat kon voor Müller te laat zijn. Daarom had Korhonen met spoed een helikopter laten aanrukken en was hij nu met Langströms informatie in zijn binnenzak op weg naar een verlaten hotel op Vargö.

Ze lieten de stad achter zich en vlogen laag over het water. De piloot hield een rechte lijn aan en na een aantal kilometers in het donker zag Korhonen ineens de lichtflitsen van de vuurtorens op de achttien eilanden van de Scherenkust. Even later prikten ook de lichtjes uit de huizen door het duister heen. Het zachte schijnsel was niets vergeleken bij de helle stadsverlichting; het gaf de eilanden vanuit de lucht een sprookjesachtig uiterlijk. Schijn bedriegt, wist Korhonen, en hij vroeg zich af wat hij zou aantreffen. Het antwoord op die vraag liet niet lang op zich wachten. De piloot schakelde het zoeklicht onder aan de heli in en dat ving het hotel in volle glorie. Ze cirkelden eroverheen, waardoor de sneeuw opstoof van het deels ingestorte dak, ze aanschouwden de vervallen veranda, de grootse entree aan de voorzijde en het lege veld aan de achterkant en besloten daar te landen. Korhonen zette zich schrap en stapte niet veel later naar buiten. Met een zaklamp in zijn ene hand en zijn revolver in de andere rende hij op de veranda af.

62

'Dan denk je dat je je best doet! Eén keer ben ik er niet en meteen word ik de laan uit gestuurd. Eén keer, hè? Terwijl ze altijd op me konden rekenen, de teringlijders.' Met een vlakke hand sloeg Mikkel op het dashboard van zijn nieuwe auto. Hij had zijn ochtenddienst gemist zonder zich af te melden en wilde dat goedmaken door een extra avonddienst mee te draaien. Daar dacht zijn baas bepaald anders over, want die stuurde hem rechtsomkeert zodra Mikkel binnenkwam, met de mededeling dat hij niet meer hoefde terug te komen. Woedend was hij naar het opvangcentrum gereden, waar hij Rasmus eerder al had afgezet. Die stond onder een hete douche te bekomen van zijn gestaakte poging om naar Vargö te varen. Nu zat hij met nat haar naast Mikkel in de auto voor Utopia en dacht koortsachtig na.

'Die brief zou vandaag weggaan,' mompelde hij, 'als de familie hem morgen niet heeft, zit Müller er nog een dag langer.'

'Wat kan mij dat schelen?' Mikkel sloeg hard op het stuur. 'Au, godver!' Hij stak zijn hand tussen zijn benen en blikte boos naar Rasmus. 'Al zit die gast daar nog een week.'

Rasmus reageerde onverstoorbaar: 'Dat kan mij wel schelen. Ik wil niet leven met een moord op mijn geweten. De Bedrieger is een klootzak, maar ik laat hem niet doodgaan.'

Mikkel hield verongelijkt zijn mond dicht. Nu de tweede tas met geld hem door de neus was geboord, kwam het verlies van zijn baantje bijzonder slecht uit. Zonder diploma's op zak was het nagenoeg onmogelijk aan werk te komen dat een beetje schappelijk betaalde. Zijn vader had hem bij de post naar binnen kunnen praten, omdat die er zelf al jaren een gouden kracht was. Mikkel veerde op. Zijn vader! Hij startte de auto, checkte zijn spiegel en draaide de weg op.

'Waar gaan we heen?' vroeg Rasmus verbaasd.

'Mijn pa,' antwoordde Mikkel, een stuk minder chagrijnig nu hij een uitweg zag voor zijn problemen. 'Als die met ze gaat praten, krijg ik mijn baan vast terug.' Hij stopte voor een rood licht en lachte naar Rasmus. 'En als die ouwe een beetje opschiet, kan ik de brief morgen toch nog zelf posten.'

Rasmus schudde zijn hoofd. 'Dat is te laat, we gaan het anders doen.'

'Hoe dan?'

Daar was Rasmus nog niet over uit. De brief door de brievenbus schuiven in Haga was geen optie, zelfs al stonden er geen horden fotografen voor de deur. De kans dat er verborgen camera's geïnstalleerd waren die alles wat zich voor de gevel afspeelde registreerden, schatte hij hoog in. Een willekeurige brievenbus op straat had hij liever niet willen gebruiken, dat gaf immers geen absolute garantie voor een juiste en tijdige bezorging, maar misschien was er geen andere mogelijkheid meer. Peinzend staarde hij voor zich uit en pas toen Mikkel de auto parkeerde, zag hij dat ze op een pleintje stonden, vlak bij het huis van de oude Kjaer.

'Misschien is het beter als ik mijn pa alleen spreek,' zei Mikkel. 'Vind je het erg om hier even te wachten? Als hij akkoord is, kom ik je halen en dan drinken we een borrel om het te vieren.'

Rasmus knikte en keek hoe zijn vriend het pleintje overstak en bij een eenvoudige rijtjeswoning een sleutel in het slot stak. Hij zakte zuchtend onderuit en wilde net zijn tanden zetten in een beter plan om de brief bij Jannike Müller te bezorgen toen hij de deur van het rijtjeshuis weer open zag gaan. Verbijsterd zag hij Mikkel terug naar buiten komen, zijn polsen waren geboeid. Achter hem liep zijn vader en daarna volgden twee agenten in uniform. Snel zakte hij nog verder onderuit. Zijn hart ging als een razende tekeer en het zweet brak hem uit. Hoe kon dit? Wat was er gebeurd? Er was geen tijd om na te denken, hij moest hier weg. Zonder omhoog te komen opende hij het portier en sloop naar buiten. Gebukt snelde hij tussen twee auto's door naar een dwars geparkeerde auto, waar hij door de ruit kon spieken. Hij schrok toen hij zag dat Mikkel hem vanaf de overkant van de straat recht aankeek. Een paar seconden lang leek de tijd stil te staan, toen draaide Mikkel zich om en begon te rennen. Ondanks de handicap van twee geboeide polsen was hij snel een heel eind verder. Een van de agenten schreeuwde en zette onmiddellijk de achtervolging in. Zijn collega hield Mikkels vader staande en riep iets door zijn portofoon.

Nu alle aandacht naar Mikkel uitging, zag Rasmus zijn kans schoon. Hij spurtte achter een rij geparkeerde auto's langs, de andere kant op, schoot een hoek om en sprintte zo hard hij kon de wijk uit. Pas toen de steken in zijn zij te fel werden en hij bloed proefde in zijn mond, nam hij gas terug. Hij zette zijn handen tegen de muur van de oude steenfabriek nabij het station, en boog voorover. Door zijn gierende ademhaling leek het of hij huilde en dat trok een voorbijlopend stelletje even zijn richting op, maar op het laatste moment besloten de twee toch door te lopen. Rasmus merkte het niet eens. Zijn gedachten schoten alle kanten op in een vergeefse poging grip te krijgen op de situatie. Het ging fout, hartstikke fout en niemand kon hem helpen. Het was weer als vanouds, zoals het er zijn fucking hele leven al uitzag: hij stond er alleen voor. Zijn handen gleden over de bakstenen muur naar beneden en langzaam liet hij zich op de koude grond zakken, waar hij zich opkrulde en met wijd open ogen bleef liggen.

63

Het enige wat hij moest doen om zijn leven en dat van Svenja in veiligheid te brengen, was om het eiland heen varen, van de noordkant waar hij nu was naar de zuidpunt, om van daaruit een rechte lijn naar Brännö te volgen. Onder ideale omstandigheden, zoals een zomerse dag zonder veel wind, moest het mogelijk zijn om in een uur tijd van noord naar zuid te varen. De overtocht naar Brännö zou daarna niet veel langer duren. Dat had hij meerdere keren berekend toen hij vastzat. Helaas was er van ideale omstandigheden geen sprake; het was winter en ijsplaten zouden de tocht een stuk moeilijker maken. Moeilijk, maar niet onmogelijk, daarvan was hij overtuigd geweest. Hij zou simpelweg om de drijvende ijsplaten heen moeten gaan en, als het echt niet anders kon, sloeg hij ze kapot met een roeispaan. Dat was de theorie. Nu hij op Svenja afliep en de zee achter haar zich als een grauwe massa aan hem openbaarde, zonk de moed hem in de schoenen. In het nu snel intredende duister leek het alsof het water vanaf een paar meter uit de branding uit één solide ijsplaat bestond.

Hij nam het touw van Svenja over en samen sleepten ze de houten sloep het water in. Zodra de boot begon te drijven, sprong ze erin en greep ze een van de peddels beet. Ze stak hem in het water en duwde de boot van de kant af. Met moeite liet Berndt zich over de rand vallen. Svenja hielp hem overeind en even later zaten ze naast elkaar op het bankje in het midden, zij opgetogen lachend en hij met een baksteen in zijn maag. Ze begonnen te roeien en tot

Berndts verbazing en opluchting ging dat niet eens slecht. Onder hen bleek het strand direct schuin af te lopen in een diepe vaargeul, wat het mogelijk maakte door de branding te varen. Ze volgden de ronding van de baai tot aan een rotspartij die in een langwerpige punt de zee instak. Berndt wees er met zijn rechterarm omheen en Svenja knikte. Ze hadden al die tijd nog geen woord gewisseld. Berndt probeerde zijn energie te sparen, maar waarom het meisje niets zei, begreep hij niet. Hij blikte opzij en zag haar bleke gezichtje, dat zichtbaar te lijden had onder de zware omstandigheden. De sloep was redelijk groot en de deining van de golven leek hen soms terug te willen sturen naar waar ze vandaan kwamen. Met een verbeten blik trok ze de peddel door het water, maar de zee was sterker dan de spieren in haar armen. Bovendien begon de kou haar tol te eisen; Berndt zag dat haar lippen blauw kleurden.

'Blijven roeien, kind,' riep hij desondanks. Alleen door te roeien konden ze de overkant bereiken en daarbij hield de beweging hun spieren warm. Toen ze de rotspartij passeerden, keek hij over zijn schouder. De plek waar ze afmeerden, was niet meer te zien. Dat gaf hem hoop. 'Het gaat goed,' mompelde hij tussen het hijgen door. Zijn voeten voelde hij niet meer; ze waren nat geworden toen hij de boot de zee in duwde en in deze weersomstandigheden kon dat gevaarlijk zijn. De kans op bevriezing was levensgroot en de gedachten aan een onvermijdelijke amputatie waren al door zijn hoofd geschoten, al probeerde hij die nog zo hard te weren. Als dat de prijs is die betaald moet worden om thuis te komen, is het zo, sprak hij zichzelf toe, en dat bracht rust.

Aan de andere zijde van de rotspartij leek de zee ruiger. Af en toe spatte er wat water over de randen de boot in. Veel was het niet, maar genoeg om hun kleding nat te maken, wat hun lichaamstemperatuur nog verder naar beneden bracht. De wind om zijn hoofd gaf hem het gevoel alsof er met messen in zijn schedel werd gestoken. Nu bibberde Svenja ook van top tot teen. Haar dichtgeknoopte spijkerjasje was niet bestand tegen de genadeloze mix van ijskoud water en een snijdende wind. Ze had dekens nodig, hete thee, een warm bed. Op Brännö, dacht Berndt, op Brännö zou hij haar in de watten leggen, daar kwam alles goed. Hij schrok toen hij opeens van het bankje schoof en op de bodem van de sloep belandde. Kennelijk ontbeerde zijn lichaam de kracht om overeind te blijven, maar zijn spieren hadden hem niet gewaarschuwd voor de val. Met zijn rug tegen het bankje bleef hij zitten. Hij hoorde dat het meisje hem iets vroeg, maar de betekenis van de woorden bereikte hem niet. Geeft niets, dat kwam later wel. Hij stak de peddel opnieuw het water in en roeide verder. Doorgaan, ook al is het donker en zien we niet meer waar we zijn. De kustlijn volgen, het eiland rond, tot aan de zuidpunt. We zijn er bijna. We gaan naar huis, naar huis, naar huis...

Met een doffe bons liep de boot vast. Het bleek onvermijdelijk, na een paar honderd meter peddelen stuitten ze dan toch eindelijk op een forse ijsplaat, die de route resoluut versperde. Svenja gilde en riep Berndt om hulp, maar die reageerde niet. Ze sloeg op zijn arm en tikte tegen zijn wang, maar zijn ogen waren dicht en gingen niet meer open. Zijn logge lichaam zakte scheef tegen de rand van de boot en bleef daar doodstil liggen. In paniek boog ze zich voorover om haar oor vlak voor zijn mond te houden, waar ze zijn zachte ademhaling tegen haar wang voelde glijden. Opgelucht schoot ze overeind. Ze zette haar peddel tegen de rand van de ijsschots en duwde uit alle macht. De schots bewoog amper, maar de boot wel, die dreef achteruit, precies wat ze niet wilde. Ze staakte haar poging en dacht na. Toen ging ze staan en zette voorzichtig een laars op de ijsschots. Die leek behoorlijk stevig. Ze trok haar andere been bij en zakte wat door haar knieën om te testen of het ijs haar gewicht zou houden. Dat leek geen probleem; er klonk geen gekraak en ondanks de lichte deining voelde ze dat ze stevig stond. Na een laatste blik op Berndt, die nog even bewegingloos in de boot hing, liep ze voorzichtig verder. Als varen niet ging, zou ze het te voet proberen. Er was ijs genoeg en zwaar was ze niet. Ze keek in de verte en meende een lichtje te zien schitteren. Ze glimlachte. *Ik kom eraan, mama*, riep ze in gedachten. *Nog even, dan zijn we weer samen.*

64

Terwijl de piloot de coördinaten van de geïmproviseerde landingsplaats via de radio doorgaf aan zijn collega, die met een traumahelikopter van de basis in Lysekil moest komen en langer over de vlucht zou doen, trapte Korhonen aan de rechterzijde van het hotel een deur in. De schaarse informatie over het hotel die hij onderweg via zijn telefoon had binnengekregen, leerde hem dat het pand ooit in gebruik was geweest, maar inmiddels al jaren leegstond. Dat leek zonde, want het hotel stond op een unieke locatie. En dat was precies het probleem; omdat Vargö tot beschermd natuurgebied was bestempeld, stonden de projectontwikkelaars niet bepaald in de rij. Aangezien ook de gemeente er binnen afzienbare termijn geen plannen mee had, leek het waarschijnlijk dat het pand volledig zou verloederen, totdat het verder instortte en er vanwege veiligheidsredenen een hek omheen moest worden geplaatst. Met die informatie in zijn achterhoofd trad Korhonen binnen en het verbaasde hem dan ook enorm toen hij het licht uit zijn zaklamp door Ilva's keuken liet schijnen. De stoelen om de tafel, de jassen aan de haak, een smeulende kachel, de geur van vlees en vis, de mokken op tafel maakten stuk voor stuk duidelijk dat deze kamer wel degelijk gebruikt werd, door meerdere personen.

Hij opende wat lades en kasten, sloeg de beelden zo goed mogelijk in zijn hoofd op en snelde verder. Voor het nemen van foto's kon hij op dit moment het geduld niet opbrengen. Zijn prioriteit lag bij het vinden van Berndt Müller en het liefst zou hij hem hard roepen, maar dat leek gezien de bewoonde status van dit huis niet verstandig. Hij trok de vergrendeling van zijn wapen en hield het in de aanslag toen hij naar de volgende ruimte sloop. Meteen kreeg hij de deur naar de kelder in zicht, die hij op een kier opende om langs de trap naar beneden te kunnen schijnen. Hij controleerde de deur, zag het schuifslot aan de buitenzijde en tikte snel een berichtje naar Kurt, die bij de helikopter op hem en hun collega's wachtte: *ik ga naar beneden, de kelder in, misschien zit Müller daar opgesloten.* Hij zette het geluid uit, stak de telefoon terug in zijn zak en glipte de trap af.

Naarmate hij verder afdaalde, drong de geur van vis sterker zijn neus binnen. Toen hij in de kelder was aangekomen, een koude donkere ruimte waarin rechtop staan onmogelijk was, moest hij ervan kokhalzen. Hij tilde het deksel van de eerste van zes houten vaten en begreep meteen waar de stank vandaan kwam. Als hij zijn ogen niet gesloten had en focuste op zijn ademhaling, was hij beslist over zijn nek gegaan. Hij hield van vis, maar deze walm van verrotting betekende dat de vis hier ofwel te lang lag, ofwel dat de houdbaarheidsbehandeling ervan mislukt was. Hij maakte snel zijn ronde af, scheen met zijn lamp over de rekken met voorraad, voornamelijk zakken meel en glazen potten ingemaakt fruit, en klom toen de trap weer op. Boven sloot hij de deur om de stank tegen te houden en na een paar keer diep ademhalen voelde hij de misselijkheid wegtrekken.

Zodra hij terugkwam in de gang, spotte hij de rijen kamerdeuren aan weerszijden. Op sommige ervan hing een nummer. Hij probeerde ze te openen, maar de deuren bleken stuk voor stuk gesloten. Even overwoog hij ze in te trappen, net als de buitendeur, maar dat zou lawaai maken en tijd kosten. Tijd die Müller misschien niet eens meer had. Zijn gevoel zei hem dat hij door moest lopen, rationeel had hij daar geen argumenten voor. Opeens meende hij elders in het pand iets te horen. Meteen zwenkte hij zijn zaklamp in de richting van het geluid. Hij vroeg zich af of de derde ontvoerder, Rasmus, volgens Tore het grote brein achter de zaak, hier wellicht tijdelijk bivakkeerde om Müller in de gaten te houden en te verzorgen. Dat zou perfect zijn: hoezeer Korhonen er ook op gebrand was Müller te vinden en terug te brengen naar diens familie, er was één ding dat hem nog gelukkiger zou maken en dat was het arresteren van deze Rasmus zonder achternaam. Als dit de man was die de kinderen van Antares Grundskola de stuipen op het lijf gejaagd had door er gewapend binnen te dringen, en daar had het inmiddels alle schijn van, dan sloeg hij hem maar al te graag hardhandig in de boeien. Hij voelde de adrenaline door zijn lichaam jagen en probeerde zijn enthousiasme te temperen. Het was ook mogelijk dat het pand gekraakt werd, of dat een stel zwervers er schuilde voor de kou. Maar wie haalde het in zijn hoofd om in de winter op een onbewoond eiland te bivakkeren? Zelfs met een kelder vol proviand? Welke kluizenaar was bereid de kou te trotseren met een eenvoudig houtkacheltje?

In de lobby nam hij kort de tijd om rond te kijken. De marmeren trap naar boven besloot hij voorlopig te laten voor wat die was. Het dak was deels ingestort, waardoor de bovenverdieping een onlogische verstopplek leek, al wilde hij niets uitsluiten. Bovendien dacht hij gehoord te hebben dat het geluid niet onder of boven hem geklonken had, maar ergens op de begane grond. Langzaam doorkruiste hij de lobby en zette hij voet in het volgende deel van de lange gang. Ook hier waren de eerste kamerdeuren gesloten. Plots klonk het geluid opnieuw en hij verstijfde. Het was nu zo dichtbij dat hij wist wat hij hoorde: er had iemand twee keer in zijn handen geklapt. Was dat Berndt?

Hij dimde de zaklamp en richtte het schijnsel naar beneden, zodat hij net genoeg kon zien om door te lopen zonder ergens tegenaan te botsen. Geruisloos bewoog hij naar de eerstvolgende kamerdeur, die in tegenstelling tot de andere deuren in de rij op een kier stond. Een zilverkleurige zeven prijkte midden op het hout. Hij sloop er zo dicht mogelijk naartoe en spitste zijn oren. Het leek of hij iemand hoorde zuchten en ineens klonk er een stem. Het was die van een vrouw en hij vergat te ademen toen hij hoorde dat ze een liedje zong dat hij herkende uit zijn jeugd: 'Klappa händerna när du är riktigt glad' was een versje waarbij je na elke regel twee keer in je handen klapte, om bij het volgende couplet met je voeten op de vloer te stampen. In iedere andere situatie was het een vrolijk deuntje, maar hier bezorgde het hem kippenvel. Tergend langzaam stak hij zijn hoofd om de deurpost en terwijl hij de deur zachtjes verder openduwde, richtte hij de zaklamp de kamer in. Wat hij toen zag, zou hij zijn leven lang niet meer vergeten, het beeld van de twee gedaantes in bed, de een dood, zonder ogen, een jukbeen dat door de huid naar buiten stak en de kaken wijd uiteen, zodat de mond in een eindeloze gaap openhing; de ander levend, maar met een wezenloze blik in haar ogen. Ze leek hem niet op te merken en zelfs toen hij dichterbij kwam, bleef ze zachtjes zingen en streelde ze de schedel van het halfvergane lichaam naast haar.

Met moeite vond Korhonen de woorden om zijn collega per telefoon door te geven wat hij zag. Kurt zou er onmiddellijk melding van maken en liet ook weten dat de collega's van de traumadienst niet meer konden komen. Hun heli was nodig voor een ander ongeval en het tweede toestel in Lysekil stond al een paar weken met mankementen aan de grond. Korhonen vloekte. Net als de Zweedse politieorganisatie kampte de traumadienst al tijden met bezuinigingen, en de inspecteur wilde best begrijpen dat die soms noodzakelijk waren, maar niet als er mensenlevens op het spel stonden. Nu zou hij de oude vrouw zelf mee terug moeten nemen en kon Kurt daarna direct retour om de collega's van de forensische recherche het dode lichaam en kamer zeven op sporen te laten onderzoeken. Er zat niets anders op. Kurt ging akkoord en spoorde Korhonen aan verder te zoeken naar Berndt. Die woorden zetten hem weer met beide benen op de grond. Hij raapte het geweer op, dat voor het bed op de grond lag, hing het over zijn schouder en keek een laatste keer naar de oude vrouw in bed. Het liedje was afgelopen en met gesloten ogen liet ze haar hoofd tegen het kussen zakken. Op een bizarre manier ging er een rust van haar uit, alsof ze er vrede mee had daar te liggen. Korhonen dwong zichzelf de kamer te verlaten. Hij draaide het licht in zijn lamp op vol vermogen en scheen ermee door de gang. Na de gesloten kamerdeuren zag hij aan het einde van de gang nog een deur op een kier staan. Plots ongeduldig rende hij erop af. Met zijn revolver in een gestrekte arm voor zich uit stapte hij de kamer in en meteen wist hij dat hij te laat was. Poep en besmeurde dekens op de vloer, lege flesjes, wikkels van een pak candybars, een stukgeknipte tiewrap met daarnaast een reeks bloedspetters; dit was de plek. Tore Langström had de waarheid gesproken, Berndt had hier gezeten, maar waar was hij nu?

Korhonen rende naar de deur aan de overzijde van de kamer, doorzocht de vogelkamer en klom door een venster naar buiten. Nu moest hij opschieten, wist Korhonen. Het bloed in de dekens was opgedroogd, maar de druppels op de vloer nog niet; Berndt kon nooit ver weg zijn. Met zijn lamp volgde hij de sporen in de sneeuw, die vanuit de vogelkamer naar de achterkant van het hotel langs de helikopter naar de bosrand in de verte leidden. Als hij zich niet vergiste, waren het de voetstappen van twee mensen. Kennelijk was Berndt niet alleen.

65

Over ijsschotsen lopen was eigenlijk best leuk. Ze schommelden een beetje op en neer, maar met haar armen wijd kon ze haar evenwicht goed bewaren en ze was nog niet één keer gevallen. Dat het zo donker was en alleen de maan en de sterren een beetje licht gaven, was wel onhandig. Overdag zou het vast een stuk sneller gaan, maar dat gaf niets. Als ze gewoon doorliep, van schots naar schots, dan kwam ze vanzelf bij het vasteland. Er was maar één ding dat heel erg vervelend was: de kou. In het begin ging het nog wel, maar nu bibberde ze de hele tijd en begon ze zelfs te klappertanden. Had ze haar jas en muts maar meegenomen, daar had ze helemaal niet aan gedacht. Toen oma opeens met haar geweer aan kwam zetten, en Berndt misschien wel kwaad wilde doen, deed ze het eerste wat in haar opkwam en was ze de besneeuwde hei op gerend. Ze dacht dat oma haar zou volgen, maar dat was niet gebeurd. Oma was Berndt achternagegaan en ze had zelfs geschoten. Gelukkig was hij niet geraakt. Hij was wel heel moe geworden en daarom moest hij even slapen. Dat was juist goed, want van slapen rustte je uit en daarna kon je er weer tegenaan. Hopelijk waren er op het vasteland mensen die haar wilden helpen. Tegen hen zou ze zeggen waar Berndt in de boot lag te slapen. Dan konden zij hem gaan halen en had zij de tijd om naar haar moeder op zoek te gaan.

Van mama mocht ze niet op het ijs lopen, die vond dat veel te gevaarlijk. Soms dacht mama dat Svenja nog een klein meisje was, maar dat was ze al lang niet meer. Ze kon heel goed over het ijs lopen en als ze naast een ijsschots viel, of erdoorheen zakte, zou ze gewoon gaan zwemmen, want dat kon ze als de beste. Mama had het haar zelf geleerd, de vorige zomer, steeds laat in de avond, want dan waren er geen wandelaars meer. Oma werd er best vaak boos om, maar daar trok mama zich niets van aan. Het was belangrijk dat Svenja goed kon zwemmen, zei ze dan, en dat vond oma ook wel. Nu zwom ze als een vis, op haar buik en rug en onder water kon ze bijna een minuut haar adem inhouden. Toen het herfst werd en het te koud was om verder te zwemmen, had ze van mama een diploma gekregen, met een stempel van een lachend clowntje erop. Dat hing nu op het prikbord boven haar bed. Als ze in het water zou vallen, hoefde ze dus niet bang te zijn. Ze zou zwemmen en weer op het ijs klimmen, geen probleem.

Zou mama de pop al hebben gekocht? De pop die kon praten? Zou het een grote zijn, met mooie kleren en schoenen en echt haar? Haar knuffels waren heel lief, maar versleten. Er zaten gaten in haar lappenkonijn, hondje miste een oor en Pippi had nog maar één vlecht. Natuurlijk waren ze nog steeds lief en ze zou ze nooit wegdoen, maar van een nieuwe pop zou ze heel erg blij worden. Ze zou haar alle plekjes van het eiland laten zien, eerst haar bed natuurlijk, maar daarna haar hut in de klimboom en het strand. Dan wilde mama vast ook mee, die hield ervan buiten te zijn. Meer dan oma, die bleef liever binnen. Daar was zij nu ook, want Berndt had gezegd dat oma terug naar huis moest gaan, omdat Svenja daar was. Dat klopte niet, dat was een leugen. Hij had ook gezegd dat er thuis iets was wat Svenja niet mocht zien. Wat dat was, wist ze niet en dat maakte haar enorm nieuwsgierig. Ze zou hem zo snel mogelijk vragen wat hij bedoelde, maar eerst moest ze haar moeder vinden. Dat was van alle belangrijke dingen het allerbelangrijkste.

Als ze grotere stappen nam, zou ze sneller op het vasteland zijn. Misschien moest ze proberen te rennen. Het was nu zo verschrikkelijk koud dat het pijn deed. Tussen de spleten van de ijsplaten door spatte af en toe wat water op en dat was beetje bij beetje in haar laarzen terechtgekomen. Haar maillot was kletsnat en het leek net of er geen gevoel meer in haar voeten zat. Haar jasje was nog wel droog, maar daar leek de wind nu gewoon doorheen te blazen. Zo koud als nu had ze het nog nooit gehad. Een plekje bij de kachel in oma's keuken zou fijn zijn. Net als een beker warme melk en een stuk versgebakken cake. Een sneeuwvlok op haar neus hielp haar uit de droom. Ze hief haar gezicht naar de sterrenhemel en voelde dat het begon te sneeuwen. Hoe eerder ze van het ijs af was, hoe beter. Ze spreidde haar armen wat verder naast zich uit om haar evenwicht goed te kunnen bewaren en begon te rennen, eerst voorzichtig, maar geleidelijk aan steeds sneller. Af en toe gleden haar laarzen weg, maar ze bleef overeind en rende over het ijs, steeds verder van het eiland af en ook steeds verder van het vasteland, in de richting van het open water.

66

Jannike Bork trof haar vader halverwege de trap aan met zijn telefoon tegen zijn oor. Het leek of hij op weg naar boven gebeld was en opeens niet meer in staat bleek door te lopen. Bewegingloos als een standbeeld stond hij daar, zijn gezicht lijkbleek.

Versuft van de slaappillen wilde Jannike hem passeren, tot ze zijn gelaatsuitdrukking zag en besefte dat er nieuws was. Onmiddellijk werden haar knieën slap en zakte ze op een trede neer. Met een hand hield ze zich aan de leuning vast. Het deed haast fysiek pijn om de woorden uit te spreken, maar ze had geen keuze en moest het weten: 'Was dat de politie? Hebben ze Berndt gevonden?'

Karst staarde zijn dochter aan en liet de arm met zijn telefoon zakken. Omzichtig stak hij het toestel in zijn broekzak, waarna hij naast zijn dochter op de traptree plaatsnam. 'Dat was inspecteur Korhonen, inderdaad,' begon hij en hij hoorde hoe Jannikes adem stokte in haar keel.

'Hij is op Vargö, een van de kleinere eilanden in de buurt van Styrsö en Brännö. Er is een verlaten hotel en daar is Berndt geweest...' hij vouwde zijn handen samen en ademde diep in, '... maar nu is hij er niet meer. Korhonen vermoedt dat hij elders op het eiland is en zoekt hem.'

Jannike sloot haar ogen en probeerde de woorden in zich op te nemen. De pillen hielden de pijn, de frustratie en het verdriet al dagen op afstand, maar ze maakten ook dat ze niet meer helder kon nadenken en voor het eerst ergerde dat haar. Ze wreef met beide handen in haar ogen om de waas uit haar hoofd te verdrijven. 'In een hotel? En daar is hij geweest? Hoe... hoe weten ze dat?'

'Geen idee, meisje, maar zoiets verzint hij niet, ga er maar van uit dat het klopt.'

'En nu is hij weer weg?' Jannikes ogen schoten heen en weer, op zoek naar antwoorden en houvast. 'Elders op het eiland, zei je? Vargö... is dat niet onbewoond?'

Haar vader knikte.

'Waar moet hij dan heen? Loopt hij buiten ergens rond? En zijn de ontvoerders daar ook?'

'Dat weten we niet. Twee ontvoerders zijn inmiddels opgepakt, maar er schijnt nog een derde man bij te horen en die is zoek. Mogelijk is hij op het eiland.' Hij twijfelde even, maar besloot dat zijn dochter recht had op alle informatie. 'Er zijn in het hotel zojuist twee vrouwen gevonden, van wie er een al was overleden. Een oudere vrouw leeft nog en wordt straks meegenomen voor verhoor. Wat zij ermee te maken hebben, is een raadsel. Korhonen kon me niet meer vertellen... hij belde me vooral om mijn hulp in te roepen.'

Jannike keek hem aan. Onder haar haast doorzichtige huid waren talloze kleine adertjes zichtbaar. 'Jouw hulp,' herhaalde ze verdwaasd.

'Ja. Er schijnt een tekort te zijn aan helikopters en hij weet dat ik vlieg. Hij vroeg me te komen.' Ineens verscheen er een onzekere glimlach om zijn lippen. 'Natuurlijk wil ik dat, maar ik...'

'Wat? Maar wat?' Jannikes ogen werden nat. Ze greep haar vaders arm vast en kneep erin.

'Ik weet niet wat ik aantref...' stootte hij uit. 'Je moet er rekening mee houden dat...'

'Stil,' onderbrak Jannike hem, onverwacht fel, 'hij leeft, dat weet ik zeker, dat voel ik.' Ze legde haar hoofd kort tegen zijn arm en keek toen weer op, haar wangen nat van de tranen. 'Eindelijk is er een teken van leven! Daar hebben we al die tijd op gewacht! Je moet gaan, zo snel mogelijk, help de politie zoeken. Het is geen groot eiland, als je eroverheen vliegt, zul je hem zien.'

Karst boog zijn hoofd. Het verzoek van Korhonen had hem verrast. Enerzijds wilde hij niets liever dan in actie komen en meehelpen in de zoektocht naar zijn schoonzoon, anderzijds was hij doodsbang zijn dochter voor een tweede keer zwaar teleur te moeten stellen. Als Berndt het onverhoopt niet overleefd had en Jannike opnieuw een klap te verduren kreeg, juist nu ze zijn hulp sinds jaren weer had ingeschakeld en hem haar vertrouwen had geschonken, raakte hij alles kwijt, daar was hij vast van overtuigd. Dan kon hij terug naar zijn veel te grote landgoed bij Uppsala en zou hij het de rest van zijn leven zonder haar en zijn kleindochters moeten stellen.

Jannike slikte haar tranen in en praatte met verstikte stem verder. 'Als... als je hem vindt... als je hem terugbrengt, is het weer goed.'

Nu voelde ook Karst de tranen branden. Niet in staat iets uit te brengen keek hij zijn dochter aan.

Ze knikte. 'Breng hem terug en... alles is weer goed... papa...'

Karsts hart stroomde over van liefde en medelijden. Hij kon zich niet heugen wanneer zijn dochter hem voor het laatst papa had genoemd. Hij omhelsde haar stevig en sprong toen op: zijn missie was helder. Met hernieuwde energie denderde hij de trap af, griste zijn mantel van de kapstok en wisselde een paar woorden met Gertrude, die verbaasd op het lawaai was afgekomen. Ook Helle en Hedvig staken hun hoofden om de slaapkamerdeur en ineens was het hele huis in rep en roer. Na de meest zenuwslopende week uit hun leven was Berndt zo goed als gevonden, de politie had het zelf gezegd. Opa ging hem halen en het zou nu slechts een kwestie van tijd zijn voor papa weer thuiskwam.

67

Wat hem wekte wist hij niet, maar ineens sperde Berndt Müller zijn ogen open. Hij streek met een hand over zijn gezicht en merkte aan het donsachtige laagje vocht op zijn huid dat het was gaan sneeuwen. Kreunend duwde hij zichzelf omhoog. De plek waar zijn schouder tegen de rand van de boot had gesteund, voelde beurs aan. Dat was goed, besefte hij. Zolang er nog gevoel in zijn lichaam zat, was er hoop. Hij probeerde zijn voeten heen en weer te bewegen en toen ook dat lukte, durfde hij het aan op zijn zij te rollen en omhoog te komen. Met veel pijn en moeite lukte het hem op het bankje plaats te nemen en pas toen realiseerde hij zich dat Svenja niet meer in de boot zat. Ongerust keek hij om zich heen. Het zwakke schijnsel van de maan maakte van het ijslandschap een betoverend plaatje, maar hij zag de romantiek er niet van in.

'Svenja!' Zijn stem galmde door de kille nacht, maar een reactie bleef uit. Hij haalde diep adem en riep nog eens, veel harder, en dit keer echode de naam lang na. Behalve het zachte klotsen van het water tegen de achterkant van de boot en het ruisen van de wind hoorde hij niets. Wat kon er gebeurd zijn? Had dat gekke oude mens Svenja meegenomen terwijl hij sliep? Was ze toch niet teruggegaan naar het hotel? Of was ze later teruggekeerd? Hoe lang had hij geslapen? Hij keek op zijn horloge, maar kon niet zien hoe laat het was. Tijdens zijn gevangenschap had hij het lampje in zijn horloge zo vaak aangeknipt dat de batterij het had begeven. Lichtelijk in paniek zakte hij weer van het bankje en kroop naar de boeg. Met zijn goede hand greep hij de rand beet en boog hij zich voorover. Het was bijna niet te zien en hoe meer het sneeuwde, hoe onduidelijker het werd, maar toch meende hij op de ijsschots voor de boot kleine verschuivingen in de sneeuw te zien. Kuiltjes en hoopjes wit volgden elkaar in een rechte lijn naar voren. Svenja was uitgestapt. Was ze bang geworden en teruggelopen naar haar oma? Nee, ze zei steeds dat ze niet bang was en ze wilde niets liever dan haar moeder zoeken op het vasteland. Was ze dan ongeduldig geworden? Dacht ze dat hij heel lang zou slapen, of misschien dat hij niet meer wakker werd, en had ze daarom besloten in haar eentje verder te gaan? Met tot spleetjes geknepen ogen speurde hij over de vlakte, maar het was te donker om verder dan een paar meter te kunnen zien. Hij huiverde: het hotel mocht dan ver achter hem liggen, echt vrij was hij nog steeds niet. De nacht, het ijs en de kou hielden hem gevangen en nog nooit had hij zich zo alleen gevoeld.

Ineens verscheen Hedvigs gezichtje voor hem. Aan haar bolle wangen, de staartjes en guitige blik te zien was ze niet ouder dan een jaar of vijf. Ze riep naar hem: ‘Papa, zoek me dan, je kunt me toch niet vinden!’ Hij lachte. Verstoppertje was het favoriete spel van zijn jongste dochter. Vaak, als hij vermoeid uit zijn werk thuiskwam, stond ze hem onder aan de trap al op te wachten. Zodra hij haar gezien had, snelde ze naar boven, waar hij haar moest zoeken. Meestal had hij daar de puf niet voor, maar een enkele keer speelde hij het spel mee. Moeilijk was dat niet, want ze riep om de haverklap dat hij haar niet zou kunnen vinden. Bovendien koos ze altijd voor een van haar drie vaste verstopplekken: in de wasmand in de badkamer, achter de zware velours gordijnen in zijn slaapkamer, of in de speelgoedlade onder haar eigen bed. Hij had er lol in om zo lang mogelijk te doen alsof hij haar niet zag, om dan na tien minuten in een dramatische huilbui uit te barsten, waarop zij lachend tevoorschijn kwam en hem omhelsde.

De herinnering was even hartverwarmend als pijnlijk en toch gaf ze Berndt de schop die hij nodig had. Met een arm trok hij zijn spencer uit, schudde er de sneeuw vanaf en bond het kledingstuk zo goed en kwaad als het ging rond zijn hoofd. Meteen voelde hij de kou tegen zijn borst en rug slaan, die nu slechts door een hemd en een overhemd werden omhuld. Toch leek het belangrijker zijn hoofd tegen de sneeuw te beschermen. Zolang hij helder kon blijven nadenken, maakte hij een kans de bewoonde wereld te bereiken. Vastberaden boog hij zich nogmaals over de boeg van de boot en plantte zijn handen op de ijsplaat waartegen de boot was vastgelopen. Een ijzige kou schoot door zijn armen omhoog. Hij beet zijn tanden op elkaar en begon op zichzelf in te praten. Een minder moedig mens had de strijd waarschijnlijk al gestaakt, maar zo zat hij niet in elkaar. Berndt Müller was een volhouder, een doorbijter, die met hard werken, slimme keuzes en een blik op de toekomst een imperium had opgebouwd. Als selfmade man leidde hij een internationaal succesvol miljoenenbedrijf. Wie zei hem dat na? Hij was slim en oersterk en had in zijn leven al zo veel offers gebracht; één nacht op het ijs zou hem godverdomme niet kleinkrijgen. De nacht duurde nog maar een paar uur, dan kwam de zon weer op en zou die de ergste kou verdrijven. Bovendien kon hij dan zien waar hij was en zijn verdere koers bepalen. Voor nu was het belangrijk om in beweging te blijven en bevriezing te voorkomen. Kom op, doorpakken! Hij duwde zich omhoog, hees zijn benen een voor een over de rand van de boot en rolde op zijn zij het ijs op. De kou was zo overweldigend dat het leek alsof zijn huid in brand stond. Zo snel hij kon schoot hij omhoog en begon hij te lopen. Om zijn evenwicht te bewaren op de hevig deinende en spekgladde ijsplaat zwalkte hij van links naar rechts. Net als Svenja strekte hij zijn armen naast zich uit, maar zijn linkerarm werkte niet mee, waardoor het onmogelijk bleek een rechte lijn aan te houden. De sporen die hij vanuit de boot had gezien en waarvan hij dacht dat Svenja ze had achtergelaten, waren verdwenen. Nieuwe sneeuwvlokken bedekten de ijsplaten en legden ook een witte waas over de spleten tussen het ijs, waardoor het bij elke stap onzeker was of hij in het water zou belanden. Doorgaan, Müller, naar Hedvig, verstoppertje spelen, en naar Helle, lezen, daar houdt ze zo van, dat deed ze als klein kind al... en van muziek, daar gaan we samen naar luisteren. Doorgaan, naar Jannike, je grote liefde... naar huis, naar huis...

Het bergje sneeuw voor zijn voeten had hij niet gezien. Hij struikelde eroverheen en viel zo hard op zijn rechterknie dat die kraakte. Toen hij na een paar tellen bijkwam, was de pijn zo ondraaglijk dat hij er misselijk van werd. Hij kromp ineen, reikte naar het obstakel dat zijn val veroorzaakt had en veegde er met uitgestrekte vingers de sneeuw vanaf. Zijn hart sloeg over toen onder een dun laagje vlokken het rode rokje en spijkerjasje en het verstijfde gezichtje van Svenja tevoorschijn kwamen. Haar bevroren wimpers kleefden aaneen en hielden haar ogen gesloten. Nee! Met één hand trok hij haar tegen zich aan, wat hem een extra pijnscheut in zijn knie opleverde. Hij duwde zijn arm onder haar wang, zodat haar hoofd het ijs niet raakte, wreef hard over haar armen, rug en haren en blies zijn warme adem in haar nek. 'Niet doodgaan,' zei hij huilend, 'niet weggaan, hier blijven, bij mij blijven.'

Svenja kreunde zacht en prevelde wat, maar haar woorden waren onverstaanbaar. Ze nestelde zich tegen Berndts borst en greep zijn arm met twee ijskoude handjes beet.

'Goed zo,' fluisterde Berndt opgelucht, 'je bent er nog...' Hij slikte zijn tranen weg en bleef wrijven tot hij niet meer kon. Hij was op, voelde niets meer, geen brand of kou en zelfs geen pijn, alsof de uitputting zijn lichaam eindelijk had uitgeschakeld en hij alleen nog maar kon liggen. Met zijn gezicht tegen Svenja's achterhoofd sloot hij zijn ogen. 'We zijn moe… we moeten rusten,' hijgde hij zwak, 'morgen schijnt de zon weer. Rust nu maar uit, engeltje… mijn lieve… ijsengel.'

68

De Airbus EC145 van Karst Bork haalde een maximumsnelheid van 250 kilometer per uur. Tijdens zijn recreatieve vluchten, die altijd bij daglicht plaatsvonden, trapte Karst het toestel nooit op zijn staart, maar dit keer kon het hem niet snel genoeg gaan en spoorde hij de heli herhaaldelijk vloekend aan harder te vliegen. De woorden van Jannike gonsden de hele vlucht naar Vargö door zijn hoofd en lieten hem pas los toen inspecteur Korhonen via de radio contact opnam. Vanuit de heli, waarin hij met een piloot over het eiland vloog, dankte hij Karst voor zijn medewerking en vertelde hij in hoofdlijnen wat er de afgelopen uren op het eiland was gebeurd. Terwijl Korhonen op de grond naar Berndt had gezocht, wat niet tot resultaat had geleid, was uiteindelijk vanuit de helikopterbasis in Malmö een traumateam gearriveerd. Dat had de oudere vrouw uit het hotel meegenomen, wat nog geen eenvoudige klus was geweest, omdat ze zich hevig verzette. De vrouw werd afgevoerd naar een psychiatrisch ziekenhuis, waar Korhonen haar later vandaag hoopte te spreken om te achterhalen wat haar eventuele link met de ontvoering en de dood van de tweede vrouw kon zijn. De overleden vrouw was nog in het hotel aanwezig en zou worden geborgen, nadat de collega's van de forensische recherche haar lichaam en de kamer waarin ze lag nader hadden onderzocht. Wanneer die collega's zouden arriveren, hing af van de beschikbaarheid van heli's; het was nog onzeker of het toestel uit Malmö inzetbaar bleef of dat het terug moest keren naar de basis.

Karst luisterde aandachtig, maar onderbrak de inspecteur zodra hij de gelegenheid zag. 'Hoe weet je dat mijn schoonzoon in dat hotel heeft gezeten?'

'Een van de ontvoerders heeft gepraat en we hebben vooralsnog geen reden aan te nemen dat hij liegt. We hebben lege waterflesjes en een doorgeknipte tiewrap gevonden. Het lijkt erop dat Berndt aan een oude waterleiding vastgeketend zat. Hoe hij losgekomen is, weten we niet. Misschien heeft die verwarde vrouw daar wat mee te maken, maar mogelijk is er nog iemand anders in het spel.'

Karst schrok. 'Nog iemand anders? Hoe bedoel je?'

'Inmiddels is er door de sneeuwval niets meer van te zien, maar de sporen uit het hotel duidden op twee personen. Ze leiden van de uitgang die Berndt vermoedelijk gebruikt heeft naar de bosrand achter het hotel, en daarna verdwijnen ze. Ik heb het bos doorkruist, maar niets gevonden. Nu vliegen Kurt, dat is mijn piloot, en ik langs de westkust naar het zuiden. Neem jij de oostkant in noordelijke richting en meld het direct zodra je iets afwijkends ziet.'

Ze namen afscheid en Karst zwenkte zijn toestel in oostelijke richting. De eerste zonnestralen lieten zich inmiddels zien, wat zijn zicht op het landschap onder hem aanmerkelijk vergrootte. In de verte zag hij het hotel liggen, maar hij weerstond de verleiding eroverheen te scheren en hield zich aan de instructies van de inspecteur. De donkere kustlijn aan de oostkant van het eiland was vanuit de lucht eenvoudig te volgen, omdat die dankzij de golfslag in de branding scherp afstak tegen het sneeuwdek op het eiland en de ijsplaten op zee. Maar veel meer dan de kustlijn, wat bomen, struiken en rotsen zag Karst niet. Hij besloot lager te gaan vliegen om meer details te kunnen onderscheiden, en bracht ook zijn snelheid terug. Hij gebruikte zijn blazers om de ruiten ijsvrij te houden en vervloekte de sneeuw die in steeds dikkere vlokken naar beneden viel. Ingespannen tuurde hij naar het eiland, op zoek naar afwijkingen in het eindeloze wit. Hij bad dat Berndt een schuilplaats had gevonden, want als hij op open terrein ronddoolde, zou het niet lang duren voor hij bedekt was onder een laag sneeuw en dan werd zoeken vanuit de lucht een kansloze missie.

Na een half uur ingespannen turen had hij de oostelijke kustlijn twee keer doorzocht en kreeg hij kramp in zijn schouders. Moedeloos keerde hij het toestel voor een derde controle en hij nam even de tijd om zijn spieren te strekken. Toen zag hij iets en sloeg zijn hart over. Het was niet meer dan een speldenknopje op het ijs, maar hij voelde meteen dat hij beethad. Dit was geen boom, struik, of rots en het lag ook niet op het eiland, waar al zijn aandacht naar uit was gegaan; het lag op het ijs. Met het zweet in zijn handen dwong hij de heli naar beneden en tergend langzaam zag hij het stipje groter worden. Rood, te midden van al het wit, wapperde een stukje rode stof. Wat was het? Wie was het? Hij leunde voorover en probeerde tussen de sneeuwvlokken door te kijken. Hij vloog over de branding naar het ijs en ontdekte nu ook een houten roeiboot, bijna volledig verscholen onder een laag sneeuw. Had Berndt de boot gepakt? Was hij vastgelopen en had hij geprobeerd over het ijs weg te komen? Karst huiverde bij de gedachte. Hoe wanhopig moest Berndt geweest zijn als hij op die manier probeerde te ontsnappen? Ongemerkt was hij nog lager gaan vliegen en ineens stoof de sneeuw omhoog en werd zijn zicht volledig belemmerd. Hij moest omhoog, dichterbij kon hij niet komen als hij de rode stip niet nog verder wilde ondersneeuwen. Terwijl hij terug naar het eiland navigeerde, greep hij zijn radio. 'Korhonen, er ligt iets op het ijs! Ik moet ernaartoe, ik ga nu landen. Kom snel!'

Hij gaf zijn coördinaten door en vloog zonder te reageren op de brullende stem van de inspecteur, die hem opdroeg te wachten tot hij er was, terug naar het eiland, waar hij zijn toestel op het strand aan de grond zette. Zodra de motor uitgeschakeld was, sprong hij naar buiten en opende hij een klepje in de buik van de heli, waaruit een dun touw naar buiten rolde. Hij draaide het rond zijn middel, gespte het vast en rende de branding in. Het ijskoude water leek zijn spieren te verlammen, maar hij waadde stug door. Net voordat de golven zijn middel bereikten, kon hij zichzelf op een ijsplaat trekken. Hij ging staan en controleerde over zijn schouder het touw, dat in een rechte lijn naar de helikopter liep. Als hij zou uitglijden, zat hij in elk geval vast en kon Korhonen hem snel vinden. Hoe lang hij het uithield met een doorweekte broek en benen die nu al bevroren aanvoelden, wist hij niet en dat kon hem ook niets schelen. De rode stip lag zo'n honderd meter voor hem en geen macht ter wereld hield hem nu nog tegen. Met grote passen beende hij over de ijsplaten. Hij sprong over spleten en gleed een paar keer uit, maar wist binnen een paar minuten de afstand te overbruggen. De stip, die al lang niet alleen maar rood kleurde, lag nu binnen zijn gezichtsveld, maar tot nu toe had hij zijn ogen op het ijs onder hem gericht. Een deel van hem wilde niet kijken, wilde niet zien of het inderdaad zijn schoonzoon was die hier op het ijs lag, en wilde niet weten wat het lot voor Berndt had bepaald. Toen een geluid in de verte de helikopter van Korhonen aankondigde, zette hij zich schrap en keek op.

Op nog geen tien meter voor hem lag een meisje in de sneeuw. Ze droeg een rood rokje, dat zachtjes wapperde in de wind. Haar ogen waren gesloten en haar gezichtje zag bijna even wit als haar omgeving. Met ingehouden adem liep Karst naar haar toe, tot hij zag dat ze niet alleen was en hij stokstijf bleef staan. Uit de witte ophoging onder haar, die Karst voor sneeuw had aangezien, stak een arm die om het meisje heen geslagen was. Een rauwe kreet ontsnapte uit Karsts keel. Hij rende de laatste meters, liet zich vallen en begon als een dolle sneeuw weg te scheppen, net zolang totdat hij met eigen ogen kon aanschouwen wat hij al gevreesd had: de arm was van Berndt. Hij lag half onder het meisje en had haar tegen zich aan getrokken. Met wijd open ogen, maar een lege, zielloze blik, staarde hij naar de hemel. Karst pakte het gezicht van zijn schoonzoon met beide handen beet en voelde hoe ijskoud en hard het was. Hier was geen redden meer aan, hij was te laat, Berndt was dood. Karst liet zijn hoofd zakken en huilde. Hij dacht aan Jannike, die met zo veel zekerheid in haar stem had gezegd dat Berndt nog leefde. Hoe moest hij haar dit nieuws in godsnaam brengen? Zou ze de klap ooit te boven komen?

Overmand door verdriet had hij de hand van het meisje wel zien bewegen, maar zijn brein wilde er niet aan. Hij had het zich natuurlijk verbeeld, raakte zelf onderkoeld en moest nodig terug naar de helikopter. Korhonen was ondertussen aan zijn landing begonnen en kon hem helpen het lichaam van Berndt van het ijs af te dragen. Maar toen bewoog het handje nog een keer en schoof het zelfs in de richting van zijn eigen hand. Ongelovig volgde hij de beweging, tot de ijskoude vingers van het meisje hem raakten en zijn brein het eindelijk toeliet te geloven dat het kind nog in leven was. Instinctief greep hij haar beet en trok hij haar naar zich toe. Hij sloeg zijn armen om haar heen en drukte haar tegen zijn borst. Ook zij voelde koud aan, maar lang niet zo extreem en stijf als Berndt had gedaan. Zijn lichaamswarmte moest haar het leven hebben gered.

Een schreeuw achter hem trok zijn aandacht en Karst keek om. Op het strand stond Korhonen naar hem te gebaren. Ook hij had een touw om zijn middel en hij wees op een oranje vlot waarin hij de branding zou oversteken. Karst hief zijn arm ten teken dat hij het begrepen had en richtte zijn aandacht weer op het meisje in zijn armen. Nu de politieheli aan de grond stond en het lawaai was weggevallen, hoorde hij haar zacht kreunen. Het klonk hem als muziek in de oren. Ze hield haar ogen gesloten en zag nog steeds lijkbleek, maar ze ademde en kon zich bewegen, dus was er hoop. Hij trok zijn jack uit en sloeg dat om haar heen. Toen greep hij haar handen om ze warm te blazen en viel zijn oog op het armbandje om haar pols. Er stond iets geschreven in het hangertje. Voorzichtig pakte hij het vast en draaide het naar zich toe: *Ilva – Metta – Svenja Andersson*, las hij, en de wereld stond stil.

Een wervelwind aan emoties en herinneringen uit de laatste acht jaar van zijn leven overweldigde hem zo intens dat hij tot niets meer in staat was. Het feest op zijn werk, de vrijpartij met Metta, de beschuldigingen van haar moeder, de ongekende woede van Christine die zo abrupt haar koffers pakte, de ondraaglijke teleurstelling van Jannike, de verwijten en de eenzaamheid. Het waren verschrikkelijke jaren geweest, maar nu was er dit meisje en dat zou alles veranderen. Nooit had hij van haar bestaan geweten, maar als de namen op het armbandje klopten, kon dat maar één ding betekenen, en dat vervulde hem van het grootste geluk.

Inspecteur Korhonen vertelde later dat Karst niet aanspreekbaar was geweest. Dat hij het meisje niet los had willen laten en geëist had haar zelf terug te dragen over het ijs. Hij had haar in het vlot gelegd en door het water naar het eiland geduwd, waar hij met haar in zijn heli was geklommen. Gewikkeld in thermodekens had hij op Korhonen gewacht, die met hulp van zijn piloot Berndts lichaam van het ijs haalde. Korhonen bleef met Berndt op het eiland achter, terwijl de piloot het meisje en Karst in diens helikopter naar het dichtstbijzijnde ziekenhuis bracht, waar er drie verplegers voor nodig waren om Svenja van Karst over te nemen en hem in bedwang te houden. De hele vlucht had hij geen woord gezegd, maar eenmaal in het ziekenhuis kon hij niet meer stoppen met brullen: 'Dit meisje is Svenja Andersson en zij is mijn dochter!'

69

Amor fati, stond er, in hoekige letters in de brugleuning gekrast. Voor het gemak was de vertaling er, waarschijnlijk door iemand anders, onder gezet: omarm je lot. Rasmus keek er al een tijdje naar en probeerde te ontdekken welk gevoel de woorden bij hem opriepen. Een tijd geleden zouden ze hem zonder meer kwaad en opstandig hebben gemaakt. Hij zou wel gek zijn om zijn lot te omarmen. Welk mens zonder thuis, zonder geld en zonder eten was daar tevreden mee? Vechten moest je, om je leven naar je hand te zetten, om te pakken waar je recht op had en je doelen te bereiken. Dat ging niet vanzelf, daar moest je wat voor doen. Zo zou zijn reactie tot voor kort zijn geweest, maar nu wist hij het niet meer. Hij had gevochten voor wat hij waard was, hij had knopen doorgehakt, moed getoond en grenzen overschreden, maar had het hem iets opgeleverd? Ja, de tas aan zijn voeten was gevuld met bankbiljetten. Een enorm bedrag, waarnaar hij jaren hevig verlangd had, maar nu hij het bezat, werd hij er niet warm of koud van.

Een deel ervan was niet eens van hem. De helft van het geld was in feite voor Tore, al kon die naar zijn centen fluiten. Het recht daarop had hij verspeeld op het moment dat hij besloot hem en Mikkel aan de politie te verraden. Een klotestreek, maar echt verbaasd was Rasmus niet; hij had Tore van begin af aan niet vertrouwd. Het was nu drie dagen geleden dat hij gezien had dat de politie Mikkel arresteerde, voor het huis van diens vader. Doordat

Mikkel het op een rennen had gezet om de agenten af te leiden, wist Rasmus te ontkomen. Daarmee had Mikkel zijn oprechte vriendschap weer eens bewezen, al had hij daar zelf niets aan gehad. Net als Tore zat hij in voorarrest. Beiden hing een fikse gevangenisstraf boven het hoofd, en niet alleen voor ontvoering. Nu Berndt Müller was overleden, legde de officier van justitie hun vast ook doodslag ten laste. Hoe dan ook kwamen ze de bak voorlopig niet meer uit. Iets wat helemaal niet had gehoeven. Als die rotzak van een Bedrieger gewoon in het hotel was blijven zitten, was hij niet doodgevroren en had de politie hem de volgende dag al opgehaald. Rasmus had de brief met zijn vindplaats hoogstpersoonlijk op de post gedaan op de avond dat Mikkel was meegenomen. Een paar uur langer in het hotel en Müller had nog geleefd. Familie blij en Tore en Mikkel ook, want in de strafmaat scheelde dat een slok op een borrel.

En hijzelf? Zou hij ook blij zijn geweest als de Bedrieger het verhaal had overleefd? Of vond hij het erg dat de man die hij ooit als vader had beschouwd, was overleden? Die vraag hield Rasmus al bezig sinds het nieuws van de dood van 'onze Berndt' als een lopend vuurtje door Göteborg ging. Na de eerste schok was hij op zoek gegaan naar nieuws. Hij had kranten uit prullenbakken gevist en op televisieschermen in etalages naar journaals gekeken. 's Nachts uiteraard, want overdag durfde hij zich niet meer in de stad te laten zien. Naar Utopia gaan was absoluut geen optie, al gaf hij een valse naam op. De meeste medewerkers en bezoekers wisten dat hij met Mikkel bevriend was en het zou slechts een kwestie van tijd zijn voor iemand op het idee kwam hem te vragen of hij niet meer wist van die ontvoering. Meer wist hij zeker, maar over de aanwezigheid van meisje Svenja, haar oma en overleden moeder was hij net zo verrast als iedereen. Het verlaten hotel op het onbewoonde eiland had kennelijk toch bewoners gehad. Hoe hadden ze dat kunnen weten? Hoe groot was verdomme die kans? Hij had er zich het hoofd over gebroken, maar tot een bevredigend antwoord had dat niet geleid. Pech, dikke vette pech, meer was het niet. Als de ontvoering en de dood van de Bedrieger hem iets hadden geleerd, was het dat zijn hele leven in het teken stond van pech. In gedachten wreef hij over de krassen in de leuning van de brug; Amor fati, m'n reet.

Het geld dat hij met de ontvoering had opgestreken, zou hem een nieuwe toekomst bieden: een eigen appartement, een opleiding, een baan, geld om op vakantie te gaan. Daar was het steeds om te doen geweest, alleen bleek die gouden toekomst nog even onbereikbaar als altijd. Nu Tore en Mikkel vastzaten en de politie op zoek was naar RASMUS JANSON, HET STILLE BREIN ACHTER DE OPERATIE, zoals de krantenkoppen meldden, kon hij geen kant op. Hoe ze zijn identiteit achterhaald hadden, was hem een raadsel. Voor zover hij wist kende Tore zijn achternaam niet en Mikkel zou zijn mond wel houden, maar er waren genoeg zwervers in de stad die zich voor een fijn prijsje best eens achter de oren wilden krabben. Het had niet lang geduurd voordat zijn naam overal rondgonsde. Vluchten was onmogelijk: alle vliegvelden en stations stonden onder verscherpt toezicht en zodra hij zijn paspoort ergens zou laten zien, gingen de alarmbellen af. Het enige waar het politie en pers nog aan ontbrak was een recent portret, want zijn foto in de krant was al een oudje. Die van zijn moeder was wel nieuw gemaakt. De politie had haar in Mölndal opgezocht en dat was niet onopgemerkt gebleven. Een foto van haar verschrikte gezicht in de deuropening van haar verloederde huis had op de voorpagina van minstens twee roddelbladen gestaan. Blijkbaar had ze haar mond gehouden, want zijn relatie tot Berndt Müller werd nergens in de media vermeld. Toch kon het nooit lang duren voor bekend werd welke rol de Bedrieger in zijn leven had gespeeld. Er hoefde maar een leraar van zijn basisschool op te staan, of een buurman die zich hen samen herinnerde, en zijn verhaal lag op straat. Dat besef had hem een vieze smaak in zijn mond gegeven, maar ook dat ging voorbij en verdampte, zoals alles deze dagen van hem af gleed totdat niets hem nog raakte.

Hij had een web gesponnen en was er zelf in verstrikt geraakt. Er was geen doel meer, geen bestemming en zelfs als hij in Göteborg bleef, zou hij constant op zijn hoede moeten blijven, over zijn schouder moeten kijken, op de vlucht zijn. De ontvoering was voor niets geweest, het veroverde geld had geen waarde. Hij tilde de tas van de grond, ritste hem open en graaide er een handvol biljetten uit. Zodra hij ze losliet, ging de wind ermee aan de haal. Ze vielen een stukje omlaag, zwiepten omhoog en verspreidden zich daarna alle kanten uit, op weg naar een eigen bestemming. Hij greep een tweede stapel uit de tas en gooide hem hoog de lucht in. Toen nog een hand, en nog een, maar het ging hem niet snel genoeg en hij keerde de tas ondersteboven en schudde hem leeg, tot hij alle biljetten kwijt was en ze over de rivier de stad in waaiden. Toen was het klaar. Hij liet de tas vallen, klom op de leuning en ging staan. Zoals altijd als hij hier stond, speelde de wind met zijn haren en moest hij moeite doen rechtop te blijven – en toch was het dit keer anders. Het overweldigende gevoel van macht en controle dat het uitzicht op de stad hem vroeger bood, was verdwenen en had plaatsgemaakt voor een ijskoude leegte. Hij liet zijn armen zakken, sloot zijn ogen en sprong.

Drie maanden later

Het was nog stil in de eetkamer van huize Müller. Hedvig zat in een hoekje op de grond en staarde naar de lege stoelen om de tafel. Over een klein half uur zou iedereen naar beneden komen voor het ontbijt, om daarna zijn eigen weg te gaan. Haar moeder had haar werk voor stichting LiefKind weer opgepakt en werkte vier ochtenden per week aan een onderwijsproject voor weeskinderen in Tanzania. Dat deed ze vanuit een nieuw kantoortje verderop in de straat, zodat ze snel thuis kon zijn als ze het even niet meer trok, of als het thuisfront haar nodig had. Het deed haar goed iets omhanden te hebben; sinds kort lukte het te slapen zonder pillen, ze at beter en haar gezicht leek niet langer doorschijnend, al was het onmiskenbaar getekend door verdriet.

Helle had zich vastgebeten in een dagritme dat zo mogelijk nog strakker was dan toen Berndt nog leefde. In februari was ze ingestroomd in een opleiding Bedrijfskunde en daar moest alles voor wijken. Ze zwom haar baantjes, ging naar school en studeerde, voor meer hobby's en een sociaal leven was geen ruimte meer. Alleen Hedvig wist de ware reden voor die keuze: haar zus was van plan de plek van hun vader in te nemen en Müller Media in de toekomst te gaan leiden. Ze had Hedvig de tijdslijn laten zien die ze zichzelf daarvoor had opgelegd en Hedvig twijfelde er niet aan dat haar zus het ver zou schoppen.

Zelf had Hedvig meer moeite de draad weer op te pakken. Toen haar vader nog leefde was er niemand die zich sterker tegen hem afzette dan zij, maar nu leek het alsof zij degene was die hem het meeste miste en dat maakte haar behalve verdrietig, ook onzeker. Ze begreep niet hoe anderen door konden gaan met leven, terwijl dat leven voor haar nog zo volledig op zijn kop stond. Op school en huiswerk kon ze zich niet meer concentreren. Social media boeiden haar niet langer en in haar eentje naar buiten gaan durfde ze niet goed. Dat laatste had ze aan niemand verteld, al vermoedde ze dat Gertrude het in de gaten had, want die bood opeens opvallend vaak aan met haar mee te lopen naar het winkelcentrum of de sportschool. Haar gedachten dreven steeds af naar momenten die ze samen met haar vader had beleefd en die ze destijds niet eens zo bijzonder had gevonden. Nu leken ze belangrijker dan ooit; het voelde fijn op die manier in zijn buurt te zijn en zelfs de gedachten aan zijn begrafenis boden troost. Het leek wel of heel Göteborg was uitgerukt om bij zijn afscheidsdienst aanwezig te zijn, de Masthuggskerk puilde uit. De burgemeester, opa, mensen van Müller Media en nog wat anderen hielden mooie toespraken waarin ze vertelden hoe belangrijk haar vader geweest was en wat hij had betekend voor de stad. Er zou een straat naar hem vernoemd worden en er waren nog meer plannen, die ze niet precies kon navertellen, maar die stuk voor stuk bewezen dat haar vader geweldig was geweest – en daar was ze het honderd procent mee eens. Het gemis werd soms zo erg dat ze niet kon stoppen met huilen en dan bleef ze het liefste in bed liggen, maar dat deed ze niet. Dat mocht niet, want er was iemand in huis die het mogelijk nog moeilijker had dan zij.

Ze had haar vader verloren, maar er ook een zusje bij gekregen. Als dochter van haar opa was Svenja officieel Hedvigs tante, maar het voelde te raar om een meisje van acht jaar zo te noemen. Svenja's moeder was dood en ze woonde nu, net als opa, bij hen in huis.

Jannike had eerst gevraagd of Hedvig en Helle het goedvonden als zij haar vader en Svenja zou uitnodigen te blijven. Daar hoefden ze geen van beiden lang over na te denken: het huis was groot genoeg en Berndts stoel aan tafel akelig leeg. Tijdens de ontvoering was opa hun reddingsboei geweest, ze wilden niets liever dan dat hij bleef. Een klein zusje was ook van harte welkom, alleen al vanwege de afleiding en nieuwe energie die zij met zich meebracht. Karst ging meteen tot actie over, liet wat dierbare spullen ophalen en zette zijn landgoed te koop. Hij was het die tijdens de begrafenis Jannikes hand vasthield en haar stimuleerde haar werk weer op te pakken. Hij adviseerde Helle in haar studiekeuze en bood Hedvig een schouder als ze die nodig had.

Svenja's vrolijke gekwetter klonk al door het huis nog voor ze beneden was. De eerste weken was ze wat stil en teruggetrokken geweest, maar al snel had ze haar draai gevonden en leek het alsof ze nooit ergens anders had gewoond. De achtertuin was haar lievelingsplek, de oude beuk was inmiddels omgedoopt tot klimboom en in de ligusterhaag waren al twee hutten gebouwd. Daar sleepte ze Dijn mee naartoe, de pratende pop die Jannike haar gaf toen die hoorde dat Berndt het meisje er een beloofd had, en voerden ze samen hele gesprekken. Svenja's 'welkomstdag', door de zusjes verzonnen, hadden ze half januari met winterjassen aan in de achtertuin gevierd.

'Hallo Gertrude, zijn er wentelteefjes?' Svenja rende de kamer in, sprong op haar stoel en keek keurend over tafel. Veel had ze nog niet losgelaten over haar leven op het eiland, maar het was duidelijk dat ze geen rijk dieet had gekend. Gertrude trok zich dat aan en liet het meisje in korte tijd kennismaken met al het lekkers dat de Zweedse keuken te bieden had. Voorlopig waren kaneelbroodjes Svenja's favoriet.

Met een dampende schaal vol versgebakken wentelteefjes kwam

nu ook Gertrude de kamer binnen. Ze wierp een blik op Hedvig in de hoek, gebaarde haar op te staan en zette de schaal op tafel.

'Ja!' riep Svenja blij. 'We gaan eten!'

Hedvig stond op, gaf Svenja een knuffel en glimlachte naar Gertrude. Wie werd er niet vrolijk van zo'n enthousiast kind in huis? Ze ging naast haar zitten en pakte een wentelteefje van de schaal.

'Zijn deze jouw lievelings, Hedvig? De mijne niet, maar als er geen kaneelbroodjes bestonden, dan wel.'

Hedvig deed alsof ze diep nadacht. 'Mmm, dat is lastig, zeg, maar ik denk dat ik voor de wentelteefjes ga.'

Svenja knikte begrijpend en keek ongeduldig naar de trap. Pas als iedereen zat, mocht ze eten. Die regel was nieuw, die had oma haar nooit geleerd. Misschien kwam dat omdat oma een beetje ziek was. Die woonde nu in een huis waar dokters haar beter konden maken en over een tijdje mocht ze haar daar opzoeken. Dat hadden papa en tante Jannike verteld en dat was fijn, want ze miste oma best wel. Net als mama, die ze nooit meer zou zien. Of misschien wel, in de hemel, maar dat wist niemand zeker. Soms moest ze daar nog om huilen, maar dan pakte ze Dijn en ging ze naar haar nieuwe grote zussen, of naar Gertrude in de keuken. Er woonden hier alleen maar aardige mensen en ze mocht overdag gewoon naar buiten, zelfs in de lente en de zomer. Ze was ook al een paar keer naar school geweest en had daar met een juf gepraat, die keek hoe goed ze kon lezen en schrijven. Papa had gezegd dat ze ook moest leren rekenen en dat ze na de zomer elke dag naar school zou gaan. Gelukkig duurde dat nog heel lang en kon ze eerst veel buiten spelen.

Met een 'goedemorgen' schoven ook Karst, Helle en Jannike aan tafel en was het gezin compleet. Terwijl iedereen op het ontbijt aanviel, Svenja voorop, keek Hedvig de tafel rond. Opeens schoot haar het nieuws te binnen dat inspecteur Korhonen hun een paar dagen na de begrafenis was komen brengen. Vissers hadden aan de oever van de Göta älv het aangespoelde lichaam gevonden van de man die verantwoordelijk werd gehouden voor de ontvoering van haar vader. Rasmus Janson was zesentwintig jaar en had geen vaste verblijfplaats. Hij zou begraven worden op een begraafplaats in Mölndal, waar zijn moeder woonde. Hij was verdronken, maar of hij de rivier in was geduwd, gevallen of gesprongen was niet met zekerheid vast te stellen. Of de bankbiljetten die daags eerder over de stad waaiden, en waarvan waarschijnlijk slechts een klein deel bij de politie was ingeleverd, van hem afkomstig waren kon niet bewezen worden, maar het had er alle schijn van. Hedvig had er lang over nagedacht, maar begrijpen deed ze het niet. Haar vader was dood, de hoofddader was dood, zijn twee handlangers zaten vast en opa's geld was weggewaaid. Zo veel ellende, en waarvoor?

Ze keek opzij naar Svenja, die met volle mond zat te genieten, en besloot haar voorbeeld te volgen. Dit kwam goed, wist ze, al voelde de pijn nu nog vers en zou die nooit helemaal verdwijnen. Papa zou niet willen dat ze lang bleef kniezen. Vooruit moest ze, hoe dan ook. Ze hoorde haar vaders stem zeggen: 'Müllers laten zich niet kleinkrijgen, die pakken door', en dat was precies wat ze ging doen.

LEES MEER VAN

Nathalie Pagie

De eigenzinnige journaliste Tara Linders vertrekt naar Aruba voor een commerciële reportage over jonge succesvolle carrièrejagers. Maar als ze een Vlaams meisje ontmoet dat in nood verkeert, stuit ze op een compleet ander verhaal.

Met hulp van haar collega Diego Martinez gaat Tara op onderzoek uit en ontdekt ze dat het eiland ook duistere kanten heeft. Samen trekken ze een grotere beerput open dan ze ooit voor mogelijk hadden gehouden: het luxe eilandleven blijkt niet meer dan een zeepbel. Als de bewoners zich tegen haar keren zal ze moeten vechten voor haar leven.

Verkrijgbaar als
e-book
& papieren boek

LEES MEER VAN

Nathalie Pagie

Een survivalweekend in de Belgische Ardennen lijkt voor journaliste Tara Linders de uitgelezen kans om haar nieuwe collega's beter te leren kennen. Alleen heeft ze een bloedhekel aan survival en in groepen is ze ook niet op haar best. Liever gaat ze in haar eentje op pad om de omgeving te verkennen. Voor haar vaste partner Diego Martinez is het weekend de perfecte afleiding van zijn problemen thuis; hij stort zich vol overgave op de activiteiten.

Als Tara zich bemoeit met een knokpartij in de plaatselijke kroeg, ontmoet ze een paar ongure types die overduidelijk geen pottenkijkers kunnen gebruiken. Wat hebben ze te verbergen? En wat speelt er in het leegstaande ziekenhuis in het bos? Tara en Diego gaan op onderzoek uit. De lugubere vondst van een kinderhand leidt al snel naar het Spaanse Andalusië, waar het brein achter de operatie zich schuilhoudt. Lukt het Tara en Diego hem te vinden voordat er nog meer slachtoffers vallen?

Verkrijgbaar als
e-book
& papieren boek